Drei Leben

INHALT

1 Dreieinigkeit *oder* Freudensprünge **9**

2 Verlorenheit *oder* Zwei Wochen davor **17**

3 Hoffnungsschimmer *oder* Das Angebot **43**

4 Nachrichten *oder* Sieben Jahre später **57**

5 Wiedersehen *oder* Wer bist du? **61**

6 Freitag *oder* Wie es anfing **77**

7 Zwischenspiel I: Panik **111**

8 Samstag *oder* Wie es weiterging **125**

9 Zwischenspiel II: Chaos **159**

10 Sonntag *oder* Wo es hinführte **173**

11 Sonntagabend *oder* Die Entscheidung **205**

12 Nachklang *oder* Vier Wochen später **219**

Danksagung **227**

Über den Autor **229**

KAPITEL 1

Dreieinigkeit *oder* Freudensprünge

Als Erstes haben wir uns umarmt. Völlig aufgedreht. Und es hat sich unglaublich gut angefühlt.

Natürlich haben wir uns umarmt. Minutenlang. Immer und immer wieder. Wie Schwestern. Wie Seelenverwandte. Wie Gleichgesinnte. Mit einem breiten Grinsen im Gesicht, das tief bis ins Herz reichte.

Wir standen zu dritt auf dem Bürgersteig vor dem etwas heruntergekommenen Eiscafé »La Gondola« und haben uns gegenseitig so fest gedrückt, wie wir nur konnten. Überwältigt, hingerissen und vor allem völlig verblüfft. Als müssten, nein, als könnten wir uns aneinander festhalten.

Drei junge Frauen, die einfach nicht wahrhaben wollten oder konnten, was sie da gerade erleben ... und dass sie gleich für lange Zeit auseinandergehen werden.

Wir haben uns umarmt, und als ich die anderen beiden irgendwann doch wieder losgelassen habe, hat mich die unfassbare Weite in ihren Blicken überrascht. Dieses grenzenlose Vertrauen in das Leben. Als wäre die Welt für sie in den letzten Minuten größer geworden. Das war ein wundervoller Anblick.

Vor allem aber wusste ich: Genau so sehe ich jetzt auch aus. Auch ich schaue gerade mit einer nie gekannten Zuversicht die viel befahrene Straße hinunter, weil meine Blicke an den ausgebleichten Vorstadt-Schaufenstern nicht mehr enden, weil sie sich von keiner noch so fordernden Realität mehr aufhalten lassen.

Ich erinnere mich, dass ich, ohne darüber nachzudenken, einen Freudenschrei ausgestoßen habe, einen lauten Jauchzer, obwohl ich in diesem Moment vor Aufregung die Zähne fest zusammengebissen habe.

Und die anderen beiden haben eingestimmt. Da standen wir zusammen auf dem Gehweg, und unsere Schreie hallten von den Glasfronten des Gebäudes zurück. Von den überdimensionalen, ausgebleichten Bildern von Spaghetti-Eis und Schoko-Eisbechern.

Am liebsten hätten wir sofort irgendwas gemacht – und weil wir nicht wussten, was, haben wir vor lauter Übermut mit unseren Fäusten auf imaginäre Pauken gehauen. Was für ein surreales Konzert!

Ein alter Mann mit einem grauen Filzhut, der auf der gegenüberliegenden Straßenseite mit seinem ebenfalls ergrauten Dackel vorbeitrottete, drehte den Kopf zu uns herüber und verlangsamte seinen Schritt. Ich konnte es ihm nicht verdenken. Wir waren in diesem Moment ein äußerst skurriler Anblick. Drei ausgeflippte Frauen außer Rand und Band.

Wahrscheinlich dachte er sich: Sieh an, eineiige Drillinge … aber müssen die, wenn sie schon gleich aussehen, auch noch genau die gleichen Klamotten anziehen? Und warum kreischen die so hysterisch herum?

Ich deutete mit dem Kopf zu ihm rüber, die beiden anderen schauten ebenfalls in seine Richtung, und gemeinsam brachen wir in schallendes Gelächter aus. Woraufhin der arme Mann trotzig das Kinn hob und, seinen Hund stur hinter sich her schleifend, abzog.

Es war, als hätte sich in diesem Moment all die Schwere der vergangenen Wochen verflüchtigt. Auf und davon. Und die ungewohnte Leichtigkeit verband sich mit dem Erstaunen darüber, dass Jasper Wort gehalten hatte. Dass er sein Versprechen wahr gemacht hatte. Denn unweigerlich hatte ich bis zuletzt geglaubt, er wäre nur ein Spinner. Ein aufgeblasener Wichtigtuer.

Kein Wunder. Alles, was er mir erzählt hatte, hatte so bizarr geklungen. Und ich war lange überzeugt gewesen, er hätte sich diesen verrückten Vorschlag nur ausgedacht, um sich irgendwie interessant zu machen. Oder um mich möglichst schnell ins Bett zu bekommen. Eben eine neue Masche: Gib der Kleinen die Hoffnung, dass du ihre innigsten Träume erfüllen kannst, dann lässt sie bestimmt alles mit sich machen.

Und jetzt standen wir leibhaftig hier.

Zu dritt. Dreimal ich! Ja! Dreimal ich!

Es war, als schaute ich in einen doppelten Spiegel, an dem ich mich trotz aller Irritation auch nach den ersten Minuten nicht sattsehen konnte. Vor allem, weil ich nicht mehr so aussah wie am Morgen, als ich im Badezimmer vor dem Spiegel noch schnell einen Hauch Make-up aufgelegt hatte. Überhaupt nicht mehr. Nein, mein ganzer Körper hatte sich verändert. War sanfter geworden. Weicher. Freier. Das Getriebene, das Verkrampfte, das Haltlose in meinen Zügen war einer tiefen Entspannung gewichen.

»Geht mal ein paar Schritte«, sagte ich zu den beiden. Und als sie den Bürgersteig entlangliefen, da war das kein Schlurfen mehr wie gestern, nein, sie tanzten. Jeder Schritt ein winziger, aber kraftvoller Freudensprung. Weil die Füße sich vor lauter Lust am Laufen nicht festlegen wollten, wohin sie zuerst treten sollen.

»Jetzt du«, sagten die beiden anderen gleichzeitig, woraufhin sie wieder kichern mussten, und ich bewegte mich leichtfüßig vor ihren Augen auf dem Gehweg auf und ab, weil ich ja schon wusste, wie verlockend das aussah. So, als malten meine Beine meine Freude, die Freude der ganzen Welt auf die hellgrauen Waschbetonplatten am Boden.

»Jasper hat gesagt, wir müssen uns sofort trennen.« Erwähnte eine der beiden anderen mahnend.

Oder war ich es?

Egal. Noch waren wir wie eins. Doch als der Name »Jasper« laut ausgesprochen wurde, da durchzuckte mich der Gedanke, wie absurd das alles war. Dass wir hier zusammenstanden: dreimal der gleiche Mensch. Dreimal die gleiche Frau. Und diese Frau durfte jetzt drei Leben leben. Gleichzeitig!

›Drei Leben‹!

Als wären wir Synchronschwimmerinnen, schauten wir gemeinsam in den Himmel, an dem in diesem Augenblick ein sandfarbener Vogel mit spitzem Schnabel, vermutlich ein Kranich, vorbeizog.

Woraufhin eine von uns sagte: »Noch sehen wir den gleichen Himmel. Aber bald wird jede von uns einen anderen Himmel sehen. Ist das nicht unglaublich?«

»Ja«, erwiderte ich, »und das nicht nur, weil wir unterschiedliche Ausschnitte des Himmels wahrnehmen werden, sondern vor allem, weil wir den Himmel aus unterschiedlichen Perspektiven betrachten werden. Mit anderen Augen. Ihr könnt euch gar nicht vorstellen, wie sehr ich mich freue!«

Atemlos starrten wir zusammen auf das gleiche Stück Blau über uns. Als sähen wir das alles zum ersten Mal.

»Wer von uns geht eigentlich wohin? Also: Wer übernimmt welchen Traum?«

Wir sahen einander an. Mit hochgezogenen Augenbrauen. Wegen dieser so naheliegenden Frage. Denn darüber hatten wir uns, hatte ich mir vorher überhaupt keine Gedanken gemacht. Ich wollte unbedingt drei verschiedene Lebensmodelle ausprobieren, doch welche von uns nun welche Option wählen würde, hatte in all den Grübeleien keine Rolle gespielt. Wie auch? Bislang war ich ja nur eine gewesen.

»Also ich …«, sagten wir alle drei gleichzeitig und mussten den Satz nicht vollenden, weil jede von uns dieselben Worte im Kopf hatte: »Tja, ich kann mich für alles gleichermaßen begeistern.«

Selbstverständlich, dachte ich, denn wenn mir die Möglichkeiten nicht alle ähnlich verlockend erschienen wären, dann stünden wir jetzt nicht hier. Weil ich eben nicht hatte entscheiden wollen. Weil ich auf keinen der Wege hatte verzichten wollen.

Eine von uns deutete auf eine leicht schräge Linde, die neben uns aus dem Bürgersteig ragte, eingebettet in ein rundes Beet aus Kieselsteinen. »Kommt, wir suchen uns drei verschiedenfarbige Steine und losen.«

Alle drei wandten wir uns gleichzeitig der Einfassung des Baumes zu, doch dann bückte sich nur eine von uns und hielt gleich darauf drei flache Kiesel in der Hand: »Hier, ich denke, so geht's, seht ihr, die Steine sind alle ungefähr gleich groß, ein schwarzer, ein weißer und einer, der ein bisschen rötlich schimmert. Ich schlage vor ...«

»Weiß steht für das strahlende Licht der Scheinwerfer«, sagten wir mit einer Stimme. »Schwarz für ein elegantes Business-Kostüm. Und Rot für die schönsten Sonnenuntergänge der Welt. Drei Farben, drei Wege.«

Ich schluckte einmal und schaute die beiden dann schelmisch an: »Seid ihr bereit?«

»Ja!«

Ich nahm die drei Kiesel aus der ausgestreckten Hand, steckte sie in die hintere Hosentasche meiner Jeans und schob einer der beiden anderen freudestrahlend meinen Po entgegen. Dann sagte ich: »Du ziehst zuerst.«

Mein anderes Ich drehte den Kopf zur Seite, tastete mit zwei Fingern in meiner Tasche herum und zog schließlich einen Stein hervor. Den hielt sie hoch und strahlte dann: »Schwarz. Ich gehe also zurück an die Uni. Schön. Big Business, ich komme! New Economy, mach dich auf was gefasst.«

Mein zweites Gegenüber zog Rot und freute sich darüber genauso. »Wow, ich ziehe in die Ferne. Klasse! Ich verspreche euch: Ich werde die Abenteurerin in mir zum Strahlen bringen.«

Ich deutete eine Verbeugung an. Denn das hieß zugleich: Ich würde nach Hamburg ziehen. Und von dort hoffentlich zu den besten Locations. Zu den ganz großen Bühnen. Auf die Bretter, die die Welt bedeuten. Großartig.

Schon als ich daran dachte, begannen meine Finger in der Luft zu zucken, als spielten sie ein filigranes Solo auf einer wunderschönen E-Gitarre ... vermutlich einer schwarzen Fender Stratocaster mit einem satten Humbacker-Pickup als Tonabnehmer – und mit einem warmen Delay, das den Ton so kraftvoll zum Singen bringt.

Und plötzlich gab es nichts mehr zu sagen. Was auch? Alles andere wussten wir ja voneinander.

Dieser einzigartige Augenblick war vorüber. Das spürte jede von uns.

Wir nahmen uns noch einmal an der Hand – wie es die Teams bei Sportwettkämpfen machen, die sich vor dem Anpfiff einer Partie, in einer kritischen Phase oder bei der Eröffnung eines Turniers gegenseitig Mut zusprechen und einander anstacheln.

Dabei musterten wir uns sorgfältig, als könnten wir so die Gesichter der jeweils anderen beiden in unseren Köpfen einlagern, sie fixieren oder konservieren. Und wussten doch, dass das nicht gelingen würde.

Ein letzter, kraftvoller Händedruck. Dann gingen wir in drei verschiedene Himmelsrichtungen auseinander. Dabei hüpften unsere Schritte über die Straße. Leichtfüßig und verspielt. Fröhlich und befreit.

Nach wenigen Schritten hielten wir im selben Moment inne, drehten uns fast gleichzeitig, aber nur noch fast gleichzeitig, ein letztes Mal um und riefen: »Bis in sieben Jahren!«

Und wir antworteten wie aus einem Mund: »Ja, bis in sieben Jahren!«

Denn in diesem Augenblick dachte keine daran, dass zwei von uns in sieben Jahren würden sterben müssen.

KAPITEL 2

Verlorenheit *oder* Zwei Wochen davor

Isabella schloss die Augen und legte den Kopf in den Nacken, während sie versuchte, ganz gleichmäßig zu atmen. Ein und aus. Aus und ein.

Es gelang ihr nicht wirklich.

Das Bild der Gedenktafel auf dem gepflegten Rasenstück vor ihr hatte sich so tief in ihren Blick eingebrannt, als projiziere jemand das Negativ von innen auf ihre Augenlider. Ein helles Rechteck mit zwei kurzen Bibelversen darauf:

»*Gott spricht: Ich kannte dich schon, bevor ich dich im Leib deiner Mutter bereitet habe.*« Jeremia 1,5

»*Fürchte dich nicht, denn ich habe dich erlöst. Ich habe dich bei deinem Namen gerufen, du bist mein.*« Jesaja 43,1

Die beschriftete Tontafel stand in der Mitte des liebevoll angelegten Kindergräberfelds auf einer Stele – umgeben von hellen Steinen, auf die die Eltern die Vornamen ihrer verlorenen Kinder geschrieben hatten: Mia, Elias, Bine, Thomas, Anka, Ben, Frederik, Xenia, Jan, Meike, Erwin und viele weitere. Viel zu viele.

Unter den Namen waren nicht zwei Daten zu sehen, wie auf all den anderen Grabsteinen des kleinen, an einem Hang gelegenen Friedhofs im Frankfurter Vorort Ginnheim, sondern jeweils nur eines: der Todestag des Kindes, das vor seiner Geburt im Bauch der Mutter gestorben war und dabei das ganze Leben mit sich gerissen hatte.

Jeder Name ein Tränenmeer. Jede Zahl ein nicht enden wollender Aufschrei.

»Ich hatte noch nicht einmal einen Namen für meine Tochter«, dachte Isabella, als sie die Augen nach einigen Minuten wieder öffnete. »Vielleicht bin ich deshalb nicht zur Trauerfeier gegangen. Von wem hätte ich mich denn verabschieden sollen? Von jemandem ohne Namen? Ich hätte gar nichts auf meinen

Stein schreiben können. Nur eine Zahl. Nur eine beschissene Zahl.«

Für einen kurzen Augenblick fühlte sie sich verloren, weil sie es während der vielen Wochen der Schwangerschaft versäumt hatte, dem Embryo in ihrem Bauch einen Vornamen zu geben. Eine Identität. Ja, sie hatte, unerklärlicherweise, während ihr Umfang allmählich zunahm, noch nicht einmal angefangen, eine Liste potenzieller Mädchennamen anzufertigen. Wie achtlos!

»Ich würde zu gerne wissen, ob Gott deinen Namen wirklich kennt, meine Kleine? Oder sagen sie das nur so?«, fragte Isabella laut, weil auf dem Friedhofsgelände außer zwei gebückten Frauen mit Gießkanne ohnehin niemand zu sehen war.

»Ruft Gott dich jetzt liebevoll bei deinem Vornamen? Und wenn ja, wie heißt du? Vielleicht … Anne? Franziska? Berenike? Oder Jasmin? Ich wünschte so sehr, ich wüsste es.«

Die Ärztin im Krankenhaus war einfühlsam gewesen. Sie hatte Isabella erklärt, dass das Kind, das die Studentin in der einundzwanzigsten Schwangerschaftswoche verloren hatte, erst dreihundertvierzig Gramm gewogen habe und deshalb nicht der Bestattungspflicht unterlag.

Trotzdem würden die sogenannten »Sternenkinder«, die es nicht geschafft hatten, vom Klinikum in einer gemeinsamen Trauerfeier in einigen Wochen in der Nähe beigesetzt.

Gestern hatte diese Beerdigung stattgefunden. Nachmittags. Um fünfzehn Uhr. Doch Isabella hatte sich im letzten Moment entschieden, nicht daran teilzunehmen.

Sie hatte ihren grauen Mantel einfach wieder ausgezogen und sich zurück aufs Sofa gesetzt, um weiter an die Wand zu starren. Weil sie überzeugt gewesen war, dass die salbungsvollen Worte der Beteiligten ihren Schmerz ohnehin nicht hätten stillen können. Und weil sie Angst gehabt hatte, die grenzenlose

Traurigkeit der anderen Eltern nicht auch noch ertragen zu können, diese Armee der Trostlosen.

Irgendwo hier vor ihr in der Erde, unter den langsam verwelkenden Blumen, lag die Asche ihres Kindes. Eines Kindes, das in der Welt noch nicht einmal einen Namen bekommen hatte.

Und mit den spärlichen Überresten des winzigen Körpers – sicherlich nicht viel mehr als einer Handvoll Staub – hatte der Bestatter zugleich ein ganzes Leben zu Grabe getragen. All die Möglichkeiten, die einem Menschen mit der Geburt geschenkt werden. Das grenzenlose Füllhorn des Seins hätte diesem winzigen Wesen zur Verfügung gestanden. Diesem wunderbaren Mädchen, das nicht hatte sein sollen, nicht hatte sein dürfen.

Dabei hätte es vermutlich so viel Wunderbares vor sich gehabt: Es hätte spielend die Welt entdeckt, sich die Knie regelmäßig blutig gestoßen, Erde gegessen, Rutschen erobert, seinen Kindergarten durchtobt, seine Schultüte in die Luft gereckt, seine Lehrerinnen geärgert und sich irgendwann unsterblich verliebt.

Es wäre groß geworden und neugierig, es hätte den Führerschein gemacht, die angesagten Clubs besucht, womöglich studiert, eine berufliche Karriere angefangen, selbst eine Familie gegründet, jahrelang ein verfallenes, altes Schulhaus im hinteren Vogelsberg restauriert und ihren Ort mit ihrem fröhlichen Engagement grundlegend verändert.

Oder es hätte die Welt mit einem Katamaran umsegelt. Ganz allein. Zwei Jahre lang. Warum nicht? Die sieben Weltmeere. Oder die Nordostpassage. Es hätte doch alle diese Optionen gehabt. Und noch viele, viele mehr. Unendlich viele mehr.

Jetzt erst kamen Isabella die Tränen, als sie an all das ungelebte Leben dachte, auf das sie gerade hinabschaute. Und mit einem Mal wusste sie nicht mehr, ob sie über den Verlust ihres Kindes, dieses noch so kleinen Embryos, weinte – oder über all die verlorenen Chancen, mit denen sie an diesem Kindergräberfeld konfrontiert wurde. Dieser sinnlosen Vergeudung des Daseins.

Was für ein Verlust für diese werdenden Geschöpfe! Und für deren Familien. Und natürlich auch für sie selbst. Denn Isabella hatte sich in den vergangenen Wochen in allen Einzelheiten ausgemalt, wie sie als junge Mutter ihren Alltag gestalten wollte – mit ihrem Baby. Mit diesem Wesen, das ihr im wahrsten Sinne des Wortes in den Schoß gefallen war.

Und nun würde alles ganz anders werden. Jetzt würde sie eben nicht als sechsundzwanzigjährige Frau ein eigenes Kind in den Armen halten.

»Brauchst du ein Taschentuch?«

Isabella hatte nicht bemerkt, dass jemand neben sie getreten war, und wich vor Schreck einen Schritt zurück; so abrupt, dass sie fast nach hinten gestolpert wäre.

»Entschuldigung, ich wollte dich nicht … äh … stören.«

Der Mann, der etwa in ihrem Alter war, hob die Hände in einer unbeholfenen Geste vor sein Gesicht. »Ich … ich habe nur gesehen, dass du weinst, und wollte dir ein Taschentuch anbieten … falls du eines brauchst.«

Er hielt das zerknautschte Paket mit den gefalteten Papiertüchern in ihre Richtung.

»Mmh, danke, das ist sehr freundlich.«

Isabella versuchte, ein Tuch mit einem Ruck herauszuziehen und hielt auf einmal die gesamte Packung in der Hand.

»Äh, das tut mir leid, Moment …«

Da lachte der Mann. Und sein Lachen kam an diesem Ort so unerwartet daher, dass die junge Frau ungewollt mitlachen musste. Zumindest ein wenig.

Sie nestelte ein Taschentuch heraus und gab ihrem Gegenüber die restlichen Exemplare zurück, die der Mann in der Tasche seiner grauen Lederjacke verschwinden ließ.

»Ich bin Jasper!«

»Isabella!«

Sie deutete auf die Stele. »Hast du auch ein Kind verloren?« Er biss sich kurz auf die Lippen. »Nein! Gar nicht. Ich gehe nur gerne in der Mittagspause hier auf dem Friedhof spazieren. Das hilft mir, den Kopf frei zu bekommen. Es ist so ruhig, und man läuft wie ... wie durch einen Garten aus lauter Geschichten. ›Garten der Geschichten‹, so nenne ich den Friedhof für mich. Weil jeder dieser Grabsteine, jeder dieser scheinbar belanglosen Namen, also dieser für mich belanglosen Namen, für die Erinnerung an einen Menschen steht. Für eine Lebensgeschichte. Manchmal setze ich mich auf die Bank da drüben, die neben der Linde, und stelle mir vor, wie der Mensch wohl war, dessen Name auf diesem oder jenem Grabstein steht. Was war das für ein Typ? War er glücklich oder traurig? Welchen Job hatte er? Was für ein Auto hat er gefahren? Hat er das Leben genossen? Hat er einen Menschen wirklich geliebt? Und wenn ja, wen? Und wenn ein Paar ein Gemeinschaftsgrab hat, dann überlege ich mir, was das wohl für eine Ehe war. War das eine leidenschaftliche Beziehung? Oder gab es da unterdrückte Wut? Aber sorry, ich texte dich hier zu. Das wollte ich nicht. Du bist gerade am Trauern.«

Isabella schaute den Mann zum ersten Mal bewusst an. Er hatte einen schmalen Kopf mit dichten rotbraunen Haaren und wenig Bartwuchs – und irgendetwas an seinem Gesicht irritierte sie. Vermutlich, dass sein linkes Auge einen Hauch tiefer lag als sein rechtes. Das machte ihn keineswegs unattraktiv, im Gegenteil, aber es verlockte, den eigenen Kopf ein wenig schräg zu legen, um mit diesem Blick wieder auf eine Ebene zu kommen.

»Nein, ist schon gut. Ich grübele ohnehin genug alleine vor mich hin. Ach ... Scheiße.«

Wieder schossen Isabella die Tränen in die Augen.

Als Jasper seine Hand auf ihren Arm legte, um sie zu trösten, versteifte sie erst, ließ es dann aber zu.

»Was ist denn mit dem Vater deines Kindes?«

Isabella drückte die Schultern nach vorne und biss sich auf die Lippen. »Kein gutes Thema. Überhaupt nicht. Um ehrlich zu sein, es war …«

Sie atmete tief ein. Dann sagte sie mit einem Seufzer: »Es war bloß ein One-Night-Stand. Mehr nicht. Nach dem Polterabend einer Kommilitonin. Gute Musik. Gutes Buffet. Spaß beim Tanzen. Ich war angeheitert und er auch. Genauer gesagt: Ich war einsam, und er war auch einsam. Wie das halt so ist. Doch als der Typ dann am Morgen schnorchelnd in meinem Bett lag und mich angrinste, wollte ich ihn nur noch so schnell wie möglich loswerden. Und dabei ist es geblieben. Zum Glück.«

Jasper räusperte sich und zog seine Hand wieder zurück. »Heißt das, der Vater weiß gar nichts von seinem Kind?«

Isabelle schwieg einen Moment. Dann murmelte sie: »Nein. Ich habe natürlich überlegt, ob ich es ihm sage, wenn meine Tochter geboren ist – aber das hat sich ja jetzt erledigt. Aus und vorbei. Ich finde: Er kann froh sein, dass er diesen verfluchten Schmerz nicht ertragen muss.

Mein Gott, warum erzähle ich dir das alles überhaupt?«

Der junge Mann ignorierte ihre Frage und sagte: »Aber was ist, wenn er diesen Schmerz gerne ertragen hätte? So, wie du ihn ertragen musst?«

»Das ist Schwachsinn! Niemand leidet gerne.«

Jasper nickte. »Stimmt. Aber vielleicht hätte er sich auch auf das Kind gefreut. Und jetzt fehlen ihm beide Erfahrungen. Die Freude und die Trauer. Etwas Wesentliches, das zu ihm und zu seinem Leben gehört, ist für ihn verloren. Dadurch wird er ein anderer Mensch werden, als der, der er hätte sein können. Das ist doch bedauerlich, oder?«

Mit gehauchter Stimme fügte er hinzu: »Ich persönlich finde, man sollte einem Menschen niemals eine Erfahrung rauben, die er hätte machen können.«

Isabella schluckte. »Na toll, ich habe ohnehin ständig ein schlechtes Gewissen wegen all dem hier. Willst du mir jetzt auch noch eine reinwürgen? Willst du das? Wenn ja, dann kann ich nur sagen: Prima, das ist dir gelungen. Sehr gut sogar! Gratulation!«

Sie kniff die Augen zusammen und fixierte ihr Gegenüber. »Sag mal, was soll das hier überhaupt werden? Nutzt du etwa die Hilflosigkeit von trauernden Frauen aus, um dich an sie ranzumachen oder was?«

Jasper schüttelte den Kopf. Er sah verletzt aus. »Nein, das mache ich nicht. Glaub mir! Das war überhaupt nicht meine Absicht. Wirklich nicht. Aber ich mache mir viele Gedanken darüber, was man tun kann, damit ein Mensch in die Lage versetzt wird, sein Leben am besten zu entfalten. Gerade, wenn er sich für oder gegen etwas entscheiden muss. Wenn er den richtigen Weg finden will. Und als ich dich hier so stehen sah, weinend, da dachte ich, dass du vielleicht … also: dass du meine Hilfe brauchst. Ich könnte dir da etwas anbieten …«

Isabella starrte ihn ungläubig an. »Augenblick mal! Du willst mir … du willst mir was verkaufen? Ich fasse es nicht! Wie pervers ist das denn? Du sprichst wildfremde Leute auf dem Friedhof an, an dieser Stele, um ihnen irgendeinen Scheiß anzudrehen …«

Jasper hob beide Hände, als würde er mit einer Pistole bedroht. »Nein! Ich habe mich falsch ausgedrückt. Ich will kein Geld von dir. Oder sonst irgendetwas. Wie gesagt: Ich helfe Menschen, die partout nicht wissen, wie sie sich in ihrem Leben entscheiden sollen …«

»Toll, und worin besteht deine ach so tolle Dienstleistung?« Isabella blitzte ihn an.

»Das ist eine längere Geschichte. Aber du hast Recht. Ich hätte dich nicht ansprechen dürfen. Nicht hier am Kindergräberfeld. Das tut mir leid. Wirklich!«

Die junge Frau drehte sich abrupt von ihm weg. »Das sollte es auch. Hör zu: Ich wäre dir sehr verbunden, wenn du mich einfach in Ruhe lassen könntest. Kapiert?«

Jasper senkte den Kopf. »Selbstverständlich.«

Er griff in die Brusttasche seiner Jacke und holte eine Visitenkarte hervor. »Hier! Falls du vielleicht doch mal meine Unterstützung brauchst. Wie gesagt: ohne Verpflichtungen. Wenn ich helfen kann, dann unterstütze ich dich gerne. Wenn du zum Beispiel nicht weißt, wie es weitergehen soll, dann hätte ich eventuell einen unkonventionellen Lösungsansatz ... Also, das wird jetzt hier ... wohl nichts. Mein ... äh ... mein herzliches Beileid. Und noch mal: Entschuldige, wenn ich mich unangemessen verhalten habe. Das war nicht meine Absicht.«

Ehe Isabella darüber nachdenken konnte, hatte sie die Visitenkarte reflexartig entgegengenommen und schaute Jasper hinterher, der mit schnellen Schritten auf dem Weg zwischen den Grabreihen davoneilte und um eine Hecke bog, so dass er ihren Blicken schon nach kurzer Zeit entzogen war.

Sie schaute nach unten und las: »JASPER. Drei Leben.« Darunter nur eine Frankfurter Telefonnummer. Mehr stand nicht auf der Karte.

Kurz überlegte sie, ob sie die unscheinbare Pappe einfach in den Mülleimer zu den entsorgten Blumenkränzen werfen sollte, steckte die Visitenkarte dann aber doch in ihre Hosentasche und ging langsam in Richtung Ausgang.

Als Isabella ihre Wohnung betrat, fiel ihr als Erstes auf, wie stickig es in den Räumen war. Als hätte sich die gesamte Trauer der vergangenen Tage in den Gardinen verfangen und wie Staub auf den Möbeln niedergelassen.

Ohne nachzudenken riss sie die beiden Fenster zum Garten hin auf und genoss die frische Luft, die hereinströmte – obwohl sie ja bis vor wenigen Minuten noch draußen gewesen war.

Sie wollte eben ihren Mantel an die Garderobe im Flur hängen, als das Blinken des Anrufbeantworters auf dem Sideboard mit der Marmorplatte sie innehalten ließ.

Hoffentlich nicht noch eine Kommilitonin, die ihr Beileid ausdrücken wollte und die nicht verstand, dass Isabella zurzeit überhaupt kein Interesse hatte, über ihren Verlust zu reden, weil sie mit allen Mitteln versuchte, endlich einmal wieder an etwas anderes zu denken als an ihre tote Tochter.

Widerwillig drückte sie den Wiedergabeknopf und lauschte einer aufgeregten Männerstimme, die eine ausführliche Mitteilung hinterlassen hatte.

»Hey, hier ist Tom. Vielleicht erinnerst du dich? Der mit dem Sonnen-Tattoo am Hals. Wir haben uns im Mai backstage bei diesem Independent-Festival in Gießen unterhalten, wo du mit deiner Band gespielt hast. Weißt du bestimmt noch! Ich fand vor allem euren Song ›Monkey Girl‹ so geil. Dein Gitarrenriff aufm zwölften Bund. Mit den Flageoletttönen. Echt stark! Wir haben damals ziemlich gemeine Witze über den Gesang des Sängers gemacht, der nach euch drankam. Boah, das klang ja auch grottig. Und immer zu tief, so tief, so dass auch kein Auto-Tune mehr hilft.

Ich hoffe, du weißt jetzt wieder, wer ich bin. War übrigens gar nicht so leicht, dich zu erreichen. Hast du eine neue Handynummer? Bei deiner alten bin ich jedenfalls nie durchgekommen.«

Kein Wunder, dachte Isabella, ich habe das Teil auch seit Ewigkeiten nicht angeschaltet, weil ich mit keinem Menschen mehr was zu tun haben wollte.

»Egal, jetzt hab' ich dich ja endlich erreicht. Die Sache ist die: Mir hat die Art, wie du Gitarre spielst, supergut gefallen. Technisch sauber und gleichzeitig rotzfrech. Das groovt und zieht mit. Und ich glaube, dass du mehr drauf hast, als ein bisschen regionalen Rock 'n' Roll auf Dorffesten. Und jetzt pass auf: Ich bin gerade dabei, hier oben im Norden unserer schönen Republik eine Mädels-Rockband zusammenzustellen. Irgendwas zwischen Scorpions, Bon Jovi und Guns N' Roses, mit einem Hauch Metallica. Aber halt nur Frauen. Quasi Gianna Nannini aus Deutschland. Könnte 'ne große Sache werden, weil ich eine ziemlich etablierte Agentur an der Hand habe, die sich für die Idee interessiert und uns höchstwahrscheinlich unterstützen will. Selbst Udo Lindenberg hat angedeutet, dass er was für das Projekt tun will.

Und ich fände es perfekt, wenn du mit dabei wärst! Gerade, weil du offensichtlich nicht nur auf rockige Licks, sondern auch auf Satzgesang stehst …« In diesem Moment hatte der Anrufbeantworter die Aufnahme beendet. Vermutlich wegen der Länge. Doch es piepste gleich wieder.

»Hey, ich bin's noch mal. Ich habe keine Ahnung, ob dich so ein Projekt aktuell überhaupt interessiert, aber ich würde mich auf jeden Fall tierisch über einen schnellen Rückruf freuen. Bevor ich's vergesse: Vielleicht kennst du ja Lina, die früher bei den ›Hot Goblins‹ gesungen hat, oder Jacky, die funky Bassistin von ›Backslash‹ … die sind auch mit dabei. Und eine Wahnsinns-Drummerin, die frisch die Popakademie in Mannheim abgeschlossen hat. Echt der Hammer! Solche fetten Beats hast du lang nicht mehr gehört.«

Er machte eine Pause, dann fuhr er fort: »Ach ja: Ich rede hier natürlich nicht von Hobby-Mucke oder ein paar Gigs in muffigen Clubs. Wir wollen das Ganze professionell aufziehen. Mit eigenem Album und möglichst bald einer ersten Tour durch Deutschland. Lina hat schon einige Titel im Studio vorproduziert – aber du kannst auch eigene Songs einbringen, wenn du Lust hast. ›Monkey Girl‹ ist doch von dir, oder?

Wie dem auch sei: Wir, also die Agentur und ich, sind davon überzeugt, dass ihr als Musikerinnen gut zusammenpasst – und dass daraus mit ein bisschen Fleiß und Glück was Fettes werden kann. Du müsstest dafür allerdings hier nach Hamburg ziehen ... sollte aber kein Problem sein, bei Lina in der WG ist ein Zimmer frei. Ich finde: Wäre 'ne Riesenchance für dich. Wie sieht's aus? Bist du dabei?«

Dann nuschelte Tom noch eine Mobilfunknummer auf das Band, bevor er mit einem albernen »Let's Rock!« auflegte.

Isabella wankte in die Küche und ließ sich auf einen Stuhl fallen. »Scheiße. Scheiße. Scheiße!«

Sie klammerte sich an der Tischkante fest, als könnte die graue Resopalplatte mit den Brandspuren ehemaliger Vorbesitzer sie vor dem Umkippen bewahren.

Ganz langsam. Erst mal konzentrieren.

Wenn sie den Typen richtig verstanden hatte, dann hatte der ihr soeben einen Job als Gitarristin in einer neuen Frauen-Band angeboten. Und das nach all den endlosen Diskussionen mit ihren Eltern, die sie über Jahre bedrängt hatten, doch bitte etwas Anständiges zu lernen und das ständige Gitarrespielen sein zu lassen.

Sie konnte immer noch die wehleidige Stimme ihrer Mutter hören: »Komm, Isabella, studier BWL oder VWL. Zahlen liegen dir doch. Du mit vierzehn Punkten im Mathe-Leistungskurs. Außerdem kannst du strategisch denken. Das hattest du schon drauf, als du noch ganz klein warst. Mal im Ernst: Musikerin, das ist ein nettes Hobby, aber doch kein Beruf. Du wirst dein Leben lang in irgendwelchen Musikgruppen spielen können, so viel du willst, das mag dir ja auch keiner nehmen, nur sorge erst mal dafür, dass du ein berufliches Fundament bekommst.«

Und Isabella hatte sich beschwatzen lassen. Hatte mit BWL angefangen. Hatte an der Johann-Wolfgang-Goethe-Universität in Frankfurt nicht nur den Bachelor gemacht, sondern stand nun kurz vor dem Abschluss ihres Masters.

Manfred Berner, der Professor, der ihre Masterarbeit betreute – »Abu l'Fadl Gafar und sein ›Buch über die Schönheiten des Handels‹: Die Geburtsstunde der Marktwirtschaft« – hatte schon mehrfach angedeutet, dass er fest davon ausgehe, dass sie bei ihm anschließend auch promovieren würde.

Mehr noch: Er war von ihren Forschungsleistungen so angetan, dass er ihr eine Assistentenstelle in Aussicht gestellt hatte; den perfekten Einstieg in eine Laufbahn am Fachbereich Wirtschaftswissenschaften der »Rheinisch-Westfälischen Technischen Hochschule« in Aachen. Dorthin würde Berner nämlich im nächsten Semester auf einen höher dotierten Lehrstuhl wechseln. Und er wollte Isabella unter allen Umständen in sein neues Team integrieren.

Bis vor Kurzem war sie auch davon ausgegangen, dass sie diesen Weg weitergehen und die akademische Erfolgsleiter Schritt für Schritt hochklettern würde.

Schon, um ihre Eltern zu ehren, die vor zwei Jahren bei einem Autounfall ums Leben gekommen waren: Ein besoffener LKW-Fahrer hatte die beiden von der Straße abgedrängt. Am helllichten Tag. Ihr Vater hatte noch versucht, das Steuer herumzureißen, und war genau deshalb über die Böschung gegen einen Kastanienbaum gerast.

Ihre Eltern waren sofort tot gewesen, während der LKW-Fahrer und sein Brummi nicht einen Kratzer abbekommen hatten. Vor Gericht konnte der Mann sich nicht einmal an den Vorfall erinnern. Kein Wunder, bei mehr als 2,4 Promille im Blut. Jetzt saß er in einer Justizvollzugsanstalt, was ihr ihre Eltern auch nicht zurückgebracht hatte.

Die junge Frau hatte nach dieser Tragödie lange mit ihrem Professor gesprochen, zwei Urlaubssemester genommen, um sich erst einmal wieder selbst zu finden – und anschließend entschieden, dass sie gerade für ihre Eltern das BWL-Studium erfolgreich zu Ende bringen wollte. Das war sie ihnen schuldig.

Zumindest war sie damals davon überzeugt gewesen.

Doch inzwischen hatte sie ein Kind verloren – und diese erneute Tragödie hatte alle Selbstverständlichkeiten vom Tisch gewischt.

BWL? Was für ein Unsinn!

Wollte sie wirklich den Rest ihres Lebens über faden Unternehmenskonzepten brüten, die Feinheiten des »Agilen Projektmanagements« ergründen und »Scrum Frameworks« entwickeln – während sie bei jedem Rockkonzert, das sie besuchen würde, mit blutendem Herz im Publikum stehen und sich verzweifelt auf die Bühne wünschen würde?

Sicher nicht!

Durch die Traurigkeit der vergangenen Wochen hatte Isabella ihre Prüfungsvorbereitungen ohnehin vernachlässigt, und der Gedanke »Warum schmeiße ich nicht einfach mein Studium und mache etwas ganz anderes?« tauchte in letzter Zeit überraschend oft in ihrem Kopf auf. Wie ein Springteufelchen: »Lass den ganzen Mist hinter dir. Mach einen Schlussstrich und fang noch mal von vorne an.«

Natürlich wusste Isabella, dass sie gerade nicht in der Verfassung war, um derart weitreichende Entscheidungen zu fällen. Außerdem hatte sie schon viel zu viel Zeit in ihren komplexen Studiengang investiert.

Und nicht nur das: Bisweilen passierte es doch, dass sie sich in einem verheißungsvollen Marketingkonzept verlor und anfing, neue strategische Ideen zu entwickeln und erfolgversprechende Businesspläne aufzustellen, deren Umsetzung sie gerne einmal in der Praxis ausprobieren würde.

Dennoch nahm sie seit dem Tod ihrer Tochter fast jeden Abend eine ihrer Gitarren in die Hand und spielte sich stundenlang die Angst von der Seele. Überließ ihre Finger sich selbst und wartete, bis die Akkorde in ihr Widerhall fanden und etwas zum Klingen brachten, das sie zum Überleben brauchte: wie die Töne all die Emotionen ausdrückten, für die sie keine Worte fand.

Einige der dabei entstandenen, melancholischen Texte und Melodien trug sie seither immer in ihrer Handtasche, gespeichert auf einem schwarzen USB-Stick mit dem Werbeaufdruck des amerikanischen Gitarrenherstellers »Gibson«.

Und jedes Mal, wenn sie ihr Instrument in der Nacht in seinen verkratzten Koffer zurücklegte, wusste sie, dass sie sich beim Gitarrespielen nach wie vor am nächsten war. Möglicherweise auch deshalb, weil sich eine Akustikgitarre ein bisschen wie ein kleines Kind anfühlt, das man sanft im Arm wiegt.

Isabellas alte Sehnsucht nach der Musik hatte auch dadurch neuen Auftrieb erhalten, dass sie es seit dem Unfall ihrer Eltern eigentlich nicht mehr nötig hatte, ihren Lebensunterhalt als Künstlerin zu verdienen. Ihre Eltern hatten ihr, der einzigen Tochter, nicht nur ein Mehrfamilienhaus in München, sondern auch ein unerwartet hohes Barvermögen und einige Aktien hinterlassen, so dass sie inzwischen alle Freiheiten besaß: Sie konnte ihr BWL-Studium abschließen, sie konnte es aber auch lassen. Sie konnte jede Nacht in einer anderen urigen Kneipe auftreten, aber sie musste nicht. Zumindest nicht in den nächsten Jahren.

Abgesehen davon beschäftigten die Studentin zurzeit nicht nur die Alternativen »Musik« oder »BWL«. Sie hatte mindestens genauso viel Lust, endlich ihre große Weltreise anzutreten, von der sie all die Jahre in ungastlichen, heruntergekommenen Hörsälen mit flackerndem Neonlicht geträumt hatte. Den Roadtrip.

Verständlicherweise: Sie konnte noch heute Nachmittag in ihr Schlafzimmer gehen, den großen roten Rucksack packen, mit der S-Bahn vom Hauptbahnhof zum Flughafen Rhein-Main fahren und an einem der vielen Last-Minute-Schalter im Terminal 1 ein Ticket in eine andere Welt lösen, in die Wärme, in die Weite … an einen Ort, an dem nicht überall triste Straßenschilder zu einem Friedhof wiesen, der seit der Beerdigung ihrer Tochter zugleich die Trümmer ihres Lebens aufgenommen hatte.

Sie war jetzt vor allem eines: frei. Deshalb konnte sie – um den Verlust zu überwinden – auch etwas völlig Verrücktes machen: Surflehrerin auf Bali werden. Zum Beispiel. Oder ein Hilfswerk in Afrika unterstützen. Oder im brasilianischen Regenwald bei einem Aufforstungsprojekt mitarbeiten. Oder am Great Barrier Reef vor Australien mit Haien tauchen gehen – oder braun gebrannten Touristen im Outback als Bedienung gegrillte Känguru-Steaks servieren. Warum denn nicht?

Da draußen wartete eine Welt voller Chancen und Gelegenheiten, während sich ihre kleine Wirklichkeit in Deutschland anfühlte wie ein gigantisches Puzzle, in dem die wichtigsten Teile einfach verloren gegangen waren.

Warum, um alles in der Welt, sollte sie sich in Frankfurt auf ihre Examina in Betriebswirtschaftslehre vorbereiten und dann in Aachen trockene Proseminare oder Orientierungspraktika für gelangweilte Erstsemester betreuen, während derart viele Länder darauf warteten, endlich erkundet zu werden? Von ihr! Ja, war überhaupt jemand in der Lage, sie davon zu überzeugen, dass ein beglückendes Leben für sie in der biederen, kalten Mitte Europas stattfinden musste? Nein, natürlich nicht. Sie joggte ohnehin viel lieber am Strand.

Isabella taten plötzlich die Finger weh. Und erst beim Hinsehen bemerkte sie, dass sie sich noch immer krampfhaft an der Tischplatte festhielt – vermutlich, weil die unerwartete Nachricht auf ihrem Anrufbeantworter dem Chaos in ihrem Kopf eine weitere Facette hinzugefügt hatte.

Ja, sie könnte direkt diesen skurrilen Tom anrufen, ihm zusagen und in Hamburg genau das ausprobieren, wonach sie sich seit ihren Teenagerjahren verzehrt hatte: ein Dasein als Künstlerin. Leidenschaftlich und kreativ. Abenteuerlustig und draufgängerisch.

Die junge Frau drückte mit beiden Handflächen fest gegen ihre Schläfen, um dem heraufziehenden Kopfschmerz etwas entgegenzusetzen. Und um zurück in die Realität zu kommen.

Rockmusikerin? So bescheuert konnte sie doch nicht sein. Sie war zum BWL-Examen angemeldet. In drei Monaten würde sie im Prüfungssaal sitzen. Und mit ein bisschen Fleiß und Konzentration konnte sie auch die Defizite der vergangenen Wochen wieder aufholen.

Niemand, der nur einen Funken Verstand im Kopf hatte, würde direkt auf der Zielgeraden alles hinschmeißen und aussteigen. So kurz vor dem Ende. Nach so vielen Semestern und mit all den mühsam über Jahre angesammelten Credits.

Oder doch?

Weil sie nicht mehr wusste, was sie denken sollte, ging Isabella ins Schlafzimmer und stellte sich vor ihr ungemachtes Bett. Dann ließ sie sich einfach nach vorne aufs Gesicht fallen, als wäre ihr alles andere egal. Weil sie keine Kraft mehr hatte, aufrecht stehen zu bleiben … und das, obwohl es erst kurz nach vier Uhr nachmittags war. Natürlich konnte sie nicht schlafen, und so wälzte sie sich hin und her, heulend, ängstlich und frustriert. Den restlichen Nachmittag, den ganzen Abend, bis spät in die Nacht. Überfordert von all den Möglichkeiten, die ihr eine Entscheidung abverlangten.

Drei Tage später joggte Isabella am Ufer des Mains entlang. Vorbei an der Dreikönigskirche über den Eisernen Steg und dann einige Kilometer Richtung Osthafen, wo sie umdrehte, um wieder zurück in Richtung der Frankfurter Skyline zu laufen, die wie das schadhafte Gebiss einer Riesin aufragte.

Doch während sie mechanisch einen Fuß vor den anderen setzte und sich gelegentlich mit ihrem Ärmel den Schweiß von der Stirn wischte, wurde sie ständig von ihren Gedanken überholt ... von dem heillosen Durcheinander, das sich ihrer in den vergangenen Tagen bemächtigt hatte.

So wie beim Frühstück, als sie lustlos vor einer Schale mit Müsli gesessen hatte und innerhalb weniger Minuten erneut all ihre Optionen auf sie eingestürzt waren.

Während die Nachrichtensprecherin im Radio von der drohenden Konjunkturflaute in Europa gesprochen hatte, die einige der führenden deutschen Wirtschaftsinstitute prognostizierten, war sich Isabella mit einem Mal zu hundert Prozent sicher gewesen: »Natürlich mache ich das Examen und bringe mein Wirtschaftsstudium zu Ende. Was denn sonst? Die Industrie braucht engagierte Menschen, die innovativ denken. Vor allem braucht sie fähige Frauen, die neuartige Ansätze für eine nachhaltige Marktwirtschaft entwickeln. Das ist genau mein Platz, der Job, mit dem ich die Welt gestalten kann.« Wie hatte sie das jemals infrage stellen können?

Dann war der erste Charthit nach den Nachrichten gekommen. Ausgerechnet eine geshuffelte Rockballade mit einem angezerrten Gitarrensolo, das ihre ganze Küche erfüllt hatte. Und Isabella hatte mit weit aufgerissenen Augen vor ihrem Frühstück gesessen und instinktiv gespürt: »Hey! Genau das ist es, das und nichts anderes. Ich gehöre auf die Bühne. Und zwar sofort. Ich will, dass um mich herum zwanzigtausend Watt die Luft zum Vibrieren bringen, ich will im Takt der Bassdrum atmen, und ich will, dass mein ganzer Körper zu einem Instrument wird. Wie konnte ich an dieser Zukunft auch nur einen winzigen Moment zweifeln?«

Aber auch dieser Rausch hatte nur kurz angehalten, weil das anschließende Interview mit einem Windhundzüchter aus Namibia ihr sofort eine neue Klarheit geschenkt hatte: »Ganz gleich, was in meinem Leben passiert, ich muss vorher die Welt kennenlernen und meine große Reise machen. Meine einzigartige Entdeckerinnentour. Wenn nicht jetzt, wann dann? Ich brauche die Weite. Und zwar genau in diesem Moment, in dem mich alles in den Abgrund zu ziehen droht. Mein Gott, ich bin doch finanziell unabhängig. Deshalb gibt es nicht den Hauch eines Zweifels: Ich sollte losziehen und in aller Ruhe den Verlust meines Kindes verarbeiten, bevor ich mich beruflich orientiere. Ich sollte auf allen Kontinenten der Erde so viel Schönheit tanken, dass es notfalls für ein ganzes Leben reicht.«

So war Isabella innerhalb von wenigen Minuten von einer trügerischen Zuversicht in die andere gestolpert, von einer scheinbaren Gewissheit in die nächste.

Dabei war ihr ständig bewusst, dass sich die drei Optionen gegenseitig ausschlossen. Entweder verfolgte sie jetzt konsequent ihre Laufbahn an der Universität oder eine Musikerkarriere oder den Traum von einem Aussteigerleben als Entdeckungsreisende. Zumindest hatte sie große Angst, dass ihr später die Kraft fehlen würde, noch einmal ein ganz neues Lebenskonzept anzufangen. Jetzt musste sie sich entscheiden.

Mehrfach überlegte Isabella, ob sie nicht mit einer ihrer Kommilitoninnen reden sollte, aber nachdem sie sich in den vergangenen Wochen so zurückgezogen hatte, entschied sie sich dagegen. Sie würde sonst doch wieder viel zu viel über ihre Tochter sprechen müssen.

Das Entsetzlichste an diesem emotionalen Tumult aber war: Bei jeder der drei Visionen durchströmte sie ein wohliges Glücksgefühl – und zwar in genau der gleichen Intensität. Die befreiende Zuversicht, dass genau dieser Entschluss der einzig wahre sein würde. So wie es sich jedes Mal, wenn sie sich vorstellte, sie müsste auf eine dieser Varianten endgültig verzichten, anfühlte, als hätte ihr jemand das Herz herausgerissen. Ein dumpfer, pochender Schmerz, der sich überallhin ausbreitete.

Wutentbrannt hatte Isabella auf die vollgekritzelten Zettel gestarrt, auf die sie stundenlang die jeweiligen Vor- und Nachteile der drei Perspektiven aufgeschrieben hatte, ohne dadurch auch nur einen Schritt weiterzukommen.

Wer hatte sich bloß so ein schwachsinniges Vorgehen ausgedacht? »Notiere dir alle Pros und Kontras, dann merkst du, wie du dich entscheiden solltest! Nur leider funktioniert das Verfahren überhaupt nicht.«

Auch nach dem sorgfältigen Abwägen aller erdenklichen Vor- und Nachteile war für Isabella unverändert klar gewesen: Jede dieser Varianten wäre fantastisch. Und jede barg in sich den Schlüssel zu ihrer Zukunft, denn jede würde dazu führen, dass sich einer ihrer Lebensträume erfüllen konnte.

Zu allem Elend war Isabella jeden Tag mehr davon überzeugt, dass es bei dieser Wahl um alles ging, um ihr gesamtes Dasein. Ihr komplettes, aus der Bahn geratenes, torkelndes Leben. Sie musste hier und jetzt eine Weiche stellen, in deren Konsequenz einige Züge für sie endgültig abgefahren sein würden.

Die eigentliche Herausforderung lautete deshalb: Welches Leben wollte sie überhaupt führen? Oder noch existenzieller: Wer wollte sie sein? Wer konnte sie sein? Wer sollte sie sein? Und auf welches ihrer großen Ziele würde sie gegebenenfalls am leichtesten verzichten können?

Nun, zumindest die Antwort auf diese Zumutung war eindeutig: auf keines! Nicht ein einziges. Sie war Isabella, die Musikerin, sie war Isabella, die Geschäftsfrau, und sie war Isabella, die Träumerin mit dem unstillbaren Fernweh. Konnte das Leben von ihr verlangen, dass sie sich auf einen Bruchteil ihrer Existenz beschränkte? Nein, niemals!

In diesen düsteren Momenten sah sich Isabella als alte, verhutzelte Frau auf dem Sterbebett liegen, eine verhärmte Gestalt, die nur noch jammern wollte und der Welt, ihren Enkelinnen und Enkeln oder den Hospizschwestern krächzend verkündete: »Ich habe damals, als ich jung war, falsch gewählt und deshalb das Wesentliche verpasst.«

Und das unsägliche Erschrecken vor einem solchen fatalen Fazit hatte inzwischen vollständig von ihr Besitz ergriffen. Denn: Ganz gleich, welchen Weg sie auch einschlagen würde, dieser Weg würde ein Fehler sein, weil sie jedes Mal Dinge versäumen würde, an denen ihr Herz zumindest genauso hing.

Ganz gleich, wer oder was sie sein würde, sie würde vor allem jemand anderes nicht sein. Und diese Vorstellung war unzumutbar. Ein Alptraum sondergleichen.

Dazu kam, dass Isabella, während sie weiter durch Frankfurt irrte und dabei mehrfach an den mondänen Neubauten in der Nähe der Europäischen Zentralbank vorbeilief, verzweifelt wahrnahm, wie sehr diese Achterbahnfahrt der Gefühle ihr zusetzte.

Vor allem hatte sie sich über die Angst gewundert, die sich bei den diversen Gedankenspielen in ihr ausbreitete: Nicht nur die Angst, eine falsche Entscheidung zu treffen, sondern vor allem die Angst, jahrzehntelang mit dem Gefühl leben zu müssen, dass sie aufgrund einer Fehlentscheidung mit sechsundzwanzig Jahren ihre Existenz in eine Sackgasse gefahren hatte, aus der sie nie wieder herauskommen würde.

»Was ist, wenn jemand aufgrund einer falschen Entscheidung das falsche Leben lebt?«, ging ihr immer wieder durch den Kopf. Wie konnte ein Mensch überhaupt gewiss sein, dass er aus der unendlichen Anzahl seiner Optionen ausgerechnet diejenige gewählt hatte, die seinem Wesen am besten entsprach? Oder konnte er diese Unsicherheit nur ertragen, indem er sich die jeweilige Wirklichkeit, die er sich eingebrockt hatte, schönredete? Lebte sie in einer Welt von Lügnerinnen und Lügnern? Von Menschen, die sich selbst betrogen, weil sie zu feige waren, sich den Alternativen zu stellen?

Isabella stockte beim Laufen. Schwer atmend, die Arme auf die Knie gestützt, schaute sie vom Eisernen Steg, den sie, fast am Ende ihrer Laufstrecke, wieder erreicht hatte, hinunter in die braune Strömung des Mains – durch all die roten und goldenen Schlösser, die irgendwelche turtelnden Paare als Zeichen ihrer vermeintlich außergewöhnlichen Liebe an die Geländer geschlossen hatten; so, als wären die Stahlstreben von einem seltenen metallenen Ausschlag befallen: Susann & Patrick, Mia & Tom, Aische & Jens, Manfred & Anita, Tina & Jarim, Silke & Sonja …

»Ihr Trottel«, durchfuhr es die junge Frau, »woher wollt ihr wissen, ob ihr die Richtigen füreinander seid? Schaut euch doch mal um: Die Welt ist voller hübscher Frauen und Männer. Millionen und Abermillionen in eurem Alter. Wie kommt ihr da auf die Idee, ausgerechnet diese Susann oder dieser Jens wären die Passenden? Glaubt mir: Das sind sie nicht. Sie sind nur eine Option – und höchstwahrscheinlich nicht die perfekte. Und ihr Feiglinge nehmt das Erstbeste, was euch über den Weg läuft. Gratulation. Vor allem aber: Ihr werdet euch nie – hört ihr: niemals – sicher sein können, dass ihr nicht die ganz große Liebe verpasst. Wegen einer Susann oder einem Jens.«

Isabella richtete sich wieder auf und trat ans Geländer. Der Schweiß lief ihr übers Gesicht, und sie schmeckte das Salz auf den Lippen.

Ganz gleich, wofür sie sich entscheiden würde – das Examen, die Musik oder die Weltreise – sie würde ihrer Verlorenheit nicht entkommen. Sie hatte ihre Tochter verloren, sie hatte ihre Perspektive verloren.

In diesem Augenblick tauchte ein fast unwiderstehlicher Gedanke in ihr auf: Wenn sie jetzt hier auf das Geländer der Brücke steigen und in den Fluss springen würde, wäre das der einfachste Weg, um ihrer Zerrissenheit zu entkommen. Es war so leicht. So banal. So verführerisch.

Während sie am Rand der Brücke stand, schaute sie kurz nach links und nach rechts. Die nächsten Passanten, ein japanisches Touristenpärchen und eine Gruppe von etwa sechs oder sieben Oberstufenschülern, waren weit genug entfernt. Jedenfalls weit genug. Bevor jemand würde reagieren können, läge sie schon im Wasser.

Ein Sprung. Sich nach oben auf das Geländer ziehen, nach hinten beugen, loslassen und fallen, am besten direkt vor das Frachtschiff, das sich von Westen gegen den Strom der Brücke näherte. Dann würde sie nicht einmal in Versuchung geraten, doch zu schwimmen.

Wenn es ihr nicht vergönnt war, drei Leben zu leben, dann gab es keinen Grund, sich von der Reduktion auf nur einen Entwurf weiterhin jede Hoffnung zerstören zu lassen. Sie hatte ein Recht darauf, alles, was in ihr angelegt war, zu entfalten. Alles – oder nichts!

Und schon saß sie auf der breiten Metallstrebe des Brückengeländers.

Alles oder nichts? Dann lieber nichts!

»Ich wünschte wirklich, ich könnte drei Leben leben«, murmelte Isabella und verlagerte ihr Gewicht langsam nach hinten.

Immer weiter.

›Drei Leben‹ … Wo hatte sie das kürzlich gelesen?

Genau, auf der Visitenkarte dieses komischen Mannes vom Friedhof. Von diesem Jasper, der sie auf dem Friedhof auf scheinbar sympathische und zugleich unangebrachte Weise angesprochen hatte.

Isabellas Po war vom Geländer abgerutscht und sie kippte schon nach hinten, als ihre Hände nach oben schossen – und im letzten Moment zwei Streben des Geländers erwischten. Voll Panik spürte sie, dass ihre Finger an den glatten Sprossen abrutschten, dann bekam sie einige der Liebesschlösser zu fassen und klammerte sich mit der Kraft ihrer Wut daran fest.

Während ihre Beine noch immer über dem breiten Handlauf lagen, hing sie jetzt mit dem Kopf nach unten über dem Fluss, während sie zugleich spürte, wie die Kraft in ihren Händen von Sekunde zu Sekunde spürbar nachließ.

«Come on. That was a close call. You should be more careful, Miss!«

Zwei feste Griffe packten ihre Oberarme und zogen sie zurück auf die Brücke.

Vor ihr stand der japanische Tourist. Mit einem erschrockenen Lächeln im Gesicht. «Don't do that again. You could have died.«

Seine Frau fragte: «Are you alright? O look, your hands are bleeding. Do you need help?«

Isabella starrte auf ihre Finger, die tatsächlich an mehreren Stellen bluteten. Sie wischte sie an ihrem durchgeschwitzten Joggingshirt ab und schüttelt den Kopf. «I'm fine. Just a moment of inattentiveness. I was reckless. Thank you very much for your help. But I'm fine. My flat's not fare away. I'll go there and get myself a bandage.« Sie nickte den beiden kurz zu, drehte sich dann schnell um und rannte davon.

Zu Hause brauchte Isabella fast zwanzig Minuten, bis sie die Visitenkarte von Jasper gefunden hatte. In der hinteren Tasche ihrer frisch gewaschenen schwarzen Hose – und aufgrund des Waschvorgangs in mehrere Stücke zerfallen.

Doch als sie die Einzelteile sorgsam auf dem Küchentisch wieder zusammengefügt hatte, war die Telefonnummer gerade noch zu erkennen. Blass, aber leserlich.

Erleichtert notierte sie die Zahlen auf einem kleinen Block und rief dann direkt an.

»Hier ist Isabella!«

Ein kurzes Schweigen. Dann meinte sie, durch den Hörer zu erahnen, dass Jasper einen Mundwinkel hochzog. »Du bist die Frau, die das Kind verloren hat. Richtig?«

»Ja. Warum steht auf deiner Visitenkarte ›Drei Leben‹?«

»Warum fragst du?« Er atmete durch die Nase aus. Sehr lange. »Brauchst du drei Leben?«

Isabella schnaufte. »Ja! Ja, ich brauche drei Leben. Und zwar sofort. Warum steht das auf deiner Visitenkarte?«

Jetzt lachte Jasper ganz offen. »Das möchte ich dir nicht am Telefon erklären. Wenn du morgen Zeit hast ...«

»Morgen ist es vielleicht zu spät.«

Der Mann zögerte. »Du willst dich jetzt mit mir treffen? Hast du nicht angedeutet, es gehöre sich nicht, jemanden so direkt anzugehen?«

»Lass den Quatsch. Mir ist überhaupt nicht nach Albernheiten zumute. Du hast mir auf dem Friedhof gesagt, dass du helfen kannst, wenn jemand nicht weiß, wie er sich entscheiden soll. Das ist bei mir der Fall. Ich habe zwar keine Ahnung, wer du bist und was du den Leuten andrehen möchtest – aber ich fühle mich so verloren, dass ich nach dem letzten Strohhalm greife. Du bist der Strohhalm. Also, bitte verarsch mich nicht, okay?«

Sanft sagte Jasper: »Kennst du das kleine Café am Liebfrauenberg? In der Fußgängerzone? Gegenüber vom Karmeliterkloster, an der Ecke, an der man zur Kleinmarkthalle abbiegt?«

»Ja!«

»Gut, ich bin in einer halben Stunde dort.«

Dann legte er auf. Einfach so. Ohne Abschiedsgruß.

KAPITEL 3

Hoffnungsschimmer *oder* Das Angebot

»Stell dir vor, es gäbe dich mehrfach und du könntest für einige Jahre, sagen wir, gleich drei Leben ausprobieren. Würdest du es wagen? Auch, wenn du wüsstest, dass du dich am Ende für eines davon entscheiden musst?« Jasper tauchte den winzigen Löffel in seinen Cappuccino, während zu seinen Füßen eine vorwitzige Taube nach heruntergefallenen Krümeln suchte.

Isabella starrte ihn an. »Ich verstehe nicht mal deine Frage. Wie meinst du das? Ich soll das ausprobieren?«

Ihr Gegenüber konzentrierte sich weiter auf das Muster, das er durch sein Rühren auf dem Cappuccino erzeugte.

»Machen wir doch mal ein kleines Gedankenexperiment: Angenommen, es wäre möglich, dich zu verdreifachen. Dafür zu sorgen, dass du dreimal existierst. Parallel ...«

»Das ist Quatsch!«

Jasper schüttelte sanft den Kopf. »Entspann dich und betrachte das Ganze als Spiel. In Ordnung? Als Imagination. Und dann überlege dir, wie das für dich wäre: Für einen gewissen Zeitraum existieren drei Isabellas parallel, drei identische Personen, die drei Lebensmodelle nebeneinander ausprobieren können. Die eine dies, die andere das und die dritte wieder etwas ganz anderes. Würde so eine Konstellation dein Problem lösen?«

Isabella fixierte das Stück Käsekuchen, das sie bei der Kellnerin bestellt, aber noch nicht angerührt hatte. »Du machst dich über mich lustig, richtig?«

Der junge Mann nahm einen Schluck aus seiner Tasse. Dann sagte er: »Es geht doch, wie gesagt, erst mal nur um eine Vision. Also: Lass deiner Fantasie freien Lauf. Schaffst du das? Gut! Und jetzt noch mal: Würde eine solche Möglichkeit dein Problem lösen?«

Isabella nickte, ein bisschen widerwillig. »Ja ... ja, ich denke schon. Ich versuche halt gerade, mir diese verrückte Konstellation irgendwie vorzustellen. Aber ja, ich vermute, dass mir so ein dreifaches Dasein enorm helfen würde. Dann wäre ich zumindest nicht mehr so zerrissen – und könnte jede meiner Identitäten tatsächlich etwas Eigenes ausprobieren lassen. Ich habe dir ja gerade erzählt, was mich beschäftigt. Und ich wüsste dann irgendwann viel genauer, welcher dieser Entwürfe für mich der richtige ist.«

Für einen kurzen Moment huschte ein zufriedenes, ja fast triumphierendes Lächeln über Jaspers Gesicht, dann lockerten sich seine Züge wieder.

»Das heißt: Wenn dir jemand ein solches Angebot machen würde, würdest du es annehmen?«

Isabella antwortete sofort: »Ja!«

Jasper wischte sich den Milchschaum von den Lippen, bevor er leise weiterredete. »Vorsicht! Denk bitte erst in Ruhe darüber nach. Wir sprechen hier über ziemlich unkonventionelle Überlegungen ...«

Die Studentin unterbrach ihn, während ihr Blick auf eine ihrer mit mehreren Pflastern übersäten Hände fiel: »Was hast du damit gemeint, dass ich mich am Ende für eines der drei Leben entscheiden müsste?«

Jasper deutete grinsend mit dem Finger auf sie: »Du kommst gerne schnell auf den Punkt, hab ich Recht? Aber gut, ich versuche mal, dir zu erklären, worum es geht. Wenn ich dich richtig verstanden habe, möchtest du herausfinden, welches von drei attraktiven Lebenskonzepten am besten zu dir passt und dir hilft, ganz du selbst zu sein. Mein Vorschlag lautet: Probiere sie alle eine Zeit lang aus, damit du die Antwort findest. Es geht aber nicht darum, dich insgesamt dreimal leben zu lassen, das wäre eine völlig andere Sachlage. Wir wollen nur dafür sorgen, dass du entdeckst, welche der Isabellas, die in dir angelegt sind, du werden möchtest. Richtig? Und darum müsste so ein Experiment zeitlich beschränkt sein auf ... na, zum Beispiel ... sieben Jahre.«

»Warum denn sieben Jahre?«

Jasper machte eine Verlegenheitsgeste mit dem rechten Arm: »Na, was weiß ich, vielleicht, weil es schon immer den Mythos gibt, dass das menschliche Leben sich in Sieben-Jahres-Zyklen abspielt. Viele Soziologen sind sich sogar sicher: Alle sieben Jahre beginnt eine neue Lebensphase. Das heißt nicht, dass man dann alles über den Haufen werfen muss, aber die meisten Menschen machen die Erfahrung: Nach sieben Jahren verändert sich in unseren Lebensläufen etwas fundamental, neue Prioritäten tauchen auf, und oftmals entsteht eine unerwartete Aufbruchsstimmung. Ist ja auch egal, jedenfalls ist die Sieben nicht nur bei den Anthroposophen, sondern auch bei den Philosophen und in der Bibel eine heilige Zahl. Deshalb legen wir einfach fest: Das Experiment dauert sieben Jahre.«

»In Ordnung, und was genau passiert dann nach diesen sieben Jahren?«

»Tja, nach sieben Jahren wirst du ausreichend Zeit gehabt haben, deine drei Lebensträume zu testen. Und dann wirst wohl in der Lage sein, zu entscheiden, welchen davon du dauerhaft fortführen möchtest.«

Isabella beugte sich vor: »Ach so, und dann könnte ich wählen, welchen Weg ich weitergehe?«

»Exakt. Und die beiden anderen Isabellas würden wieder verschwinden, als hätte es sie nie gegeben. Das wäre sozusagen Teil des Arrangements.«

Die junge Frau probierte ein Stück von ihrem Käsekuchen und zog dann fragend die Augenbrauen hoch. »Warte mal! Bist du Hypnotiseur? Hilfst du Leuten, mit Fantasiereisen Dinge auszuprobieren, die sie sonst nicht realisieren könnten?«

So, wie er es schon bei ihrem ersten Zusammentreffen auf dem Friedhof getan hatte, ignorierte Jasper auch diesmal ihre Frage und sprach unbeirrt weiter: »Also, zwei von euch sind dann nicht mehr da. Das ist das Erste. Es gibt aber noch weitere Bedingungen.«

Bevor Isabella nachhaken konnte, fing er an, sie aufzuzählen und bei jedem Punkt einen Finger aufzurichten: »Erstens: Ihr müsst direkt nach der … nennen wir es mal ›Metamorphose‹ … auseinandergehen. Aber keine Sorge, ich werde mich um alles Nötige kümmern. Zweitens: Ihr dürft in den sieben Jahren keinen Kontakt zueinander haben. Und drittens: Ihr müsst euch am Ende des Experimentes für drei Tage, für ein Wochenende, treffen, um miteinander sorgsam zu prüfen und zu entscheiden, welche von euch zukünftig weiterleben soll.«

Er rieb sich mit der Hand über die Wange und ließ seinen Blick über den großen Platz in der Fußgängerzone streifen, der an diesem Nachmittag voller einkaufswütiger Menschen war. »Ich sage das so deutlich, damit es nachher keinerlei Missverständnisse gibt. Also: Sind dir die Rahmenbedingungen klar?«

Isabella hatte noch Kuchenkrümel im Mund und antwortete kauend: »Moment mal! Ist das alles noch das lustige Gedankenspiel oder machst du mir jetzt ein konkretes Angebot?

Und wenn ja: Wie funktioniert das? Mit Hypnose? Oder arbeitest du mit psychoaktiven Substanzen, mit bewusstseinsverändernder Meditation oder mit Klarträumen? Ich meine: Wie muss ich mir diese drei Leben konkret vorstellen?«

Jasper zog die Augenbrauen hoch: »Es wird real sein. Mehr will ich dir dazu nicht sagen. Und hör bitte auf, mich zu fragen. Das hilft uns beiden nicht weiter. Glaub mir!«

Isabelle legte ihre Kuchengabel mit einem lauten Klirren zurück auf den Teller. »Na, hör mal, du willst mit mir irgendwelche kruden Menschenversuche anstellen, und ich soll nicht mal fragen dürfen, was du da genau mit mir vorhast? Das ist ja wohl absurd! Auf so einen Schwachsinn lass ich mich auf keinen Fall ein.«

Jasper erhob sich und nickte ihr freundlich zu. »Dann kann ich dir leider nicht weiterhelfen.«

Er legte zehn Euro auf den Tisch und wandte sich ab.

Im Weggehen sagte er noch: »Aber denk daran, dass du jetzt schon tot im Main treiben würdest, wenn du nicht an die drei Leben gedacht hättest.«

»Hey, halt, woher weißt du das?« Isabella hatte so laut gerufen, dass sich an mehreren der Bistrotische weitere Gäste des Cafés neugierig oder verstört nach ihr umschauten.

Wütend sprang sie auf, rannte hinter Jasper her, packte ihn am Arm und zischte noch einmal: »Woher weißt du das? Das habe ich dir nicht erzählt.«

Sie zog den jungen Mann mit festem Griff zu dem spätbarocken Springbrunnen in der Mitte des Liebfrauenplatzes, so dass sie im Schatten des zentralen Obelisken stand und nicht von der Sonne geblendet wurde. »Los, sag schon!«

Jasper schien unbeeindruckt: »Es gibt Dinge, die kann ich dir nicht erklären. Entweder du vertraust mir ...«

Ihr Griff wurde noch fester: »Woher weißt du, dass ich in den Main springen wollte? Hast du mich beschattet?«

Der jungenhafte Mann verengte seine Augen zu schmalen Schlitzen. »Nein, das habe ich nicht. Und mehr wirst du von mir nicht erfahren. Mit dem, was ich dir anvertraut habe, betreten wir einen Bereich der Wirklichkeit, in dem nicht mehr alles nach den liebgewordenen Gesetzen der Logik funktioniert. So, wie auch die Hoffnung oder die Zuversicht nicht logisch sind. Du musst entscheiden, ob du dich auf mein Angebot einlassen möchtest oder nicht. Und tu mir einen Gefallen: Lass bitte meinen Arm wieder los. Ich bekomme sonst blaue Flecke.«

Isabella löste ihre Hand und zog sie zurück. »Warum kannst du mir nicht sagen, wie das Ganze funktioniert? Und woher du von meinem Erlebnis auf dem Eisernen Steg weißt?«

Jasper lehnte sich auf den breiten Rand des Brunnens, dessen Sockel mit Delfinen und Flussgöttern verziert war. »Hier, guck dir diese Figuren an. Vielleicht haben mir ja die Flussgötter aus dem Main zugeflüstert, was dich bewegt. Nein, das stimmt natürlich nicht. Es ist nur einfach so: Es gibt die Wirklichkeit der Definitionen und Zahlen – und es gibt die Wirklichkeit des Vertrauens. Glaub mir: In beiden Dimensionen kann man sich verlieren. Einige gewitzte Philosophen behaupten sogar, dass das gesamte Leben nur darin besteht, zwischen diesen Wirklichkeiten abzuwägen. Eine hohe Kunst. Tatsache ist ... für dich gilt jetzt und hier: Ich habe keine Zahlen und Definitionen für dich, also auch keine Erklärungen oder Gebrauchsanleitungen. Du kannst mir vertrauen oder nicht!«

Isabella merkte, dass ihr Atem wieder schneller wurde und sie Herzrasen bekam: »Du meinst das ernst, oder? Du meinst das wirklich ernst?

Wer ... verdammt noch mal ... bist du?«

Jasper zupfte am Kragen seines Jacketts, das Isabella ihm in ihrer Erregung halb von der Schulter gezogen hatte, bis es wieder richtig an seinem Oberkörper lag. Dann setzte er sich auf den Brunnenrand.

»Isabella! Ich schlage Folgendes vor: Wenn du gerne drei Leben wagen möchtest, dann komm morgen um neun in die Holzhausenstraße. Kennst du das Haus mit der kleinen Eisdiele unten drin? ›La Gondola‹? Dort wohne ich. Und dort werde ich dir – wie versprochen – für sieben Jahre drei Leben schenken. Du bist frei, dieses Angebot anzunehmen oder es zu lassen. Dabei gilt jedoch: Ich werde dir keine weiteren Fragen dazu beantworten. Basta!«

Jasper wollte wieder aufstehen, doch sie drückte ihn zurück auf den Brunnenrand. »Halt. Nicht so eilig. Was willst du dafür? Was kostet mich diese ›Behandlung‹ oder was diese Metamorphose ist? Wer weiß, ob ich mir das überhaupt leisten kann?«

Er griff hinter sich in den Brunnen, befeuchtete seinen Zeigefinger und malte ihr damit ein kleines Kreuz auf die Stirn.

Dann sagte er: »Nichts. Die Metamorphose kostet nichts. Du musst das so sehen: Jedem Menschen werden bestimmte Möglichkeiten geschenkt. Und für jede und jeden gibt es Chancen, die nur sie oder er bekommt. Deine Chance sind die drei Leben. Doch ich will ehrlich sein: Ich wäre an deiner Stelle auch unsicher, ob es klug ist, diese Chance zu ergreifen. Schließlich bringt so ein Schritt ins Unbekannte jede Menge Unsicherheiten mit sich. Deshalb kannst auch nur du selbst entscheiden, ob du es riskieren möchtest oder nicht. Du trägst die Verantwortung! Hey, schau mich nicht so entrüstet an. Versteh doch: Ich bin nur aus einem Grund hier … um dir diese Gelegenheit zu erläutern. Und um dir deutlich zu machen, dass es eine attraktive Alternative zu deinem törichten und sinnlosen Versuch gibt, dich umzubringen.«

Isabella schaute hoch zum Kirchturm des Kapuzinerklosters, zwischen dessen Fundamenten mehrere kleine Läden Unterschlupf gefunden hatten.

»Aber Jasper, du wirst doch wohl verstehen, dass ich da einfach noch mehr Informationen brauche …

… Jasper?«

Als ihr Blick zurück zum Brunnen schwenkte, war der Mann verschwunden.

Nach einer schlaflosen Nacht stand Isabella am nächsten Morgen im Frankfurter Nordend vor dem Haus, das ihr geheimnisvoller Bekannter am Tag zuvor beschrieben hatte. Allerdings waren die alten Nachkriegsbauten, an die sie sich erinnerte, verschwunden und hatten einem modernen Wohn- und Bürogebäudekomplex weichen müssen.

Neben der Eisdiele wiesen mehrere Schilder auf eine Gemeinschaftspraxis, eine Anwaltskanzlei mit Notariat und eine Import-Export-Firma hin.

»Ich weiß nicht mal, wie Jasper mit Nachnamen heißt«, durchfuhr es Isabella. »Wie soll ich da jemals herausfinden, wo er wohnt.«

Doch als ihr Blick über die Reihen der Klingelknöpfe schweifte, stieß sie überrascht die Luft aus: Neben der obersten Klingel in der zweiten Spalte stand in einer schlichten Handschrift ›Drei Leben‹. Ohne zu zögern drückte sie auf die Taste, woraufhin der Türsummer ertönte und sie eintreten konnte.

Direkt gegenüber dem Fahrstuhl, aus dem sie kurz darauf trat, lehnte Jasper im Türrahmen und streckte ihr begrüßend die rechte Hand entgegen: »Irgendwie wusste ich, dass du kommen würdest. Herzlich willkommen.«

»Na großartig, dann wusstest du mehr als ich«, fuhr Isabella ihn an. »Kannst du dir vorstellen, wie meine Nacht war? Wie ich mich schlaflos hin- und hergewälzt habe? Nein, das kannst du nicht! Hör mal, es ist zutiefst unanständig und schamlos, jemandem so einen Floh ins Ohr zu setzen, wie du es getan hast. Du kannst mir doch nicht solche Versprechungen machen! Das hat mich alle Nerven gekostet, die ich noch hatte. Jetzt sag mir bitte sofort die Wahrheit: Hast du mich gestern verarscht? Oder was geht hier ab?«

Jasper, der mit einer schwarzen Jeans und einem Designer-Pulli bekleidet war, legte den Zeigefinger auf die Lippen und deutete dann eine Verbeugung an, bevor er ruhig erwiderte. »Ich freue mich auch, dich zu sehen. Komm bitte herein.«

Er winkte sie mit der Hand zu sich und ließ ihr den Vortritt.

Erstaunt starrte Isabella das Zimmer an. Es war ein beinahe leerer Raum, in dessen Mitte drei Liegestühle standen. Daneben ein Bistrotisch mit einem dunkelblauen Cocktail.

»Was ist das?«

Der junge Mann deutete auf das Getränk. »Du musst nur diesen Trank zu dir nehmen, dann passiert alles andere von alleine.«

»Äh, Moment mal, werde ich dann einschlafen?«

Jasper nickte. »Ja, aber nur für einen sehr kurzen Moment. Es geht leider nicht anders …«

Isabella gab ein höhnisches Lachen von sich: »Und du meinst, auf so einen abgefahrenen Mist lasse ich mich ein? Was ist, wenn du da irgendwelche K.-o.-Tropfen reingeschüttet hast und ... und mich begrabschst oder vergewaltigst, sobald ich bewusstlos bin? Das ist doch wohl nicht dein Ernst, oder?«

Lange Zeit sagte ihr Gegenüber nichts. Dann senkte er den Kopf: »Es tut mir leid, dass du immer erst mal das Schlechteste von mir denkst. Obwohl, es ist vermutlich kein Wunder, dass du voller Misstrauen bist. Aber ich habe dir ja gesagt: Bei diesem Experiment geht es um Vertrauen. Wie bei den meisten Dingen im Leben geht es um die große Entscheidung: Angst oder Vertrauen.«

Isabella ließ ihren Blick noch einmal über die weiße Raufasertapete gleiten. »Ich mache das nicht. Nicht mit irgendeinem Gesöff, dass du oder wer auch immer zusammengepantscht hat.«

Jasper seufzte. »Ich hatte gehofft, wir kommen darum herum. Aber vermutlich geht es nicht anders.«

Er griff in die Hosentasche seiner Jeans und holte eine Handvoll Kabelbinder hervor. »Hier, wenn du möchtest, dann kannst du mich damit unter dem Fenster an den Heizkörper fesseln. Dadurch bin ich quasi fixiert, während du die ›Metamorphose‹ erlebst.«

Sie schaute ihn überrascht an. »Echt?«

Dann verzog sie das Gesicht: »Klingt nett, aber was ist, wenn du so ein Houdini bist, ein Entfesselungskünstler, der ... oder wenn gleich, sobald ich weggetreten bin, eine ganze Horde von Wüstlingen von draußen reingestürmt kommt ...«

Jaspers Stimme brach sich vielfach von den kahlen Wänden und hatte plötzlich etwas Sakrales, als er sie unterbrach: »Und was ist, wenn der Vogelsberg als Vulkan wieder ausbricht, während du mich gefesselt hast? Oder wenn dieses Haus abbrennt, während ich da hilflos liege? Oder wenn Donald Trump aus Versehen eine Atombombe auf Frankfurt wirft, während wir über deine Zukunft reden? Glaub mir, Isabella, ich rühre dich nicht an. Das schwöre ich! Willst du dich denn immerzu von der Angst bestimmen lassen?«

Er hielt sich selbst die Hand vor den Mund, als wäre er über seine Barschheit selbst erschrocken.»Entschuldige. Sag mir lieber: Warum hast du dich entschieden, heute morgen hierher zu kommen?«

Isabella zuckte mit den Achseln:»Wahrscheinlich, weil ich nichts mehr zu verlieren habe. Gestern war ich noch ohne jede Zukunftsperspektive, jetzt taucht da zumindest ein Hauch von Hoffnung am Horizont auf. Und du weißt ja: Ich habe ohnehin ständig Angst, etwas zu versäumen.«

Jetzt lächelte sie:»Ich wäre schön blöd, wenn ich mir die Gelegenheit entgehen ließe, dreimal zu leben.«

»Dann trink diesen Cocktail!«

Isabella trat ans Fenster uns sah hinunter auf die Straße, wo gerade ein Lieferwagen der Post eine Spur zuparkte und mit einem wütenden Hupkonzert der ausgebremsten Autofahrer belohnt wurde.

Nach mehreren Minuten des Schweigens räusperte sie sich und sagte leise:»Nimm es mir nicht übel, aber ich werde dich doch festbinden. Ich muss vielleicht lernen, mehr Risiken einzugehen, aber ich muss mich nicht leichtsinnig in Gefahr bringen.«

Isabella dreht sich zu Jasper um und streckte fordernd die Hand aus. Daraufhin legte dieser die Kabelbinder auf ihre Handfläche, setzte sich vor dem Heizkörper auf den Boden und breitete die Arme aus, so dass Isabella seine beiden Handgelenke an der äußersten Strebe und am Zulaufrohr fixieren konnte.

Der so Gefesselte schaute die junge Frau kritisch an, als sie auch noch die Ärmel seines Pullovers untersuchte, um herauszufinden, ob er dort möglicherweise eine Nagelschere, eine Feile oder etwas Ähnliches verborgen hatte, mit dem er die Kabelbinder hätte durchtrennen können. Aber sie fand nichts.

Jasper versuchte, sich zu strecken. »Was ist denn eigentlich, wenn du in Wirklichkeit eine sadistische Frau bist, eine verkappte Domina, die meine Situation gleich schamlos ausnutzt?« Er grinste: »Merkst du, wie unangebracht dieses ständige Misstrauen ist?«

Isabella richtete sich wieder auf: »So. Jetzt hängst du da wie ein Sitz-Jesus, mit deinen ausgebreiteten Armen. Wie lange wird die ganze Prozedur dauern?«

Jasper wiegte den Kopf hin und her: »Zeit spielt keine Rolle.«

Die junge Frau richtete sich wieder auf, ging zur Eingangstür der Wohnung und legte von innen die Sicherheitskette vor.

Anschließend kam sie zurück, trat langsam ins Zentrum des matt erleuchteten Raumes, nahm den Cocktail in die Hand und setzte sich dann seufzend in den mittleren Liegestuhl. Einige Sekunden lang schaute sie die farbige Flüssigkeit zweifelnd an.

Dann, bevor sie es sich anders überlegen konnte, setzte sie das Glas an den Mund und stürzte das Getränk in einem Schluck hinunter.

»Schmeckt nach Blaubeeren und Vanille.« Dachte sie noch, dann dämmerte sie schon weg.

Sie fiel in sich zusammen, als hätte eine geheimnisvolle Macht sie in ein dunkles Loch gesogen. Kurz darauf explodierten alle Farben des Regenbogens in ihrem Kopf. Wie bei einem gigantischen Feuerwerk. Rauch, Explosionen, Blitze. Dann wurde Isabella eins mit dem Universum, zumindest fühlte es sich irgendwie so an.

Kurz darauf oder eine Ewigkeit später öffnete sie ihre Augen wieder … und … und sah sich selbst ins Gesicht. Und zwar sowohl auf der linken, als auch auf der rechten Seite.

Schnell blickte sie zur Heizung, doch Jasper war verschwunden. Mit genau den gleichen Handgriffen prüften alle drei Frauen anhand ihrer Kleidung, ob ihnen möglicherweise jemand zu nahe getreten war – und stellten erleichtert fest, dass offensichtlich nichts Ungehöriges geschehen war.

Dann jedoch wurde jegliche Sorge einfach zur Seite gefegt von der überwältigenden Erkenntnis, dass sie nicht mehr alleine waren, dass sie zu dritt in diesem Zimmer saßen, drei Isabellas – jede Isabella in einem der drei Liegestühle.

Die drei Frauen standen auf, nickten einander atemlos zu und rannten hinaus auf die Straße.

Was konnte sie noch aufhalten?

KAPITEL 4

Nachrichten *oder* Sieben Jahre später

Um 22.07 Uhr, in einem noch ungewöhnlich kalten April, an dem in ganz Deutschland ein feuchter Nordostwind die Bäume dazu brachte, sich tief zu verneigen, erhielten drei Frauen in drei verschiedenen Städten gleichzeitig eine E-Mail.

Und weil zufällig alle drei in diesem Augenblick an ihren Rechnern saßen, fingen sie auch gleichzeitig an, die Nachricht zu lesen.

Nicht in der gleichen Geschwindigkeit, aber mit sehr verwandten Emotionen. Denn mit jedem Wort, das sie lasen, hatten die Frauen das Gefühl, als umklammerte eine Hand ihr Herz und finge an, unbarmherzig zuzudrücken.

Liebe Isabella,

die sieben Jahren sind um. Du hattest ausreichend Gelegenheit, deine Lebensträume zu erkunden. Daher ist es jetzt Zeit, eine Entscheidung zu treffen: Welchen deiner drei Träume möchtest du von nun an weiterleben?
Um diese existenzielle Frage zu klären, lade ich dich herzlich am kommenden Wochenende in den Taunus ein. Ich bin sicher, du wirst dir den Termin einrichten können! Andernfalls würde das Experiment nämlich sofort enden.
Vielleicht erinnerst du dich an die alte Schänke mit den Gästezimmern im Wald hinter Grävenwiesbach, zu der du früher oft mit deinen Eltern gefahren bist. Sie öffnet zwar offiziell erst Ende Mai wieder, aber ich habe sie für uns angemietet. Wir treffen uns dort am kommenden Freitag um fünfzehn Uhr.
Bitte sei pünktlich und reise mit öffentlichen Verkehrsmitteln zu unserem Treffpunkt (auch wenn du die letzten drei Kilometer laufen musst, weil der Linienbus seit einigen Jahren nur noch in den Sommermonaten an der Hütte hält). Ich möchte ungern am Ende zwei überflüssige, zurückgebliebene Autos hier im Wald stehen lassen müssen.

Nur als kleine Erinnerung: Zu unserer Abmachung gehörte von Anfang an, dass du dich nach Ablauf der Probezeit gemeinsam mit den beiden anderen Isabellas darüber verständigst, welche der unterschiedlichen Lebensperspektiven dir am besten entspricht. Dazu werdet ihr viel miteinander reden müssen, um das Richtige für dich herauszufiltern.
Ich freue mich sehr darauf, dich wiederzusehen und zu hören, was du in den vergangenen Jahren erlebt hast – und ich bin sicher, den anderen beiden geht es genauso.

Herzlich
Jasper

Jede der Frauen löschte die E-Mail sofort, stützte den Kopf in die Hände und schaute unsicher aus dem Fenster, hinauf in den bewölkten Himmel, an dem die zerrissenen Wolken so eilig unterwegs waren, als hätten sie eine dringende Verabredung.

Dann standen die drei Isabellas fast gleichzeitig auf und fingen an, ihre Reisetaschen zu packen. Nur das Allernötigste.

Eine der drei Frauen aber lief nach kurzem Nachdenken noch einmal in ihre Küche, zog das schärfste Messer, das sie im Messerblock auf der Fensterbank fand, heraus und wog es einen Moment prüfend in der Hand.

»Ob ich das könnte?« Ihre Frage hing fast greifbar zwischen den gekachelten Wänden.

Ohne darüber nachzudenken, drehte Isabella das Messer so herum, dass die Klinge nach unten zeigte, und stach mehrfach auf einen unsichtbaren Feind ein, jedes Mal mit einem lauten Ächzen. Erstaunlicherweise fühlte sich die Bewegung gut an. Fast zu gut.

Schließlich entschied sie, die Waffe einzustecken. Man konnte nie wissen.

KAPITEL 5

Wiedersehen *oder* Wer bist du?

Isabella atmete beim Laufen gleichmäßig im Rhythmus ihrer Schritte, die auf den vom vergangenen Jahr liegen gebliebenen Zapfen, Nadeln und Blättern am Straßenrand leise knirschten.

Trotz des trüben Wetters hatte sie auf dem Weg vom Grävenwiesbacher Bahnhof zur Waldschänke angefangen zu schwitzen, und die Gurte ihres sportlichen Rucksacks schnitten trotz aller angepriesenen Ergonomie unangenehm in ihre Schultern. Sie hatte offensichtlich wieder zu viel eingepackt. Wie jedes Mal.

In diesem Moment hupte hinter ihr ein Taxi. Laut und penetrant.

»Hey«, rief sie dem Fahrer erbost über die Schulter zu, »das ist ein Waldweg, hier dürfen nur Anlieger …«

»Quatsch nicht, steig ein!«

Durch das hintere, noch nicht ganz heruntergefahrene Fenster des cremefarbenen und leicht verdreckten Mercedes streckte Isabella den Kopf nach draußen und zog amüsiert ihre rechte Augenbraue hoch.

Doch bevor die Läuferin überhaupt reagieren konnte, hatte ihr Ebenbild schon die Wagentür aufgerissen, war ins Freie gesprungen und hatte sie in den Arm genommen. So stürmisch, dass die beiden beinah umgefallen wären.

»Boah! Tut das gut, dich zu sehen. Nach so vielen Jahren. Ich bin unfassbar gespannt, wie es dir ergangen ist. Warte, lass dich mal in Ruhe anschauen: … hm … Moment … ich muss einen Moment gucken … tja … Treckinghose, reichlich abgenutzter, aber ziemlich professioneller Rucksack, Kurzhaarschnitt, trotz des Frühlings ordentlich Farbe im Gesicht … hey, du bist unsere Globetrotterin. Stimmt's? Du bist Miss Sunshine, also: Rot!«

Die Angesprochene nickte demonstrativ und streckte gleichzeitig die Hand mit dem erhobenen Daumen in die Luft: »Richtig. Ich bin Rot. Auch wenn ich mit der Rumreiserei schon vor einiger Zeit aufgehört habe, na, sagen wir lieber: Ich habe sie deutlich reduziert. Also: Gratuliere, gut erkannt.«

Sie neigte den Kopf zur Seite und deutete auf ihr zufrieden lächelndes Gegenüber: »Aber warte, jetzt bin ich dran … obwohl, da muss ich, glaube ich, gar nicht lange nachdenken: fesches Kostüm, getönte Haare, ziselierter Armreif aus Silber, dezentes, aber erkennbar kostspieliges Make-up …«

Sie musterte Isabella ausführlich und warf dabei auch einen Blick auf die Rückbank des Taxis. »… und eine feine Reisetasche aus Leder. Ohne Zweifel: Du bist im Geschäftsleben angekommen. Außerdem: Wer drei popelige Kilometer vom Bahnhof zum Treffpunkt mit dem Taxi fährt, der ist anscheinend gewohnt, öfter mal chauffiert zu werden. Also: Business. Oder sagen wir lieber: Schwarz!«

Isabella lachte: »Volltreffer. Quasi: Voll ins Schwarze. Ich bin allerdings nicht mehr in Aachen an der Uni, schon lange nicht mehr, das war nur eine Zwischenstation. Ich habe nach meiner Promotion direkt in die Industrie gewechselt. Aber das werde ich euch alles in den nächsten Tagen erzählen. Komm, ich nehme dich mit. Lass uns schauen, ob unsere Musikantin, also die ›Dame in Weiß‹, auch schon eingetroffen ist.«

Sie winkte die Läuferin hinter sich in den Wagen, und noch bevor diese sich richtig hatte anschnallen können, erreichten die beiden das Ausflugslokal am Rande einer kleinen Lichtung.

Davor, direkt an der Kreuzung zweier Wanderwege, unter einem Hinweisschild der örtlichen Wandervereine und einer vergessenen Warntafel zur Waldbrandgefahr stand … Isabella.

Sie wirkte ein bisschen verloren und fremd, allein zwischen den dichten hohen Bäumen, nur wenige Meter von den geschlossenen Türen und Fenstern der Schänke entfernt und eingemummelt in ein schwarzes Kapuzenshirt mit dem hellgrünen Logo ihrer Band auf dem Rücken.

Die beiden Frauen aus dem Taxi stürmten diesmal gemeinsam nach draußen, und während der Taxifahrer schon wieder wendete, um zurückzufahren, hielten sich die drei Frauen so fest an den Händen fest, so wie sie es damals bei ihrem Abschied getan hatten.

Für einen kurzen Moment wusste keine der drei Isabellas, was sie sagen sollte. Doch als irgendwo im Wald ein Specht anfing zu hämmern, mussten alle lächeln. Sie waren sich noch immer so vertraut. Dachten sie zumindest.

Verschmitzt sagte diejenige mit dem Backpacker-Rucksack: »He, warte mal!« Sie schob der Wartenden den Ärmel des Hoodies hoch: »Na, ich habe doch gerade bei unserer Umarmung gesehen, dass da etwas hervorgeblitzt hat.Sieh mal da: Du hast tatsächlich ein Tattoo auf dem Arm. Sehr trendy. Wer hätte das gedacht?«

Auf dem Arm der Musikerin rankten sich filigrane Noten Richtung Ellenbogen empor, die sich auf ihrem Weg zusehends in ein flammendes Herz verwandelten.

Isabella zog einen Mundwinkel hoch: »Ich habe noch ein paar andere, an etwas intimeren Stellen, aber die zeig ich euch erst, wenn wir drinnen sind! Apropos drin: Es ist noch alles zu. Wird Jasper denn auch kommen?«

»Ich denke schon. Zumindest habe ich ihn so verstanden. Was denkst du, Isabella?«

Die beiden anderen schauten sie fragend an und sagten gleichzeitig: »Wer? Ich?«

Die Isabella mit dem Business-Kostüm nahm ihre Reisetasche von der Schulter und stellte sie auf einen der aus groben Baumstämmen zusammengezimmerten Tische, an denen im Sommer die Gäste saßen und Schnitzel und Grüne Soße in sich reinschaufelten.

Sie überlegte einen Moment, dann sagte sie: »So geht das nicht. Wir können nicht immer alle reagieren, wenn irgendjemand in den kommenden Tagen ›Isabella‹ ruft. Habt ihr beiden nicht in den vergangenen sieben Jahren irgendwelche Spitznamen bekommen?«

Die Weltreisende fuhr sich mit der Hand durch die Haare: »Wie man's nimmt, mein Mann nennt mich einfach Bella ...«

»Was? Du bist verheiratet?«

»Ich fass es nicht.«

Bella hielt stolz ihre rechte Hand hoch, an dessen Ringfinger ein schmaler Ring aus Weißgold mit einem Saphir blitzte. »Na klar, warum denn nicht? Er ist wirklich ein toller Typ.«

Die beiden anderen starrten sie fassungslos an. Die Musikerin aber stammelte: »Äh ... warte mal, das war so nicht abgemacht. Du kannst doch nicht einfach heiraten und damit solche harten Fakten schaffen.«

»Wieso denn nicht? Hört mal: Es gab – meines Wissens – überhaupt keine Abmachungen, was Beziehungen angeht. Wie auch? Seid ihr denn beide Singles?«

»Nein«, sagte die Isabella mit dem eleganten Armreif, »ich habe einen festen Freund, na ja, erst seit einigen Wochen, aber ... ich meine ... eine Ehe, das ist doch irgendwie ... ziemlich endgültig und radikal. Sieh mal: Du hast jemand anderen, ein anderes Individuum, massiv in unserer Geschichte eingebunden. Angesichts dessen, was wir an diesem Wochenende vorhaben, erscheint mir so ein ultimativer Schritt doch ziemlich dreist. Findest du das in Ordnung?«

Die Angesprochene wirkte verlegen: »Ich habe da nicht ständig darüber nachgedacht. Na gut, am Anfang schon mal, aber dann ... wisst ihr, es ist einfach so passiert. Wir haben uns verliebt und entschieden, dass wir zusammenbleiben wollen ...«

Die Musikerin unterbrach sie: »Na toll, das fängt ja gut an. Weiß dein Mann wenigstens, dass du möglicherweise von diesem Wochenende nicht nach Hause zurückkehren wirst – falls wir gemeinsam feststellen sollten, dass wir nicht deine Version als dauerhafte Zukunftsvariante haben wollen?«

Bella biss sich auf die Lippen und schüttelte den Kopf: »Nein, das habe ich ihm natürlich nicht gesagt. Das ging nicht. Wie soll man denn seinem Ehepartner so eine abgedrehte Geschichte erzählen?

Aber ... aber ich ... ich habe ihm einen ausführlichen Brief geschrieben. Den wird er von einer Nachbarin bekommen, einer guten Freundin, falls ich am Montag tatsächlich nicht wieder da sein sollte. Ganz so bescheuert, wie ihr denkt, bin ich doch nicht. Ich habe vorgesorgt.«

»Also, ich finde es trotzdem nicht ... angemessen. Das ist irgendwie ziemlich blöd gelaufen. Denk ja nicht, dass du durch deine Ehe einen Vorteil bei den ... äh ... anstehenden Verhandlungen hast.«

Die Geschäftsfrau atmete laut aus. »Aber wir waren ja gerade dabei, über Spitznamen zu reden: Mein Prof, also der Berner – ihr kennt ihn ja –, hat in Aachen angefangen, mich immer Isa zu nennen, nachdem er mir das Du angeboten hatte. Isa – das sei so schön kurz.«

Bella zuckte zusammen: »Aber ... Karten auf den Tisch«, sie kicherte, »Isa, du hast nicht mit ihm geschlafen, oder?«

Isa kratzte sich an der Wange: »Äh, nein. Obwohl ich glaube, dass er nicht abgeneigt gewesen wäre. Er hat uns ... mich ja schon in Frankfurt in den Vorlesungen immer so konzentriert angeschaut. Ihr erinnert euch?«

Sie setzte sich auf den Tisch neben ihre Tasche und deutete auf die Musikerin. »Und welchen Spitznamen hast du?«

Isabella strich sich über den Arm: »Och, zu mir sagen alle Iby. Ich schreibe es zwar mit I, spreche es aber ›Ei-Bi‹ aus. Wisst ihr: Irgendwie hat es mich total genervt, dass mich die Amis und Engländer ständig ›Eissebälle‹ genannt haben. Das klingt doch wirklich bekloppt , mal ganz ehrlich: ›Eissebälle‹ – und mit Iby kommen tatsächlich alle super zurecht. In allen Sprachen der Welt. Sogar die Asiaten und die Russen. Iby war natürlich ursprünglich die Abkürzung von Isa und Bella, also I und B im Englischen.«

Die beiden anderen fragten wie aus einem Mund: »Und? Was ist bei dir mit Männern?«

Iby zog die rechte Schulter ein wenig vor. »Mal so, mal so, ich bin ja die meiste Zeit unterwegs. Aber ja, aktuell gibt es einen. Er heißt Jan. Auch ein Musiker. Spielt Keyboard. Fantastisch gut sogar.«

Plötzlich zog ein breites Grinsen auf ihr Gesicht: »Wenn wir hier schon den Club der ehrlichen Frauen gründen: Wie sieht es aus? Ihr hattet doch mit euren Männern gestern Abend auch noch mal Sex, oder? Stimmt's? Weil ihr wusstet, dass es möglicherweise die allerletzte Chance ist. Habe ich Recht? Ihr wolltet es auch noch mal wissen, oder?«

Sie hob ihre Hand mit der Innenfläche nach vorne in die Luft, und die beiden anderen schlugen amüsiert ein.

Für einen Augenblick wirkte die Situation entspannt, doch dann fing Bella ohne jede Vorwarnung an zu weinen. Als hätte jemand in ihr ein Schleusentor geöffnet. Sie stand mitten im Wald und schluchzte, während ihr die Tränen die Wangen herunterliefen.

Die beiden anderen betrachteten sie schweigend.

»Ich ... ich habe echt Angst ...«, sagte Bella mit unterdrückter Stimme, »ja, ich habe tierische Angst. Angst, einfach nicht mehr da zu sein. Und ich frage mich inzwischen, wie wir uns ... wie ich mich jemals auf so eine kranke Idee einlassen konnte.«

Einen Augenblick lang war es still.

Dann wischte sich Isa ebenfalls kurz die Augen und versuchte, sich zu konzentrieren: »Ich auch, ich fürchte mich auch, du glaubst gar nicht, wie sehr, aber vergiss nie: Wir wollten das so. Und dafür gab es Gründe. Verdammt gute Gründe. Außerdem sollten wir uns immer wieder daran erinnern: Isabella wird nicht sterben, sie existiert weiter. Egal, was passiert. Hörst du: Wir existieren weiter. So oder so! Und zwar mit dem Lebenskonzept, in dem wir drei uns unterm Strich am vollkommensten entfalten können. Das ist doch großartig! Das ist eine Chance, die sonst niemand hat.«

Bella stöhnte auf. »Na ja, und was ist, wenn es nicht meine Version wird ...«

Iby wich ihrem Blick aus. Zögernd sagte sie: »Dann war unser Experiment trotzdem erfolgreich. Denn dann wissen wir, dass deine Version eben nur die zweit- oder die drittbeste Variante für uns gewesen wäre. Ich meine: Dann kannst du dich mit ganzem Herzen freuen, dass die vollkommene Isabella gewinnt. Denn dadurch gewinnen wir letztlich alle drei. Und das war von Anfang an das Ziel dieser Aktion.«

Sie hob den Kopf wieder: »Ich wundere mich eher darüber, dass du offensichtlich jetzt schon solche massiven Zweifel hast. Hast du denn den Eindruck, dass dein Leben am Ende den Kürzeren ziehen könnte?«

Bella verschlug es den Atem: »Hey, das ist total unfair. Das habe ich nicht gesagt. Und es stimmt auch nicht. Ich kenne eure Geschichten ja noch gar nicht. Und ihr kennt meine noch nicht. Wie soll ich da denn jetzt schon sagen können, ob meine Entwicklung diejenige war, die am besten zu mir ... beziehungsweise zu uns passt ... oder eine andere?«

Sie zog die Nase hoch: »Ich finde es trotzdem komisch, mein Leben so bewerten zu müssen.«

Die Musikerin dagegen streckte ihr Kinn kampfeslustig vor: »Na ja, wenn du den von dir gewählten Lebensentwurf für optimal halten würdest, dann wärst du dir vermutlich ziemlich sicher, dass du ihn weiterführen willst. Oder? Man spürt doch, ob man ein tolles Leben hat.«

Bella drückte ihren Nacken durch. »So ein Schwachsinn! Welches Leben verläuft schon optimal? Es gibt überhaupt kein hundertprozentig perfektes Sein. Insofern werden wir auf jeden Fall abwägen müssen. Ich gehe mal fest davon aus, dass wir, auch wenn wir hoffentlich gemeinsam die beste Lösung finden, trotzdem einen Kompromiss eingehen werden.«

Die Musikerin deutete auf das Logo auf ihrem Kapuzenshirt, das auch vorne über ihrer linken Brust thronte: »Also, ich finde mein Leben gut. Ziemlich gut sogar. Ich meine: Mehrere Nummer-eins-Hits, vier goldene Schallplatten in den letzten Jahren, unfassbar viel Spaß auf der Bühne und regelmäßig unterwegs in die interessantesten Metropolen der Welt. Besser geht's ja wohl kaum.«

In Bellas Stimme mischte sich eine Spur von Hohn: »Ach ja, hattest du nichts gerade was gesagt von ›Beziehungen mal so, mal so‹. Das ist doch Müll. Dieses ewige Entwurzeltsein. Diese Ruhelosigkeit. Dieses Umtriebige. Bist du überhaupt jemals irgendwo zu Hause? Gehörst du irgendwo hin? Vermutlich nicht …«

Sie stockte: »Na, das kann ja ein heiteres Wochenende werden.«

Isa wollte gerade anfangen, zwischen den beiden zu schlichten, als plötzlich Musik ertönte: »What's your name?« – der erste große Charterfolg von Iby.

In der Tür des kleinen Lokals stand Jasper und hielt den drei Frauen sein überdimensioniertes Smartphone entgegen, aus dessen Lautsprecher das Lied erklang.

Sanft, um die Musik nicht zu übertönen, sagte er: »Was ich schon immer wissen wollte: Ist das eines der Lieder, die in der Phase entstanden sind, in der du um deine Tochter getrauert hast? Geht es im Text dieses Songs darum, welchen Namen dein verlorenes Kind wohl im Himmel hat?«

Alle drei Isabellas sagten gleichzeitig: »Ja!«

Nachdem sie Jasper die Hand geschüttelt hatten, griffen Isa, Bella und Iby nach ihren Gepäckstücken und folgten Jasper ins Innere der rustikalen Hütte, in einen weitläufigen Schankraum mit einer heruntergekommenen Holztheke.

Auf der linken Seite lag eine halboffene Küche, von der aus im Sommer die Wanderer, Fahrradtouristen und Ausflügler an den Tischen draußen bewirtet wurden, rechts führte eine Treppe hoch zu einigen winzigen Gästezimmern, während in der hinteren Ecke ein Schild zu den Toiletten wies, das nur noch an einem einzigen Nagel baumelte. Zudem war in die Theke ein gemauerter Kamin integriert, in dem schon ein Feuer brannte.

Jasper deutete auf den einzigen Tisch mit einer roten Tischdecke, auf dem Gläser und Wasserflaschen bereitstanden.

»Nehmt doch bitte Platz. Es ist echt schön, euch drei nach diesen sieben Jahren wiederzusehen – ich bin so neugierig, was ihr berichten werdet. Und natürlich ... für welche Isabella ihr euch am Ende entscheidet. Aber jetzt lasst uns erst mal auf unsere Wiedersehen anstoßen.«

»Mit Wasser?« Isa runzelte die Stirn.

Jasper ging zu einem Kühlschrank hinter dem Tresen und stellte dann eine große bauchige Flasche auf den Tisch. »Nein, natürlich nicht, ich habe echten Champagner mitgebracht. Unser Zusammentreffen und dieser Tag müssen angemessen gefeiert werden. Ihr drei habt immerhin an diesem Wochenende die einzigartige Möglichkeit, zu klären, welche Facetten eurer Persönlichkeit diejenigen sind, die ihr in Zukunft ausleben wollt.«

Er spitzte die Lippen und hielt eines der Wassergläser aus den Regalen vor sich. »Leider gibt es nirgendwo in dieser bescheidenen Hütte Sektgläser. Das bedeutet: Wir müssen mit dem vorliebnehmen, was wir haben. Aber das macht nichts: Dieser Champagner ist so edel, der schmeckt garantiert auch aus ehemaligen Senfgläsern.«

Er entkorkte die Flasche gut gelaunt mit einem lauten Knall, goss allen Frauen und sich selbst ein, hob dann sein geriffeltes Glas in die Luft und rief, jede Silbe betonend: »Auf die ideale Isabella.«

Die drei Frauen antworteten wie mit einer Stimme: »Auf die ideale Isabella.«

Dann tranken sie.

Bella jedoch nippte nur kurz, stellte dann ihr Glas zurück auf die Tischplatte und sagte zögernd: »Um ehrlich zu sein: Ich weiß nicht, ob mir überhaupt nach Feiern zumute ist. Ich meine: Zwei von uns werden sich am Sonntagabend … ja was … auflösen? Verschwinden? Wegdiffundieren? Oder wie soll ich mir das vorstellen? Verpuffen die Nichtgewählten einfach?«

Jasper schüttelte den Kopf, kam um den Tresen herum und legte seine Hand auf ihren Arm: »Nein, so ist das nicht. Im Gegenteil: Ihr werdet wieder eins werden. Aus drei mach eins. Ein bisschen wie in der Theologie, da gibt es ja auch die Dreieinigkeit. Ihr werdet sehen, das ist absolut großartig. Und es tut auch gar nicht weh. Ihr müsst euch also darum keine Sorgen machen.«

Er wollte ihnen erneut zuprosten, doch Isa unterbrach ihn und sagte bestimmt: »Halt. Eines würde ich gerne jetzt schon wissen: Was geschieht mit unseren Erinnerungen?«

»Genau, darüber denke ich auch schon seit Jahren nach!«, stimmte Iby ihr bei.

»Wie meint ihr das?«

Die Geschäftsfrau schaute ihn an, als wolle sie prüfen, ob er wirklich nicht verstand, worauf sie hinauswollten. »Ganz einfach: Wenn wir drei wieder eine Isabella sind, werden wir uns dann weiterhin an alle Ereignisse aus unseren drei so unterschiedlichen Leben erinnern können – oder bleibt nur das eine Leben präsent, das weitergeht?«

Jasper prostete den dreien jetzt doch zu: »Eine kluge Frage. Eine sehr kluge Frage. Aber: Ich kann sie euch nicht pauschal beantworten. Nein, das klingt komisch. Sagen wir so: Ich stelle euch am Sonntagabend frei, das selbst zu entscheiden. Denn vergesst nicht: Solltet ihr euch zum Beispiel für Bellas Leben entscheiden, dann könnte es sein, dass ihr zukünftig bei jedem Rockkonzert, das ihr besucht, vor Sehnsucht vergehen würdet. Weil ihr dann ja aus Ibys Erfahrungen wüsstet, wie mitreißend es sein kann, auf einer Stadionbühne vor gefüllten Rängen und zehntausenden von winkenden Armen aufzutreten, während einem die Massen zujubeln.«

Er neigte den Kopf zur Seite: »Andererseits könnte es aber gerade hilfreich sein, sich zu erinnern, dass und warum ihr drei euch bewusst gegen eine Bühnenlaufbahn entschieden habt – weil ihr aus noch zu klärenden Gründen einen anderen Lebensentwurf vorzieht. Das träfe natürlich auch zu, wen ihr euch für Ibys Leben entscheidet und dann ab und an fragt, ob es nicht bequemer und erfüllender gewesen wäre, in der Industrie zu arbeiten.«

Er trank einen weiteren Schluck seines Champagners. »Tja, vielleicht ist das das große Geheimnis der Freiheit: Man sollte frei sein, sich zu entscheiden – und dann auch dazu stehen, dass man sich für oder gegen etwas entschieden hat. Sonst wird man auf Dauer wahnsinnig. Ob es dabei hilfreich ist, die anderen Optionen ständig präsent zu haben, das wisst nur ihr selbst. Lange Rede, kurzer Sinn: Ihr dürft am Sonntag vor eurer … nennen wir es mal ›Wiedervereinigung‹ selbst bestimmen, was mit euren jeweiligen Erinnerungen passieren soll.«

Isa nickte und betrachtete nachdenklich die perlende Flüssigkeit in ihrem Glas. Schließlich sagte sie: »Okay. Und wie soll dieses Wochenende jetzt ablaufen? Hier, in dieser … sagen wir mal: spröden Unterkunft?«

Sie ließ ihren Blick lustlos durch den Raum schweifen. »Haben wir so was wie einen Projektplan? Ein Timetable?«

Der junge Mann, der sich in den sieben Jahren überhaupt nicht verändert hatte, zwinkerte ihr zu und stützte sich mit beiden Händen hinter dem Rücken an der Theke ab: »Ja, wir haben einen Plan – und er ist ganz einfach: Jede von euch erzählt uns ihr Leben, und zwar jeden Tag einen Teil davon, also insgesamt drei Phasen oder Erfahrungsetappen. In aller Ruhe und ohne dass die anderen sie unterbrechen. Weil wir erst einmal einen umfassenden, persönlichen Eindruck bekommen wollen. Anschließend habt ihr genügend Raum und Zeit für Rückfragen, falls ihr etwas nicht verstanden habt, nachhaken wollt oder noch ein paar ergänzende Informationen braucht. Tja, und am Ende stimmt ihr ab, welches von diesen Leben euch dreien am verheißungsvollsten erscheint und wie ihr in Zukunft weiterleben wollt.«

Iby trank ihr Glas mit einem Schluck leer. Ein wenig heiser sagte sie: »Jetzt mal angenommen ... nur mal theoretisch ... wenn wir uns nicht einigen ... und am Sonntag stimmt jede von uns für sich selbst, was passiert dann?«

Jasper drückte auf seinem Handy herum, auf dem noch immer das Cover des Albums mit dem Song »What's your name?« zu sehen war. »Nun, grundsätzlich sollte eine Abstimmung nur das letzte Mittel sein, eigentlich geht es vor allem darum, dass ihr euch einigt. Dass ihr zusammen intensiv prüft, welche ...«

Bella unterbrach ihn: »Toll, und wenn wir trotzdem so stimmen, dass auf jede Isabella genau eine Stimme entfällt. Was ist dann? Gibt's dann Schlammcatchen in den Wildschweinlöchern hinterm Haus, oder was?«

»Tja«, Jasper blinzelte zweimal so heftig, dass den Frauen wieder auffiel, dass sein rechtes Auge einen Hauch höher lag als das linke. »Wenn es tatsächlich so sein sollte, dass ihr euch nicht einigen könnt, dann heißt das vor allem, dass dieses gesamte Experiment missglückt ist. Ihr wolltet schließlich drei Leben, um die richtige Wahl treffen zu können. Also wählt gefälligst. Und zwar nicht egoistisch, sondern so objektiv wie möglich. Versteht ihr: Ihr seid herausgefordert, das große Ganze eures Lebens zu sehen und euch nicht von subjektiven Eindrücken oder Empfindlichkeiten korrumpieren zu lassen. Es ist euer gemeinsames Leben, und wenn jede von euch nur ihren beschränkten, individuellen Horizont wahrnimmt, dann werdet ihr nie einen mündigen Entschluss fassen. Also: Denkt bitte groß, wachst über euch hinaus ...«

»Ja, aber was ist, wenn wir uns trotzdem nicht einigen?« Isas Augen blitzten vor Aufregung.

Jasper stockte und wurde auf einmal sehr förmlich: »Es ist so, und das sage ich jetzt fürs Protokoll: Um Punkt vierundzwanzig Uhr am Sonntagabend endet eure Frist. Ohne Wenn und Aber. Dann spätestens müsst ihr euch geeinigt und alle drei diese Vereinbarung unterschrieben haben.«

Er holte eine Klarsichtfolie mit einem bedruckten Blatt Papier aus seiner Tasche und legte sie vor sich auf den Tisch. »Außerdem solltet ihr euch bis dahin darüber verständigen, ob ihr eure dreifachen Erinnerungen behalten wollt oder nicht. Aber darüber haben wir ja eben schon gesprochen.«

Jasper wippte leicht auf den Zehenspitzen: »Solltet ihr diese ... äh ... Deadline nicht einhalten oder sollte eine von euch die Vereinbarung nicht unterschreiben, dann werdet ihr eure Erinnerungen verlieren. Und zwar alle drei. Restlos. Komplett. Und umfassend. Leider. Es wird dann so sein, als wachte die ursprüngliche Isabella aus einem siebenjährigen Koma auf. Und sie macht genau da in Frankfurt weiter, wo sie vor sieben Jahren aufgehört hat. Sie ist dann dreiunddreißig, aber mit dem Wissen und dem Können der Sechsundzwanzigjährigen. Verstanden?«

»Scheiße«, fluchte Iby, »das hättest du uns echt vorher sagen können!« Sie atmete heftig durch die Nase aus: »Und den Begriff ›Deadline‹ finde ich in dem Zusammenhang auch nicht gerade taktvoll.«

Jasper legte sein Handy auf den Tisch. »Ich glaube kaum, dass es an eurer Entscheidung etwas geändert hätte, wenn ihr mit diesen Details vertraut gewesen wärt. Und schaut mal: Vor sieben Jahren hatte ich eine niedergeschlagene, depressive und völlig orientierungslose Isabella in meiner Wohnung zu Gast. Jetzt sitzen hier drei erwachsen gewordene Frauen, die jede für sich eine abenteuerliche und einzigartige Zeit erlebt haben. Also haltet euch bitte immer vor Augen: Ich bin in diesem ganzen Verfahren nicht euer Feind, ich bin euer Freund. Betrachtet mich bitte eher als eine Art Schiedsrichter, als einen Unparteiischen: Ich habe die Spielregeln nicht gemacht, ich teile sie euch nur mit – und achte darauf, dass sie eingehalten werden. Spielen dürft und müsst ihr selber. Das heißt: Ihr könnt nicht den Schiedsrichter verantwortlich machen, wenn ihr mit dem Spielverlauf unzufrieden seid.«

Er schaute eine nach der anderen an. Dann sagte er: »Ich schlage Folgendes vor: Ihr geht hoch auf eure Zimmer, packt eure Siebensachen in die kleinen Bauernschränke, macht euch ein bisschen frisch, wenn ihr wollt, und in einer halben Stunde treffen wir uns wieder und fangen an. Einverstanden?«

Die drei nickten und standen auf. Bella trank im Stehen noch ihren Champagner aus, dann folgte sie den anderen beiden auf der Treppe nach oben.

Wenig später saßen alle vier um den flackernden Kamin – und schauten einander erwartungsvoll an.

KAPITEL 6

Freitag *oder* Wie es anfing

Ich? Ich soll als Erste? Okay! Mmh, womit steige ich ein? Wisst ihr: Als wir uns damals so euphorisch verabschiedet haben und in verschiedene Richtungen auseinandergelaufen sind, da bin ich schon nach wenigen Metern spontan wieder umgekehrt ... und zurück zum Eiscafé gelaufen.

Ja, ich habe mich an einen der rot lackierten Bistrotische gesetzt ... mehrfach tief durchgeatmet und erst mal ein ›Banana Split‹ bestellt. Als Nervennahrung. Weil ich wieder runterkommen musste. Ja, weil ich realisieren musste, dass das jetzt meine neue Wirklichkeit ist. Und weil ich plötzlich so klar wie nie zuvor in meinem Leben wusste, was ich wollte.

Dann habe ich voll Genuss mein Handy herausgeholt – nebenbei, Jasper: Du musst mir irgendwann mal erklären, wie du es angestellt hast, dass ich nach der Metamorphose immer noch ein eigenes Smartphone, einen eigenen Personalausweis und eine eigene Kreditkarte in der Tasche hatte – egal, jedenfalls: Ich habe diesen leicht überkandidelten Tom angerufen und ihm euphorisch mitgeteilt, dass ich gerne nach Hamburg kommen würde, um in sein Frauenband-Projekt einzusteigen. Und zwar noch heute Abend.

Das Tollste war: Der Typ hat gejubelt am Telefon. Wirklich! Seine Stimme hat sich vor Freude mehrfach überschlagen, als er mir ins Ohr gebrüllt hat: »Oberaffengeil! Das ist ja wirklich oberaffengeil.« Ich wusste nicht mal, dass dieses Wort noch benutzt wird.

Und ich dachte nur: »Es ist wunderbar, wenn man gewollt ist. Wenn jemand da ist, der sich für einen interessiert und der erkennt, was man draufhat. Das passiert einem im Leben ja nicht allzu oft.«

Na ja, und ab diesem Moment ging alles ganz schnell. Ich habe mir aus dem Probenraum die beiden edlen E-Gitarren geholt, die Fender Strat und die rote Les Paul, habe mich in einem nahe liegenden Kaufhaus mit dem Allernötigsten eingedeckt und bin direkt in den nächsten ICE gestiegen. Frankfurt–Hamburg, kaum mehr als vier Stunden, tschüss Mainhattan, hallo Nordlichter! Schon war ich auf dem Weg in eine andere Zukunft.

Und wisst ihr, wer am Bahnsteig auf mich wartete? Lina, die quirlige rothaarige Sängerin. Tom hatte sie über meine Ankunft informiert – und da stand sie: mit hochgesteckten, wilden Haaren und mit einem riesigen, bunten Schild »Isabella! Willkommen in Hamburg«. Und sie hat sich ebenfalls tierisch gefreut, dass ich da bin.

Ich konnte mein möbliertes Zimmerchen in ihrer WG sofort beziehen, und irgendwie war uns beiden ziemlich schnell klar, dass wir ähnlich ticken. Manchmal passiert es ja, dass man einen anderen Menschen kennenlernt und unmittelbar spürt: Das passt!

Und schon in diesem Moment dachte ich: »Wenn ich in Frankfurt geblieben wäre, dann hätte ich diese interessante Person vermutlich niemals kennengelernt.«

Abends bestellte Lina Pizza Hawaii und Salat. Und als wir nachher satt und vollgefressen auf ihrem abgewetzten Ledersofa lagen, deutete sie auf meine Gitarrenkoffer und sagte: »Ich habe mir natürlich alle YouTube-Videos von dir reingezogen, die ich finden konnte, aber hast du vielleicht Lust, mir was vorzuspielen? Ganz entspannt? Ich glaube, dass mir das beim Komponieren hilft, wenn ich deinen Stil noch besser kenne. Nur ein paar Riffs, die für dich typisch sind ...«

Selbstverständlich hatte ich Lust. Und weil ich keine uralten Klassiker oder irgendwelche abgenudelten Songs von mir präsentieren wollte, habe ich spontan angefangen, die aktuellen Sachen zu singen. Die Lieder, die ich gerade erst für meine Tochter geschrieben hatte. All die sehnsuchtsvollen Melodien, in die ich meine Trauer verwandelt hatte. Ich habe einfach die Augen geschlossen und angefangen zu spielen.

Nur: Als ich dann zwischendurch doch kurz einen Blick in den Raum geworfen habe, musste ich abrupt aufhören, weil Lina mich so fassungslos anschaute, als sähe sie einen Geist vor sich.

»Ist was? Gefällt's dir nicht?«, habe ich gefragt.

Doch sie hat nur ihre Hand auf meine gelegt. Lange. Und dann mit weit aufgerissenen Augen den Kopf geschüttelt und geflüstert: »Scheiße, ist das gut, Isabella. Mensch, ich hab Gänsehaut. Was für hammermäßige Songs.«

Gleich darauf hat sie sich aufrecht hingesetzt und eine ungeduldige Bewegung mit der rechten Hand gemacht: »Spiel bitte noch mal diese Nummer mit ›Your Name‹. Die finde ich am stärksten. Los, direkt den Refrain.«

Ich habe die Einstiegsakkorde gezupft, die ersten Töne angestimmt – und diesmal hat es mir fast den Atem geraubt. Denn Lina hat zu meiner Hauptmelodie eine Oberstimme gesungen, eine Oberstimme, die so markant, so kraftvoll und so schlüssig war, dass man den Eindruck hatte, die Harmonien stünden wie Klangwesen im Raum, so, als hätten sie einen eigenen Körper – und man würde am liebsten mit ihnen engumschlungen tanzen.

Irgendwann habe ich die Gitarre zur Seite gelegt, und wir haben nur noch unsere hellen Stimmen durch die Luft schweben lassen. Hochkonzentriert und dabei ganz befreit. Feine, filigrane Töne, die ein Teil von uns waren und gleichzeitig viel mehr als wir.

Ich konnte Linas Lächeln im Halbdunkel der Stehlampe kaum sehen, aber ich hörte es in ihrer Stimme: »Isabella, lass uns gleich morgen ins Studio gehen. Ja? Bitte! Das Lied will ich auf unserem ersten Album haben. Hast du verstanden? Das ist echt hitverdächtig. Wir spielen das genau so ein, aber mit einer weiteren Stimme, also: mit dreistimmigem Satzgesang. Mit einem satten Frauenchor, voller Sehnsucht und Vertrauen.«

Dann hat sie mich einen Moment prüfend angeschaut, als müsse sie erst herausfinden, ob ich mit möglichen Anregungen und Vorschlägen ihrerseits umgehen kann.

Bis es dann doch aus ihr herausgeplatzt ist: »Was hältst du davon, wenn wir zwischen den Zeilen des Refrains jeweils ein ›Tell me‹ einbauen ... also ›Tell me, what's your name‹ ... das klingt noch stärker nach Aufforderung und gibt dem angesungenen Gegenüber einen konkreten Handlungsimpuls. Ja, das hat so was Beschwörendes, ich finde das perfekt: ›Tell me, what's your name‹. Was denkst du?«

Ich nickte nur.

»Nebenbei: Hast du mal überlegt, wie es klingt, wenn du bei ›What's‹ statt des reinen A-Durs einen hohen, offenen Akkord mit einer None spielst, da ist deutlich mehr Spannung drin, weil die Töne dann so schön glitzern.

Außerdem – ja, ich weiß, das gilt inzwischen als total retro – aber wir könnten am Schluss mit einem Fade-out arbeiten. Stell dir vor: ein dreistimmiger Chor mit viel Hall, der langsam im endlosen Universum verschwindet. Ein bisschen oldschool, aber dennoch top ... ›Tell me, what's your name! Tell, what's your name! Tell me ...‹«

Ich fand ihre Vorschläge zu meiner eigenen Überraschung alle überzeugend: »Ja, warum nicht? Ich meine natürlich: auf jeden Fall. Das klingt super.«

Versteht ihr, was ich damit sagen will? Schon am ersten Abend haben wir zwei angefangen, zusammen Songs zu entwickeln. Und nach anderthalb Stunden war aus einer zu Beginn noch rudimentären Idee ein unfassbar starkes Lied geworden.

Was auch damit zu tun hatte, dass Lina eine großartige Sängerin ist. Sie konnte all das, was ich mit meinem Lied ausdrücken wollte, aber mit meiner ungeschulten Stimme nie hätte umsetzen können, genauso präsentieren, als wüsste sie, was ich hören und sagen möchte.

Ehrlich: Wir beide waren an diesem Abend wie in einem Rausch und haben dann sogar noch einen zweiten Song fertiggestellt. Kein Wunder, dass uns später mal eine euphorische Journalistin als die weiblichen »Lennon & McCartney« bezeichnet hat.

Wie dem auch sei: Kurz nach elf klatschte Lina in die Hände, holte eine angebrochene Flasche Weißwein und setzte sich zu mir aufs Sofa.

»Ich glaube, das reicht für heute. Wenn wir morgen ins Studio wollen, dann sollte ich heute nicht zu spät ins Bett gehen. Wegen meiner Stimme. Ich muss da ein bisschen drauf achten.«

Sie lehnte sich entspannt zurück: »Sag mal, ich kannte bislang von dir ja nur ›Monkey Girl‹ und einige andere rockige Titel deiner alten Band. Groovige, treibende Nummern. ›Monkey Girl‹ ist harter Rock 'n' Roll, aber heute Abend hast du mir ausschließlich Balladen vorgestellt. So sanftes Zeug. Gibt's einen Grund, dass du gerade nur so emotionalen Kram schreibst?«

Da habe ich ihr alles erzählt: von der Schwangerschaft, vom Verlust meiner Tochter, von meiner tiefsitzenden Zerrissenheit, vom Abbruch meines Studiums … und fast hätte ich ihr auch von dir, Jasper, erzählt, aber ich konnte mich gerade noch beherrschen. Vermutlich hätte sie mich dann nämlich sofort für verrückt erklärt. Außerdem wollte ich nicht schon am ersten Tag meines neuen Daseins aus der Rolle fallen und das Projekt ›Drei Leben‹ ausplaudern.

Beruhigt hat mich an diesem Abend vor allem, dass Lina meine Ängste und das Auf und Ab meiner Gefühle sofort nachvollziehen konnte. Und nicht nur das: Sie hat mit dem Weinglas in ihrer Hand gespielt und dann ermutigend gesagt: »Ich glaube: Es war genau die richtige Entscheidung, aus Frankfurt wegzugehen und hier in Hamburg neu anzufangen.

Weißt du …« Sie suchte nach Worten. »Es klingt vielleicht merkwürdig, aber für mich … für mich lebt deine Tochter in deinen Liedern weiter. Ja, für mich fühlt es sich an, als hättest du all deine Sehnsucht nach diesem Kind in deine Kompositionen gesteckt. Und stell dir vor: Jedes Mal, wenn du sie spielen wirst oder wenn jemand sie hört, wird deine Tochter anwesend sein. In der Musik. Das ist etwas ganz Besonderes. Vermutlich sind diese Lieder auch deshalb so anrührend. Ja, möglicherweise hilft dir diese Vorstellung sogar, mit deinem Verlust besser zurechtzukommen.«

Ich konnte ihr wieder nur zustimmen.

Als sie schon aufgestanden war, um sich zurückzuziehen, zögerte sie noch einmal kurz. Dann sagte sie, im Türrahmen stehend: »Ach, noch was. Du erzählst in deinem Lied ›What's your name‹ davon, wie sehr du darunter leidest, dass deine Tochter keinen Namen hatte. Weißt du was: Gib ihr doch einen. Und zwar jetzt. Jetzt gleich.«

»Echt?« Ich fühlte mich im ersten Augenblick von diesem Vorschlag total überrumpelt.

»Na klar, dann redest du in Zukunft nicht mehr nur von irgendeinem Kind, sondern von deinem Kind.«

Dummerweise rutschte mir heraus: »Da muss ich aber erst die anderen beiden fragen.«

Lina zog die Stirn in Falten: »Welche anderen beiden?«

Zum Glück hatte ich mich gleich wieder unter Kontrolle. »Ach nichts, ich bin … nur ein bisschen durcheinander. Weil ich nicht darauf vorbereitet bin, jetzt so mir nichts, dir nichts einen passenden Vornamen aus dem Ärmel zu schütteln. Ich meine: So einfach geht das doch nicht!«

Lina schlug die Arme übereinander: »Komm, ganz spontan. Sag einfach den ersten schönen Namen, der dir einfällt …«

»Na gut … äh … Theresa!«

Lina stieß mit ihrem Weinglas gegen meines: »Sehr gute Entscheidung. Und ein klangvoller, fröhlicher Name. Dann trinken wir jetzt auf Theresa. Deine Theresa. Das Mädchen, das zwar nicht bei uns auf Erden sein kann, das aber in den Liedern seiner Mutter die ganze Welt erobern wird.«

Sie räusperte sich: »Hat mir unglaublich viel Spaß gemacht, heute Abend. Ich freu mich schon drauf, wenn du morgen die anderen Mädels kennenlernen wirst. Aber wie gesagt: Ich muss jetzt ins Bett. Also schlaf gut.«

Einige Monate später saßen wir zusammen im Übungsraum. So wie eigentlich jeden Tag in den vergangenen Wochen. Zusammen mit Jacky, der Bassistin, und Esther, der Mannheimer Schlagzeugerin, die erst einige Tage vor mir frisch in Hamburg angekommen war.

Und unsere Musik groovte. Total. Ich meine, es gibt Künstler, mit denen spielst du einen Gig nach dem anderen, und trotzdem groovt es nicht. Ja, du hast ständig das Gefühl: Hier machen zwar Leute zusammen Musik, aber sie sind keine echte Einheit. Sie fühlen und atmen nicht im gleichen Rhythmus.

Wir Mädels dagegen mussten gar nichts sagen und spürten trotzdem, was die anderen wollten. Wir waren nicht nur ein Ensemble, wir waren zusammen wie … wie ein einziges Instrument. Wir rissen einander so mit, dass jeder Gast, der zufällig hinter den Glasscheiben des Studios vorbeikam, unwillkürlich anfingen, mit dem Fuß zu wippen.

Lina, Esther und ich feilten gerade an einer dreistimmigen Gesangsphrase, als Tom hereingestürmt kam. Ziemlich außer Atem und mit hochrotem Kopf.

»Ihr werdet es nicht glauben … nein, ratet mal, was ich eben erfahren habe …«

Jacky dämpfte die Saiten ihres Basses mit dem Handballen und feixte: »Du hast eine uneheliche Tochter in Simbabwe, die jetzt rückwirkend Unterhalt einklagt?«

Lina stieg direkt darauf ein: »Nein, du bist geblitzt worden, als du mit Tempo sechzig durch die Fußgängerzone gerast bist und zwei klapprige Rentnerinnen mit Rollator umgeheizt hast ...«

Tom setzte sich auf den Rand des Keyboards. »Hört auf mit dem Quatsch! Wer von euch kennt das Habitat-Festival?«

Nur Lina hob die Hand.

»Passt auf, das ist ein Open-Air-Wochenende auf dem Flugplatz ›Hungriger Wolf‹ in Hohenlockstedt. Also: Hier um die Ecke. Bei Itzehoe. Fünftausend Leute. Und jetzt kommt's: Denen sind für den Samstag zwei Bands ausgefallen. Ja, gleich zwei. Fragt mich nicht, warum. Vielleicht eine Grippewelle. Ist auch völlig egal. Aber weil ich eine der Organisatorinnen kenne ...«

»Ach ja?«

Tom schaute Jacky genervt an: »Es tut überhaupt nichts zur Sache, wie gut ich sie kenne. Jedenfalls habt ihr morgen Nachmittag auf einem der innovativsten Festivals Deutschlands euren ersten Auftritt als Act. Ist das nicht irre?«

Lina wickelte sich ihr Mikrofonkabel um die Hand und zögerte: »Aber da läuft vor allem Technomusik. Und deine sagenumwobene Bekannte kennt uns doch überhaupt nicht.«

Tom hielt sein Smartphone hoch: »Ich habe ihr das Demo von ›What's your name?‹ vorgespielt, das hat ihr genügt. Außerdem vertraut sie mir. Tatsache ist: Ihr habt morgen euren ersten Gig – und das gleich bei einem absolut angesagten Top Event. Am Vorabend, um fünf Uhr, dreißig Minuten lang. Soundcheck ist am Vormittag. Den genauen Ablauf kläre ich noch.«

Wir tanzten durch den Probenraum, ausgelassen und übermütig. Wie kleine Kinder. Bis Tom energisch in die Hände klatschte und uns zur Ordnung rief.

»Äh ... eines muss ich euch noch sagen: Direkt nach meiner Zusage mussten die Festivalveranstalter eine Pressemeldung rausgeben und wollten natürlich wissen, wie ihr heißt. Also ...« Er stockte kurz. »...mir ist halt nichts Besseres eingefallen: Morgen heißt ihr ›Girlz‹.«

»Och nee, das ist nicht dein Ernst!« Lina wurde blass. »So wie die Spice Girls, oder was? Bitte nicht. Wir sind doch keine Girlgroup mit lauter albernen Tussis.« Sie imitierte eine überkandidelte Frauenstimme und sang mit aufgerissenen Augen: »Who do you think you are?«

Tom zuckte mit den Achseln: »Ihr konntet euch ja bislang nicht auf einen Namen einigen. Und ich meine natürlich ›Girlz‹ mit z. Mir gefällt's. Und wenn ihr demnächst eine bessere Idee habt, ändern wir das Ganze eben wieder.«

Das war die Geburtsstunde der ›Girlz‹ – denn natürlich hält nichts länger als ein Provisorium.

Vierundzwanzig Stunden später stand eine kleine, brünette Moderatorin vom NDR auf der Hauptbühne des Habitat-Festivals und rief aufgedreht ins Mikrofon: »Und jetzt habe ich einen ganz besonderen Leckerbissen für euch: eine brandneue Rockband aus Hamburg. Lauter Frauen. Deswegen heißen sie passenderweise ›Girlz‹. Begrüßt sie mit einem donnernden Applaus. Hier sind für euch ... die ›Girlz‹!«

Dann schrien fünftausend Leute auf. Und in mir schrie auch etwas auf, während es mir gleichzeitig eiskalt den Rücken runterlief.

Lina lief zu Beginn alleine ans Mikrofon und fing mit einer souligen, sehr rhythmischen Gesangsphrase an: »Hey heyi hey ja ...« Und zwar so voller Energie, dass die Menge schon klatschte, bevor überhaupt das Schlagzeug eingesetzt hatte.

Esther nahm den Rhythmus mit der Bassdrum auf – und als auch Jacky und ich auf der Bühne standen, zählte sie laut an: ›One, two, three, four ...‹ Ich setzte mit einem hohen, triolischen Gitarrenriff ein, das wie ein helles Glockenspiel über der virtuosen Bassfigur schwebte – damit fing unsere Party an.

Wir spielten erst »Summerhorizon«, eine Nummer von Lina, dann »Equal Rights« und »Frenzy«, zwei Stücke von Jacky.

Und das Publikum hörte überhaupt nicht mehr auf zu klatschen und zu springen.

Als Lina mit dem Call-and-Response-Teil in »Frenzy« begann, in dem die johlende Masse kurze Melodiephrasen wiederholen sollte, war es, als wären nicht nur wir Musikerinnen on stage miteinander verbunden, sondern all die Besucherinnen und Besucher, die hier gerade mit uns das Leben feierten. Wir waren eine schwitzende, hüpfende, tobende Gemeinschaft.

Trotzdem war mir ganz mulmig zumute, als Lina mir zurief: »Wir spielen als nächstes ›What's your name?‹« Eine Ballade? Jetzt, in einem Moment, in dem alle gerade unglaublich aufgeheizt waren? Wirklich? Die Nummer stand auch erst als Zugabe auf unserer Setlist.

Aber gut, Lina war die Chefin.

Ich stimmte die ersten Töne an, wir setzten mit dem dreistimmigen Intro ein … und vor der Bühne gingen mit einem Schlag überall in der Menge Feuerzeuge und Handytaschenlampen an. So viele, dass man sie sogar jetzt bei Tageslicht deutlich sehen konnte. Und ich dachte: »Auf dem Kindergräberfeld in Frankfurt brennt ein Licht für alle Sternenkinder … für dich, Theresa, meine Tochter, brennen gerade Tausende von Lichtern. Hier, vor meinen Augen.«

Lina sang mein Lied so weich, so anmutig und so hingebungsvoll, dass ich beim zweiten Refrain auf der Bühne in Tränen ausbrach. Und hätte man mich in diesem Augenblick gefragt, ob ich vor Trauer oder vor Freude weine, ich hätte keine eindeutige Antwort geben können. Wahrscheinlich beides. Vor allem aber war es überwältigend, hier zu stehen. Nein, es war überwältigend zu sein. Ich zu sein.

Irgendwann nahm Lina während des Zwischenspiels das Mikrofon aus dem Stativ und jubelte den Leuten zu: »Ihr seid großartig. Die ›Girlz‹ sagen Danke! Danke, dass ihr so tierisch mit uns feiert. Danke, dass ihr euch von unserer Musik so mitreißen lasst. Nebenbei: Diesen fantastischen Song hat unsere Gitarristin Isabella geschrieben.«

Woraufhin das Publikum wieder einen Jubelschrei ausstieß. Mit einer Energie, die mich vermutlich von nun an über alle noch so tiefen Abgründe des Daseins hinwegtragen würde.

Wir sangen mehrstimmig: »Tell me … tell me … tell me«, und das Publikum antwortete, wie aus einem Mund: »What's your name?« Immer und immer wieder.

Ja, sie sangen auch weiter, als ich über die Stimmen ein langes Gitarrensolo legte, bei dem ich gar nicht mehr nachdenken musste, was ich spielen soll, weil meine Finger einfach ausdrückten, was in mir sang. Und weil ich in die Musik eingehüllt war wie in eine warme Decke.

Als wir nach unserem Set und zwei Zugaben immer noch ganz berauscht die Treppe zum Backstagebereich herunterstolperten, wartete da schon die Moderatorin vom NDR auf uns, die uns anmoderiert hatte: »›Girlz‹, ihr wart geil, echt der Hammer! Aber jetzt mal zu den Fakten: Wann kommt euer Album raus? Ich möchte gerne, dass ›What's your name?‹ in die Rotation unserer Welle aufgenommen wird. So ein starker Song. Aber eure Lieder haben alle was ganz Besonderes.«

Sie hielt einen Block hoch, auf dem sie mit Bleistift mehrere Dinge notiert hatte: »Während eures Sets habe ich kurz mit einigen unserer Redakteurinnen und Redakteure telefoniert. Und die sind darauf angesprungen. Also: rockige Frauen mit Botschaft. Am liebsten wollen wir euch nächste Woche im Frühstücksfernsehen bringen. Und sobald eure Produktion auf dem Markt ist, in der NDR-Talkshow. Hey, mal unter uns, ganz ehrlich: Das war nicht euer erstes Konzert, oder? Ich meine: So eiskalt, wie ihr hier die Meute und das ganze Festival gerockt habt. Kommt, verarscht mich nicht … ernsthaft? Das war euer Debüt? Da kann ich nur sagen: Aus euch wird mal was Großes, garantiert!«

So fing das alles an. Dreieinhalb Monate nachdem wir Isabellas uns in Frankfurt getrennt haben, saß ich das erste Mal in der Maske eines Senders, wo ich für die Aufzeichnung einer Sendung geschminkt wurde.

Dann erschien kurz nach den Sommerferien unser Album »Feminine« und wurde vom NDR schon nach wenigen Tagen zum ›Album des Monats‹ gekürt, was auch viele andere Sendeanstalten motivierte, unsere Singleauskopplungen regelmäßig zu spielen. Vor allem »What's your name?« lief auf manchen Wellen den ganzen Tag rauf und runter.

Schon wenige Wochen später engagierte Tom eine eigene Agentur, die die vielen Konzertanfragen und Pressetermine für uns in die Hand nehmen sollte, da ihm die ganze Organisation über den Kopf zu wachsen drohte.

Und ich? Ich war glücklich. Weil ich mir in meinen kühnsten Träumen nicht hätte vorstellen können, wie erfüllend es sein kann, als Musikerin zu leben.

***

Lasst mich kurz nachdenken. Wie fing das alles bei mir an? Genau: Ich bin nach unserer »Metamorphose« erst mal nach Hause gefahren. Weil ich wie selbstverständlich davon ausgegangen bin: Wenn ihr beiden eh woanders hinzieht, dann bleibe ich natürlich in unserer kleinen Parterrewohnung.

Vor allem aber ging es mir exakt so wie dir, Iby: Jetzt war klar, dass ich das BWL-Studium abschließen würde. Und diese Bestimmtheit hat in mir ungeahnte Energien geweckt. Auf einmal war ich voller Tatendrang.

Vermutlich habe ich mich auch deshalb so stürmisch ins Lernen gestürzt, weil ich nicht mehr ständig traurig sein wollte. Trotzdem: Ich glaube, ich bin noch nie etwas so zielstrebig und systematisch angegangen wie dieses BWL-Examen. Weil ich jetzt ohne Wenn und Aber wusste: Das ist mein Weg. Das ist meine Aufgabe, die ich bewältigen möchte. Das ist der Teil von Isabella, den ich zum Blühen bringen soll, um nachher mit euch entscheiden zu können, ob er möglicherweise doch mehr taugt, als wir bislang dachten.

Zum Glück ist es mir damals gelungen, am Fachbereich noch kurzfristig eine Lerngruppe zu finden: vier andere BWLer, zwei Männer und zwei Frauen, die natürlich in der Examensvorbereitung schon viel weiter waren als ich, die sich aber bereit erklärten, mich trotzdem aufzunehmen, als ich ihnen die Gründe für mein spätes Einsteigen nannte. Einer von ihnen, Joachim, kurz Jojo, sah es nach Kurzem sogar als seine persönliche Aufgabe an, mich – komme, was wolle – durchs Examen zu »boxen«, wie er das nannte.

Und dann ging es los: Wirtschaftsethik, Corporate Social Responsibility, Accounting, Controlling, Strategisches Management, Personalführung, Empirische Wirtschaftsforschung, Marketing, Vertrieb und, und, und. Kennt ihr ja alles. Wenn wir uns den Lernstoff nicht gegenseitig in der Gruppe abgefragt haben, saß ich als weibliche Buddhastatue zu Hause vor meinen Bücherbergen und habe gelernt. Wie eine Wahnsinnige. Nein, wie ein Wissensstaubsauger, der ohne Pause absurde Inhalte aus den Tutoriumsmanuskripten ins Gedächtnis zieht, um sie dort abrufbereit zu lagern.

Außerdem las ich mindestens einmal pro Woche meine Masterarbeit noch einmal durch. Die hatte ich zwar – ihr erinnert euch sicher – schon vorher abgegeben, aber weil mir klar war, dass sie in der mündlichen Prüfung ein Schwerpunkt sein würde, wollte ich natürlich auf jede noch so heimtückische Frage vorbereitet sein.

Vermutlich war mein Tagesablauf in meinem ganzen Leben niemals so geregelt und strukturiert wie in diesen Wochen. Jeden Morgen fing ich um Punkt acht Uhr an zu lernen, jeden Mittag machte ich mir eine halbe Avocado mit Zitrone, und jeden Nachmittag schaute ich für fünfundvierzig Minuten irgendeine schwachsinnige Talkshow oder eine Soap, um meine Gehirnwindungen für einen Moment zu entlasten, bevor ich nach einer Runde Joggen noch mal zwei bis drei Stunden mit den anderen aus unserem Team die Lernerfolge des Tages durchging.

An den Wochenenden hockten wir meist auch noch zusammen – abends, in irgendeiner schummrigen Kneipe in Sachsenhausen. Eigentlich, um bei einem gespritzten Apfelwein zu entspannen, aber irgendwie landeten wir doch jedes Mal nach einer kurzen Smalltalk-Phase wieder bei den neusten Theorien zur Unternehmensführung oder den Feinheiten der Business Analysis.

In diesen Wochen habe ich begriffen, wie viel ein Mensch erreichen kann, wenn er sich nur richtig reinkniet. Weil ich am eigenen Leib erlebt habe, dass man sich innerhalb kürzester Zeit gigantische Mengen an Fachwissen einverleiben kann. Dass man spürbar kompetenter wird. Wenn man nur weiß, was man will.

Und nicht nur das: Je vertrauter wir mit den wissenschaftlichen Grundlagen unseres Faches wurden, desto souveräner wurden auch unsere Gespräche. Wir fingen an, immer freier zu assoziieren, kritische Fragen zu stellen, innovative, eigene Konzepte gegen die Mainstream-Ansichten unserer Fachbücher zu entwickeln und die ach so akademischen Ergüsse der Professoren nicht mehr als Ultima Ratio anzusehen.

Kein Wunder: Wir entdeckten nämlich ständig in der Literatur, dass sich die Wissenschaftler radikal widersprachen. Und weil es sogar sein konnte, dass alle diese Koryphäen Unrecht hatten, wurde aus der Lerngruppe im Lauf der Zeit ein Kreis von kleinen Revoluzzern, die Tag für Tag das Wirtschaftsleben der Welt neu erfanden.

Ich behaupte: Manches von dem, was wir uns an diesen Abenden, leicht angeheitert beim dritten Schoppen, ausgedacht und erträumt haben, hätte echtes Potenzial, unsere Marktwirtschaft zu erneuern.

Wahrscheinlich war dieser kleine Kreis von Träumern, Fantasten, Querdenkern und Hoffenden der eigentliche Auslöser für meine neue Liebe zur Betriebswirtschaft. Plötzlich ergab das nämlich alles einen Sinn: Die Schwächen unseres Finanzsystems waren zu bewältigen, wenn nur ein paar Enthusiasten wie wir das Ganze in die Hand nahmen.

Außerdem hatte ich ja mit Professor Berner besprochen, dass ich im mündlichen Examen neben meiner Masterarbeit einen besonderen Schwerpunkt auf den Bereich Eventmanagement legen würde. Ich war verblüfft, wie viele kreative Ideen auf einmal aus mir heraussprudelten.

Unsere Gruppe hatte zur Prüfungsvorbereitung unter anderem ein Handout bekommen, in dem verschiedene Szenarien als Aufgaben beschrieben waren, die wir in Konzepte verwandeln sollten. Was weiß ich: »Planen Sie die Eröffnung eines neuen Möbelhauses!« »Helfen Sie einer NGO, also: einer Nichtregierungsorganisation, für den Bau einer Schule in der Nähe von Burundi mindestens 150.000 Euro Spenden zu sammeln!« Oder: »Planen Sie den Messeauftritt eines bedeutenden international tätigen Autoherstellers!«.

Und während die anderen noch unsicher in der »Versammlungsstättenverordnung« blätterten, um irgendwelche rechtlichen Details zu klären, sah ich schon die fertige Veranstaltung vor mir: ein Feuerwerk an Gestaltungsmöglichkeiten, mit dem ich Menschen nicht nur erreichen, sondern sie auch garantiert für die jeweiligen Marketingziele begeistern würde.

Mit wenigen Strichen skizzierte ich innovative Bühnendesigns auf eine Papierserviette, warf einen ansprechenden Claim in die Runde oder summte die Melodie eines poppigen Jingles, den ein Unternehmen zur Stärkung seiner Corporate Identity nutzen konnte.

Da, wo ich die Konzepte, Theorien und Grundlagen praktisch anwenden konnte, wurde aus einer spröden Wissenschaft auf einmal ein Experimentierfeld für neue Weltentwürfe und inspirierende Projektideen. Großartig.

Na ja, und eines Tages fragte mich Jojo dann, ob er noch auf einen Absacker mit zu mir kommen dürfe. Ich wusste genau, woraus das hinauslaufen würde, aber nach all den Tränen brauchte ich einfach mal wieder jemanden, an den ich mich anlehnen konnte.

In dieser Nacht haben wir dreimal miteinander geschlafen – und eine Woche später ist er dann gleich ganz bei mir eingezogen, weil er sein Zimmer im Studentenwohnheim zum Ende des Semesters ohnehin hätte räumen müssen.

Und jetzt haltet euch fest: Das Examen ... nein, ich muss anders anfangen. Bei den Prüfungen selbst war ich ziemlich aufgeregt, weil ich so unsicher war, ob meine Vorbereitungen ausreichen würden. Immerhin hatten die anderen mehr als doppelt so lange gelernt wie ich. Außerdem war ich frisch verliebt. Trotzdem lief das alles viel besser, als ich es mir erträumt hatte. Berner und seine Beisitzerinnen fragten glücklicherweise exakt nach den Themen, die ich erarbeitet hatte. Zweimal konnte ich das Komitee sogar überraschen, weil ich Forschungsergebnisse parat hatte, die noch keiner der Anwesenden registriert hatte.

Tatsache ist: Ich habe das zweitbeste Examen des Jahrgangs gemacht. Ein Prädikatsexamen »mit Auszeichnung«. Unfassbar, oder? Nach all meinen Zweifeln und Ängsten. Nach all den Gedanken, die mich umgetrieben hatten, ob dieses spröde Fach überhaupt für mich geeignet ist.

Als mir das Ergebnis verkündet wurde, dachte ich erst, ich hätte mich verhört. Das konnte doch gar nicht sein! Ich, Isabella, erreiche Höchstleistungen in einem Bereich, den ich all die Jahre mit so viel Skepsis betrachtet habe. Ja, mehr noch: Ich, Isabella, weiß jetzt, dass ich in diesem Bereich begabt bin.

Ich kann also sagen: Die Masterprüfung war für mich nicht nur ein Examen, sie hat mich verändert. Warum? Nun, sie hat mir ein neues Selbstbewusstsein geschenkt: Ich kann, ich will und ich werde der Welt zeigen, was in mir steckt. Wow, das war ein irrer Moment.

Außerdem hat mich Berner am Ende des Verfahrens zur Seite genommen und mir zugeraunt: »Klasse, Isabella, ich wusste, dass ich mich nicht in Ihnen getäuscht habe. So eine Leistung bei all Ihren persönlichen Herausforderungen. Bravo! Mein Angebot hätte auch so gegolten, aber jetzt erneure ich es gerne noch mal: Wenn ich im Herbst nach Aachen gehe, möchte ich Sie in meinem Team haben. Sie bekommen eine Doktorandenstelle – und wir überlegen uns ein attraktives Promotionsthema für Sie.«

Nach der Prüfung sind Jojo und ich dann mit seinem alten VW an die Nordsee gefahren. Er hatte den Master ebenfalls erfolgreich abgeschlossen, und wir fanden beide, dass wir jetzt erst mal eine anständige Auszeit verdient hätten.

Eine Woche lang haben wir in St. Peter-Ording in einem Strandkorb gesessen und gelesen. Natürlich Belletristik, weil wir beide keine Fachbücher mehr sehen wollten. Ich weiß noch, ich habe in wenigen Tagen zwei Romane von Philip Roth und den neusten Haruki Murakami verschlungen. Zwischendurch sind wir ins Wasser gesprungen und haben es uns ansonsten einfach gut gehen lassen.

Jasper, ich hoffe, was ich jetzt erzähle, verstößt nicht gegen unsere Vereinbarung, aber ich konnte gar nichts dafür. Es war nämlich so: An einem unserer letzten Strandtage hat Jojo zu mir gesagt:»Komm, lass uns heute nach Hamburg fahren, da gibt es ein ziemlich angesagtes Festival. Ist vielleicht auch für dich interessant – wegen Eventmanagement und so.«

Ja, Iby, ich war bei eurem ersten Konzert. Ich stand im Publikum. Mehr noch: Ich war eine von denen, die wie verrückt gejohlt haben, als die aufstrebende Hamburger Frauenband ›Girlz‹ angekündigt wurde. Und ich habe inbrünstig mitgesungen: »What's your name?« Klar! War ja schließlich auch mein Lied. Und ich muss sagen: Du hast da oben auf der Bühne unglaublich professionell agiert. Ja, ich habe mich total gefreut, als ich erkannt habe, wie glücklich du ausgesehen hast. Trotz deiner Tränen. Oder gerade deswegen.

Jojo hat mir durch die Musik zugeschrien: »Hey, wieso kennst du denn dieses Lied? Ich dachte, die Band gibt's erst seit ein paar Wochen!«

Was hätte ich ihm antworten sollen? Vor allem, als er noch hinzufügte: »Ist dir aufgefallen, dass die Gitarristin genauso aussieht wie du? Vor allem das Kinn. Gut, sie hat kürzere Haare, aber sonst. Ihr könntet Zwillinge sein!«

Zum Glück hat dann eure Sängerin erwähnt, dass die Gitarristin der Band Isabella heißt, und ich konnte Jojo triumphierend sagen: »Boah, das gibt's ja gar nicht: Die sieht nicht nur aus wie ich, die heißt auch wie ich. Das spricht doch sehr dafür, dass sie nicht meine Zwillingsschwester ist.«

Aber mein Freund wollte sich gar nicht beruhigen: »So einen Zufall gibt's nicht. Komm, wir gucken mal beim Backstagebereich. Vielleicht seid ihr ja über ein paar Ecken verwandt. Diese Ähnlichkeit ist unfassbar. Und dann auch noch den gleichen Namen. Sag mal: Hieß das Lied nicht ›Tell me: What's your name‹? Da kannst du doch echt hingehen und sagen: ›Hey, ›Girlz‹, stellt euch mal vor, wie ich heiße!‹«

»Hör zu«, habe ich ihn ziemlich angefaucht, »ich werde da nicht hingehen. Und ich will diese Frau auch nicht kennenlernen. Kapiert?«

»Ist schon gut«, hat mich Jojo beruhigt. »Was regst du dich denn so auf?«

»Ich rege mich auf, weil mich solche Äußerlichkeiten überhaupt nicht interessieren. Die sieht aus wie ich. Na und? Sie ist Gitarristin in einer Band, ich habe gerade meinen Master in BWL gemacht und werde demnächst promovieren. Diese Musikerin lebt ein völlig anderes Leben als ich. Nur, weil wir aus irgendwelchen genetischen Fügungen des Schicksals die gleiche Kinnpartie haben, muss ich sie doch nicht anquatschen. Wie blöd wäre das denn: ›Hallo, wir sehen uns ähnlich.‹ Und jetzt will ich nicht mehr darüber reden bitte! Überhaupt: Tu mir einen Gefallen, nimm mich nie wieder zu irgendwelchen Konzerten mit.«

Jojo schaute mich an, als wäre ich eine Außerirdische: »Wieso denn das, du spielst doch selbst Gitarre? Und zwar unfassbar gut, finde ich.«

»Ab jetzt nicht mehr. Komm, lass uns gehen.«

Daran habe ich mich gehalten. Ich habe tatsächlich nach diesem Festival kein Musikevent mehr besucht, das ich nicht selbst organisiert habe und bei dem ich nicht genau wusste, welche Gruppen zu Gast sein würden.

Im Herbst, zu Beginn des neuen Semesters, bin ich dann nach Aachen gezogen. Was ziemlich bald dazu führte, dass Jojo und ich uns trennten. Er hatte in Wiesbaden in der Hessischen Finanzverwaltung einen Job als »Fachprüfer für Unternehmensbewertungen mit dem Schwerpunkt Auslandssachverhalte« bekommen. Und schon wenn ich versuchte, diese Stellenbezeichnung auszusprechen, musste ich gähnen.

Wir haben uns, meine ich, noch zweimal an den Wochenenden getroffen, dann war uns beiden klar, dass unsere Liebe wohl doch nicht feurig genug brannte, als dass wir daraus eine langfristige Fernbeziehung hätten machen wollen.

Dafür stürzte ich mich mit großem Enthusiasmus in die Arbeit am Institut. Berner hatte sich ja in den letzten Jahren auf »Ökologisches Management« spezialisiert, also auf die Frage, wie sich Nachhaltigkeit so in Unternehmenskonzepte integrieren lässt, dass »Clean Production« und »Sustainable Development« die Gewinne nicht schrumpfen lässt, sondern sie – im Gegenteil – sogar steigert.

Und so einigten wir uns für meine Dissertation auf das Thema »Green practices in organizational Eventmanagement«, weil ich da auch meine Leidenschaft für Veranstaltungsorganisation einbinden konnte: Wie kann man große Events umweltfreundlich planen? Und ihr ahnt gar nicht, was sich da in den letzten Jahren getan hat.

Ich wohnte übrigens seit Oktober in einem ausgebauten Dachboden mit vielen Schrägen, aber mit einer weiten Dachterrasse, von der aus ich einen traumhaften Ausblick auf das Frankenberger Viertel hatte, einen Stadtteil von Aachen, in dem besonders viele Baudenkmäler stehen; vor allem Gründerzeithäuser im neoklassizistischen Stil, dazwischen Neorenaissance, Neobarock und Neogotik mit ein paar Jugendstil-Einsprengseln. Einfach ein sehr kultivierter Bezirk.

Da saß ich dann, wenn es das Wetter zuließ, mit meinem Laptop auf der Terrasse und schrieb an meiner Doktorarbeit, wenn ich nicht für Berner irgendwelche Proseminare hielt oder endlose Anträge für Drittmittel formulierte.

Einmal saß ich noch im November da oben, dick eingewickelt in eine Decke – die müsstet ihr noch kennen, diese grün-weiße Patchworkdecke aus Irland –, schaute über die Stadt und wusste ganz sicher: Das hier ist der richtige Weg. Ich konnte schon im Matheunterricht immer analytisch denken, und jetzt entfaltete sich dieses Talent zusammen mit meiner Freude an kreativen Ideen zu einem erstaunlich runden Gesamtpaket.

Und ja, ich war in diesem Augenblick glücklich. Äußerst glücklich sogar. Weil ich etwas machen durfte, bei dem mir das Herz aufging. Zudem wusste ich aus meiner Arbeit am Fachbereich, dass es genügend Unternehmen gab, die mich sofort mit Kusshand nehmen würden. Mit einem Anfangsgehalt, bei dem mir als Doktorandin die Ohren schlackerten. Aber ich konnte auch an der Uni bleiben und später noch habilitieren. Berner jedenfalls traute es mir zu. Lauter rosige Perspektiven.

Ja, so fing das alles bei mir an.

***

Jetzt ich. Na schön. Aller guten Dinge sind drei. Es mag seltsam klingen, aber ich bin vom Eiscafé aus direkt zur nahe liegenden S-Bahn-Station an der Hauptwache gelaufen und dort in die nächste S-Bahn zum Flughafen gesprungen. Das heißt: Schon knapp dreißig Minuten später stand ich in der Abflughalle an einem der vielen bunt verzierten Schalter für Last-Minute-Flüge.

Der bärtige Verkäufer hinter dem Tresen musterte mich einige Sekunden kritisch, weil ich überhaupt kein Gepäck bei mir hatte, dann sagte er professionell freundlich: »Wo soll's denn hingehen, schöne Frau?«

»Völlig egal«, habe ich erwidert. »Hauptsache: möglichst weit weg.«

Worauf er sich zu mir rüberbeugte und leise sagte: »Wollen Sie vielleicht erst mal mit jemandem von der Kirche über Ihre aktuellen Herausforderungen und ... Unklarheiten reden? Es gibt hier sehr sympathische Seelsorger am Flughafen. Ich fürchte nämlich: Weglaufen ist keine Lösung!«

Da habe ich mich ebenfalls nach vorne gelehnt, so dass sich unsere Gesichter fast berührt haben, und geflüstert: »Nein, ich laufe nämlich gar nicht weg, ich bin einfach nur frei. Ich kann tun und lassen, was ich will. Zum Beispiel wollte ich schon immer mal eine Weltreise machen – und das mache ich jetzt. Also: Was haben Sie für mich?«

Er wurde ganz schnell wieder sachlich: »Moment, Moment, das ist ja alles schön und gut, aber Sie müssen doch wenigstens irgendeine Vorstellung davon haben, wohin es gehen soll. Eher

Asien oder Südamerika? Kanada oder Singapur? Eher warm oder kalt? Eher Abenteuer oder Wellness?«

Ich habe kurz überlegt und dann gesagt: »Wissen Sie was? Entscheiden Sie für mich! Seien Sie meine Glücksfee! Oder wie heißt das bei Männern: wahrscheinlich Glückskobold? Ja, klingt doch nicht schlecht, seien Sie mein Glückskobold und suchen Sie was besonders Reizvolles für mich aus.«

Er blätterte lächelnd in irgendwelchen kopierten Listen. Schließlich sagte er: »Auckland! Neuseeland. In vier Stunden. Da ist noch ein einzelner Platz frei. Für 645 Euro.«

»Mach ich.«

So hatte ich schon vierzig Minuten nach unserem Auseinandergehen ein Ticket ans andere Ende der Welt in der Tasche. Und allein diese überwältigende Erfahrung – ich kann zum Flughafen fahren und in ein neues Leben aufbrechen – sorgte bei mir für eine enorme Ausschüttung von Glückshormonen.

Natürlich war mir klar, dass der Typ am Schalter Recht hatte: Ich lief auch davon. Ich wollte die ganze zermürbende Geschichte mit dem verlorenen Kind und der beruflichen Unsicherheit hinter mir lassen. Aber das Freiheitsgefühl war wesentlich stärker.

Und ich dachte, während ich das Ticket in Empfang nahm: »Wow, die beiden anderen erfüllen jetzt erst mal die Pflicht, ihr berufliches Potenzial zu entfalten, während ich in erster Linie sieben gute und freie Jahre habe, also die Kür. Und wenn sich dieser Luxus nach sieben Jahren nicht als nachhaltig erweist … na und? Was soll's!«

Besonders genossen habe ich es, am Flughafen einen großen Koffer zu kaufen und mich vollständig für meine Reise neu einzudecken. Und wisst ihr was: Alles, was ich benötigte, um meinen Trip anzutreten, wirklich alles, inklusive Notebook und E-Book, kostete zusammen zweitausendfünfhundert Euro. Ja, mit zweitausendfünfhundert Euro hatte ich alles zusammen, was ich brauchte, um zurechtzukommen. Ein richtig wohliges Gefühl: Die wesentlichen Dinge passen in einen Koffer.

In Auckland fehlt mir zu meinem Glück dann nur noch ein Auto. Deshalb habe ich mir als Erstes einen kleinen Toyota gemietet, mit dem ich ein paar Wochen entspannt durch die Gegend gefahren bin: vom stürmischen Nordkap der Insel, dem Cape Reinga, vorbei an Dutzenden von malerischen Thermalquellen, in denen man stundenlang abschalten und chillen kann, bis nach Rotorua, wo es nicht nur mehrere Vulkanparks, sondern auch die Möglichkeit gibt, auf dem Kaituna River einen sieben Meter hohen Wasserfall zu raften. Was ich natürlich sofort gemacht habe. Das war der Wahnsinn.

Echt, als wir mit unserem Schlauchboot über die Kante des Wasserfalls gestürzt und quasi ins Nichts gefallen sind, war ich vermutlich die Einzige, die dabei ihre Augen offen hatte. Weit offen sogar. Weil ich dem Dasein ins Angesicht blicken wollte. Und weil ich mich selten so lebendig gefühlt habe. Deutschland war weit weg. Alle meine Ängste waren weit weg. Aber ich ... ich war da! Ich war präsent. Ich war lebendig!

Abends in der Herberge für Backpacker fragte mich Beth, eine zierliche Österreicherin, die ich bei der Raftingtour kennengelernt hatte, beim Gemüseschneiden in der Küche, ob ich denn auf meiner Reise auch den Tongariro Crossing eingeplant hätte.

Ich musste ihr gestehen, dass ich überhaupt nicht wusste, wovon sie redet, was wiederum sie zutiefst erschütterte. Zumindest tat sie so, als wäre das eine unverzeihliche Bildungslücke, die mich auf der Entwicklungsskala der Säugetiere zurück auf die Stufe der Spitzhörnchen schleudern würde.

»Echt? Den kennst du nicht? Der Tongariro Crossing gilt als schönste Bergwanderung der Welt. Dabei kommst du zum Beispiel an zwei aktiven Vulkanen vorbei – nebenbei: an einem davon, dem Ngauruhoe, wurde die berühmte Szene gedreht, in der Frodo im »Herrn der Ringe« den Ring vernichten soll – und an mehreren türkisfarbenen Kraterseen und grandiosen Aussichtsstellen auf die Basaltlandschaft. Das muss du erlebt haben. Sonst bist du nicht würdig, dich einen kultivierten Menschen zu nennen.«

Ernsthaft. Das hat sie genauso gesagt. Und weil ich es hasse, etwas zu verpassen, habe ich gleich am nächsten Morgen die entsprechende Tour gebucht und saß eine Woche später in einem Shuttlebus, der mich in das Mangatepopo-Valley brachte, dem Ausgangspunkt des Zwanzig-Kilometer-Trails, der mitten durch die Vulkanlandschaft führt.

Zum Glück waren, als unsere kleine Reisegruppe ankam, mit einem Schlag alle meine Sorgen, wir könnten uns unterwegs verirren, wie weggeblasen. Denn mit mir wollten an die achthundert weitere Touris an diesem sonnigen Tag durch die legendäre Filmkulisse wandern – und so machten wir uns in einem schier endlosen Gänsemarsch auf den Aufstieg durch die karge, aber betörende Hochgebirgslandschaft.

Nebenbei: Der Pfad fängt harmlos an, aber dann kommt nach Kurzem das sogenannte »Devil's Staircase«, das Treppenhaus des Teufels. In dem kletterst du auf einmal siebenhundert Höhenmeter steil bergauf – so steil, dass du manchmal den Eindruck hast, es ginge senkrecht hoch. Stufe um Stufe. Schritt für Schritt. Bis alles nur noch wehtut. Immer mit der Frage: Werde ich es jemals bis zum Gipfel schaffen? Oder werde ich vorher vor Erschöpfung sterben?

Und dort, fast am höchsten Punkt der Wanderung, auf tausendneunhundert Meter Höhe, ist es passiert! Da habe ich ihn zum ersten Mal gesehen: Er saß mit knallrotem Kopf im Schatten eines Felsens, hatte die Wanderstiefel ausgezogen, schaute wie hypnotisiert auf seine Füße und hatte Tränen in den Augen.

»Everything's alright?«, fragte ich ihn beim Vorüberstolpern.

»No! I have one ... no ... wait ... two ... no three ... horrible ... Scheiße, was heißt denn Blasen auf Englisch?«, fragte er mit breitem schwäbischem Akzent.

Ich blieb stehen. »Blisters. Blasen heißen Blisters.« Ich musste grinsen. »Aber ich bin auch aus Deutschland. Wie gefühlte siebzig Prozent der Wahnsinnigen, die diese Tour gebucht haben. Kann ich dir irgendwie helfen?«

Er schüttelte den Kopf. »Nee, es sei denn, du hast Blasenpflaster dabei.«

Ich musste nur an die rechte Seite meines Rucksacks fassen: »Hokuspokus Fidibus. Hier sind welche.«

Er griff so dankbar danach, als würde ich einem Verhungernden ein Stück Brot reichen. »Gott, wie gut, du bist meine Rettung! Ein Engel. Du hast echt was gut bei mir.«

Jetzt erst fiel mir auf, wie jung er war. Vermutlich noch keine zwanzig, was ich wegen des wilden Fünftagebarts vorher nicht so gut hatte einschätzen können.

»Ich bin Isabella! Aus Frankfurt.«

Ich weiß auch nicht, warum, aber im Ausland hängt man an seinen Namen jedes Mal seinen Herkunftsort an, wahrscheinlich, weil einem das in der Fremde ein Stück Heimatgefühl gibt.

»Hallo Isabella. Ich bin Tobias. Aus Giengen an der Brenz. Und du solltest dir gleich klarmachen, dass du es mit einem brutal dämlichen Typen zu tun hast. Ich meine: Wer sonst macht eine Bergwanderung mit brandneuen Schuhen?«

Er deutete auf seine Stiefel. »Mir haben so viele Leute Horrorgeschichten davon erzählt, dass man bei der Einreise nach Neuseeland Ärger bekommt, wenn man gebrauchte Wanderschuhe dabeihat – weil in Neuseeland ja keine giftigen Tiere existieren und sich in den Rillen des alten Profils Zeckeneier verstecken könnten ... du weißt schon ... bla bla bla. Jedenfalls: Weil meine alten, klobigen Dinger ohnehin nicht mehr ganz dicht waren, habe ich mir halt neue gekauft. Ganz großes Kino.«

Er verzog das Gesicht, als er das erste Pflaster auf eine wundgeschabte Stelle klebte.

Ich setzte mich neben ihn. »Aber du hast doch nicht ernsthaft geweint, weil du ein paar Blasen an den Füßen hast.«

Er biss sich auf die Lippen, schaute lange runter ins Tal und sagte dann vorsichtig: »Willst du ehrlich wissen, warum ich ein paar Tränchen verdrückt habe?«

Ich nickte.

»Gut. Das kann ich dir sagen: Ich dachte immer, ich wäre halbwegs fit. Und eben, beim Aufstieg durch das ›Devil's Staircase‹ musste ich ab der Mitte auf einmal ständig stehen bleiben. Weil ich nicht mehr konnte. Das hat mich total entsetzt – und genervt: Ich konnte echt nicht mehr weiter. Meine Kraft war absolut erschöpft. Ein Gefühl, das ich so noch nie erlebt habe. Ja, eine echt frustrierende Grenzerfahrung. Du stehst da und merkst: Ich schaffe keinen Schritt mehr. Ich bin am Ende und muss mich jetzt erst mal hinsetzen. Ziemlich frustrierend. Und das in meinem Alter! Ich bin schließlich erst knackige neunzehn Jahre alt. Bitte, jetzt weißt du, mit was für einem Weichei du es zu tun hast.«

»Na, immerhin ein Weichei, das den Mumm hat, über seine Schwächen zu reden. Nebenbei: Was machst du denn, wenn du nicht gerade auf den Spuren Frodos durch ›Mordor‹ läufst und die Bürde des Rings auf dir lastet?«

Da ging ein Strahlen über sein Gesicht: »Hey, da kennt sich jemand aus. Wow! Das gefällt mir. Ich bin nämlich ein echter Hardcore-Herr-der-Ringe-Fan. Also, zu Hause habe ich gerade ein Praktikum gemacht, in einem Architekturbüro. Genauer gesagt: bei meinem Onkel. Das hat unglaublich Spaß gemacht. Im nächsten Frühjahr fange ich deshalb an, Architektur zu studieren. Weiß noch nicht, wo, ist aber auch nicht so wichtig. Ich hatte mir fest vorgenommen: Bevor ich mich ins Berufsleben stürze, will ich die Welt sehen. Und das mache ich gerade. Und du?«

Ich habe ein bisschen von mir erzählt, dann hat er wieder erzählt. Von seiner Familie, von seinem Engagement bei den Pfadfindern, von seiner Begeisterung für Billy Joel und, und, und ... Auf dem gesamten weiteren Weg, den wir wegen seiner Blasen etwas langsamer gehen mussten, haben wir nicht mehr aufgehört zu reden.

Tja, und als wir dann am Abend endlich am Ketetahi-Parkplatz, dem Ende des Trails, ankamen, war der letzte Shuttlebus gerade abgefahren. Natürlich.

»Mann, verflucht, was machen wir denn jetzt?«

Tobias zeigte hinter mich: »Da, auf dem Schild steht, wo man anrufen kann, damit ein Taxi kommt. Und weil ich dir den ganzen Mist eingebrockt und dich durch meine Wehwehchen aufgehalten habe, übernehme ich natürlich die Kosten. Wohnst du auch in der ›Adventure Lodge‹?«

»Nee, im ›The Crossing Backpackers‹. Aber ich glaube, so weit sind die nicht auseinander.«

Nachdem er telefoniert hatte, brummte Tobias missmutig: »Es dauert mindestens fünfzig Minuten, bis der Fahrer hier ist. Tut mir leid.« Doch dann strahlte er plötzlich über beide Ohren: »Obwohl: Ist doch auch schön, dann haben wir zwei noch ein bisschen Zeit zusammen.«

»Naja, ich bin müde, verschwitzt ... und außerdem wird es jetzt, wo die Sonne untergeht, relativ schnell frisch. Ich habe keine Lust, im neuseeländischen Winter zu erfrieren.«

Tobias deutete auf einen Unterstand: »Du hast mir die Füße gerettet, ich bin bereit, dich vor dem Erfrieren zu retten. Wenn wir uns da drin gegenseitig wärmen, müsste es gehen.«

Für einen Moment dachte ich: »Was passiert hier gerade? Der Typ ist neunzehn, ich bin sechsundzwanzig.« Aber irgendwie war er viel zu nett, um die Reißleine zu ziehen. Vielleicht wäre es zu diesem Zeitpunkt noch gegangen, aber ich wollte es eigentlich gar nicht.

Tobias hat dann nicht nur ein Teelicht angezündet und vor uns in den Sand gestellt, sondern auch eine grüne Plane auf dem Boden ausgebreitet, sich daraufgesetzt, seine Beine gespreizt und gesagt: »Komm, setz dich vor mich. Dann bekommst du am meisten Wärme ab.«

Das habe ich gemacht; er hat von hinten die Arme um mich geschlungen und mich gehalten. Das hat nicht nur die Kälte vertrieben, sondern sich vor allem wundervoll angefühlt – sicher, sehr geborgen, sehr vertraut. So vertraut wie lange nichts mehr. Ein wunderbares Gefühl.

Irgendwann musste Tobias seine Sitzposition ändern. Und als er mich dann wieder in den Arm nahm, da lag seine rechte Hand auf einmal auf meiner Brust. Offensichtlich bewusst platziert. Natürlich über mehreren Schichten Stoff. Trotzdem spürte ich, dass wir beide kurz die Luft anhielten.

Das war der magische Moment, in dem ich ihm eine saftige Ohrfeige geben oder seine Hand sanft, aber energisch hätte wegschieben können. Tja, hätte.

Habe ich aber nicht. Ich ließ sie liegen.

Und wir taten beide so, als wäre nichts. Unterhielten uns einfach locker weiter, bis das Taxi kam.

Tatsache ist: Wir haben erst in Australien, unserer nächsten gemeinsamen Station, miteinander geschlafen. Zwei Wochen später. Weil wir beide nichts überstürzen wollten. Im Daintree National Park. Mitten im Regenwald. In seinem Zelt. Ganz behutsam und zärtlich.

Aber wisst ihr, was mich in dieser Zeit am meisten berührt hat? Wir waren nicht nur ein übermütiges Liebespaar, Tobias und ich, wir waren vor allem ein Team. Ein klasse Team. Tobias wusste sehr genau, was er wollte, und hatte keine Scheu, mit dem Kopf voran loszupreschen. Und das machte mir mit meinen gelegentlich immer noch aufkommenden Selbstzweifeln damals viel Mut.

Er dagegen ließ sich von mir gerne entschleunigen. Zum Beispiel, wenn er auf einer Wanderung vor lauter Elan und Ehrgeiz beinahe an den schönsten Aussichtspunkten und Sehenswürdigkeiten vorbeigestürmt wäre, weil es ihm ja zuallererst darum ging, erfolgreich sein nächstes Ziel zu erreichen.

Er gab mir Kraft, ich gab ihm Ruhe. Und wenn man wochenlang zusammen im Dschungel unterwegs ist, erkennt man ohnehin bald, woran man beim anderen ist – und ob man die gemeinsame Zeit als Geschenk empfindet oder nicht.

Ihr könnt mir glauben: Das waren großartige Wochen und Monate. Wir sind zusammen am Great Barrier Reef getaucht, mit einem Jeep über die große Sanddüne Frazer Island gefahren, haben Wale beobachtet, im Undara-Volcanic-Nationalpark im Angesicht einer ganzen Herde von Kängurus seinen zwanzigsten Geburtstag gefeiert, einige Zeit auf einer Kiwi-Farm gejobbt und uns anschließend auf einen langen, entspannten Trip ins Landesinnere gemacht.

Und während in Deutschland der Herbst in den Winter überging, wurde es in Australien allmählich Sommer. Wir waren weiterhin unterwegs, immer noch glücklich – und immer noch verliebt. Nicht nur das, ich behaupte sogar: Wir waren jeden Tag verliebter.

Doch dann passierte etwas, mit dem ich überhaupt nicht gerechnet hätte. An Silvester waren wir zufällig – oder vielleicht auch von meinem Gefährten geplant – am Uluru, also am Ayers Rock, und staunten gerade über das Farbenspiel des gigantischen Felsens in der untergehenden Sonne, als mich Tobias zur Seite nahm … und plötzlich vor mir auf die Knie ging.

Für einen winzigen Moment dachte ich, er hätte vielleicht einen Herzinfarkt, aber dann holte er mitten im Outback einen Ring aus seiner Tasche – keine Ahnung, wann und wo er den gekauft hat –, streckte ihn mir entgegen und sagte: »Bella! Ich möchte gerne mein ganzes Leben mit dir verbringen. Darum stelle ich dir heute, an diesem einzigartigen Ort eine einzigartige Frage: Willst du meine Frau werden?«

Ich hatte mit einem Mal das Gefühl, mein Blut hätte aufgehört zu fließen.

»Tobias, hey, du bist gerade erst zwanzig geworden, ich meine: Du bist fast sieben Jahre jünger als ich!«

Aber das hat ihn überhaupt nicht interessiert. »Na und? Für mich ist doch nicht entscheidend, wie alt du bist, sondern ob du die Richtige für mich bist. Und ich will definitiv keine andere. Glaube mir: Ich will nur dich! Ja, ich wäre unfassbar gerne dein Mann.«

Ich wusste immer noch nicht, was ich sagen sollte. Vor allem, weil ich in diesem Augenblick selbstverständlich als Erstes daran gedacht habe, ob ich ihm nicht jetzt davon erzählen müsste, dass ich nur eine von dreien bin – Teil eines unglaublichen Experiments, in dem vermutlich keine Hochzeit vorgesehen ist.

Deshalb fiel mir nichts Besseres ein, als zu fragen: »Was werden denn deine Eltern dazu sagen?«

Wisst ihr, was er da gemacht hat? Er hat sein Handy rausgeholt und mir stolz gezeigt, was er mit seinen Eltern in den letzten Wochen gechattet hatte.

Ja, stellt euch vor, er hatte ihnen Dutzende von Bildern von mir geschickt und ihnen längst erzählt, dass er mir gerne einen Antrag machen würde.

Seine Mutter hatte sofort geantwortet: »Wir finden, dass Bella sehr, sehr, sehr sympathisch aussieht. Außerdem: Wenn sie dich dazu bringt, mit uns so offen und unbeschwert zu reden, hat sie auf jeden Fall einen guten Einfluss auf dich. Also: Unseren Segen hast du.«

»Mann«, habe ich gestottert, »ihr seid doch so eine fromme Familie. Nach allem, was du mir über deine Eltern erzählt hast. Ich weiß überhaupt nicht, ob ich da reinpasse.«

Da hat Tobias angefangen zu lachen. Lauthals. »Also, eine kirchliche Hochzeit wäre mir schon wichtig. Aber ansonsten habe ich, was das angeht, überhaupt keine Bedenken. Meine Eltern sind viel entspannter, als du denkst. Außerdem: Für mich bist du ohnehin ein Geschenk Gottes.«

Er nahm meine Hand – und das Lustige war, dass ich erst jetzt bemerkt habe, dass uns inzwischen mindestens dreißig andere Touris von allen Seiten neugierig anstarrten. Kein Wunder, mein Freund kniete ja weiterhin mit erhobenen Händen vor mir im roten Staub.

Tobias streckte seinen Arm aus und stupste mich mit dem Zeigefinger auf die Nase, was ihm nur ganz knapp gelang. »Liebste Bella, eigentlich möchte ich überhaupt nicht wissen, was meine Eltern meinen oder was irgendjemand über unseren Altersunterschied denken könnte, sondern was du willst. Ja, ich möchte überhaupt nur eines wissen: Möchtest du mich, deinen Weltreiseflirt, heiraten?«

Auf einmal war es, als hätte jemand in mir ein Feuerwerk angezündet. Lauter bunte Raketen, die alle mit einem lauten »Ja« explodiert sind und mein Dasein hell gemacht haben. Also habe ich, ohne lange darüber nachzudenken, gerufen. »In Ordnung. Wenn du es so sehr wissen möchtest ... hier ist meine Antwort: Ja. Ich will!«

Und dann küssten wir uns, während die inzwischen noch größer gewordene Touristengruppe frenetisch applaudierte. Ein Amerikaner aus Ohio hatte sogar eine Flasche Sekt dabei, weil er mit seiner Frau auf den dreißigsten Hochzeitstag anstoßen wollte.

So standen wir plötzlich mitten im Outback, an einer der schönsten Stellen der Welt, und haben unsere Verlobung gefeiert – umgeben von rotem Sand, Kamelherden und einer unfassbaren Weite. Und ich war so glücklich wie noch nie zuvor im Leben.

Übrigens habe ich erst, als Tobias mir den Ring an den Finger gesteckt hat, gesehen, dass er für diesen Tag einen original Herr-der-Ringe-Ring gekauft hatte.

»Na, du bist mir ja einer«, habe ich geflachst: ›Ein Ring, sie zu knechten, sie alle zu finden, ins Dunkel zu treiben und ewig zu binden.‹ Das passt ja perfekt für eine Ehe.«

Da hat er mich noch mal geküsst und dann zwischen zwei Küssen gemurmelt: »Du bekommst natürlich später einen anderen. Aber ich fand, für zwei Tolkien-Fans ist das ein sehr persönliches Symbol. Außerdem: Wer trägt denn jetzt den Ring der Macht? Du! Insofern liegt es an dir, damit verantwortlich umgehen.«

Er lachte wieder so mitreißend, dass ich einstimmen musste.

Natürlich: Das Ganze hat mich damals überrumpelt, aber ich habe diese Entscheidung trotzdem nicht bereut. Meine Antwort war richtig. Nicht nur an diesem Tag, sie ist bis heute richtig.

Nun: Da wir drei ja irgendwie den gleichen Geschmack haben, vermute ich mal, dass euch Tobias auch gefallen würde. Guck nicht so, Iby, es ist nicht so, dass du ihn übernehmen musst, falls ich am Montag nicht mehr da bin!

Wie dem auch sei: Wir waren dann noch einige Wochen in Australien, einen Monat in der Südsee und ein paar Tage in Brasilien. Dann fing das Frühjahrssemester an, Tobias wollte gern mit dem Studium beginnen und ich hatte ebenfalls den Eindruck, dass es Zeit wäre, zurückzufliegen.

Tja, so war das bei mir. So hat bei mir alles angefangen.

KAPITEL 7

Zwischenspiel I: Panik

Jasper klatschte in die Hände. »Bravo! Das war doch ein großartiger Einstieg …«

Er strahlte die drei Isabellas, die erschöpft an dem schweren Eichentisch saßen, aufmunternd an. »Was denkt ihr? Jetzt, nachdem ihr einen ersten Eindruck von den jeweiligen Erlebnissen der anderen habt? Das war doch beeindruckend, oder? Und ich vermute mal: Keine von euch wäre ihren Weg derart gradlinig gegangen, wenn sie nicht so eindeutig gewusst hätte, welches Ziel sie verfolgt.«

Isa hob unkonzentriert ihr Glas zum Mund, sah aber auf halbem Weg, dass es längst leer war und stellte es wieder auf den Tisch. Ihre Augenlider flackerten.

Erregt sagte sie: »Na ja! Wir haben alle drei erzählt, wie herrlich es uns ergangen ist. Was wir für Heldinnen in unseren jeweiligen Biografien sind. Ganz super! Ich fürchte nur, dass wir so keinen Schritt weiterkommen. Für mich klangen unsere großartigen Berichte alle, als hätten wir versucht, uns in einem offiziellen Bewerbungsverfahren möglichst gut darzustellen. Als ginge es hier in erster Linie darum, Punkte zu machen: Wer gewinnt den Preis? Wer bekommt am Ende den goldenen Pokal? Den Oscar für sein Lebenswerk? Ist doch wahr: Jede von uns hat beim Erzählen mindestens einmal erwähnt, wie glücklich sie ist, wie unfassbar glücklich. Oder zumindest, wie glücklich sie zu einem bestimmten Zeitpunkt war. Ich bezweifle, dass wir auf diesem Weg jemals auf einen gemeinsamen Nenner kommen und ernsthaft eine Entscheidung fällen, die wir alle mittragen können. Um ehrlich zu sein: Ich komme mir ein bisschen vor wie bei einer Viehauktion, auf der alle ihre Kühe oder Schafe in den höchsten Tönen anpreisen – nur dass wir in diesem Fall selbst die Kühe sind …«

Während Isa noch sprach, rückte Iby ihren schweren Stuhl mit einem lauten Quietschen zurück. Sie stand auf und fing an, unruhig vor dem Tresen hin- und herzulaufen.

»Du hast Recht. Und nicht nur das! Ich fürchte sogar: Das ganze bescheuerte Experiment hat nicht funktioniert. Man könnte meinen: Das war eine totale Schnapsidee. Einfach nur hirnrissig.«

Sie musterte Jasper aus den Augenwinkeln. »Ist doch wahr! Wir haben durch diese Metamorphose nämlich nicht nur unsere Möglichkeiten, sondern auch unsere Probleme verdreifacht. So banal ist das! Es klang am Anfang alles so verheißungsvoll: Wir dürfen jeweils einen von drei großen Träumen ausprobieren. Aber während wir das getan haben, sind unsere Zweifel trotzdem die meiste Zeit die gleichen geblieben. Zumindest bei mir. Ja, ich habe eine halbwegs erfolgreiche Karriere als Musikerin hingelegt. Aber ich habe mich trotzdem die ganze Zeit gefragt, wie es euch beiden wohl ergeht – und wie es sich anfühlen würde, wenn ich die BWLerin oder die Weltenbummlerin wäre. Diese Sehnsucht hat leider überhaupt nicht aufgehört!«

Sie zögerte: »Vielleicht kann man Träume und Ängste einfach nicht zähmen. Sie bleiben ein Leben lang wild und hemmungslos. Was ich damit sagen möchte: Die Sehnsucht, jemand anderes sein zu wollen, beziehungsweise die Angst, möglicherweise auch in meiner Karriere als Künstlerin eine falsche Entscheidung zu treffen, war bei mir in all den Jahren genauso präsent wie vorher. Ja, ich hatte die Aufgabe: Ich will, ich soll die Musikerin sein. Aber dann kamen relativ bald neue Zweifel und Bedenken: Mit welcher Musik kann ich erfolgreich sein? Wie sehr will ich mich vermarkten? Soll ich lieber Mainstream oder experimentelle Mucke machen? Ihr wisst, was ich meine. Ich habe gerockt, aber ich war nicht ihr, ich war ich. Ich hatte nicht eure Leben, sondern wieder nur eines, nämlich meines. Und selbst das konnte ich auf verschiedenste Arten und Weisen gegen die Wand fahren.

Gut, Jasper, du hast vermutlich Recht: Weil ich wusste, dass ich für das Lebensmodell ›Musikerin‹ verantwortlich bin, habe ich mich höchstwahrscheinlich deutlich konsequenter und kompromissloser in meine Kunst gestürzt, als wenn ich weiterhin zwischen verschiedenen Berufen hin- und hergerissen gewesen wäre. Das gestehe ich gerne ein. Und ich habe auch versucht, aus meinen musikalischen Fähigkeiten das Beste herauszuholen. Aber die vermeintliche Sicherheit hat nicht dazu geführt, dass ich nicht doch wieder angefangen hätte, meine Existenz infrage zu stellen ... Vielleicht steckt uns, steckt mir diese Befangenheit einfach in den Knochen.«

Bella, die bislang geschwiegen hatte, starrte auf die Tischplatte vor sich und sagte plötzlich mit leiser, aber fester Stimme: »Sag mal, Iby, du hattest ja – soweit ich das in den Medien verfolgt habe – wirklich einen erfolgreichen Start. Und, wie soll ich es sagen, möglicherweise ...« Sie stockte, dann fuhr sie fort: »Möglicherweise reicht das ja schon. Ich meine: Wir drei sind jetzt dreiunddreißig Jahre alt. Viele grandiose Musiker sind deutlich früher gestorben: Amy Winehouse, Jimi Hendrix, Janis Joplin, Kurt Cobain, Otis Redding, Sid Vicious und wie sie alle heißen. Ja, die sind durch ihren Tod sogar noch berühmter geworden, als sie es vorher schon waren. Du könntest doch freiwillig zurücktreten. Was hältst du davon?«

Iby war schlagartig stehen geblieben, als hätte jemand mitten im Lauf einen Film angehalten. Sie schnappte nach Luft. »Sag mal, bist du bescheuert? Du mit deinem Spätpubertierenden als Ehemann. Sei froh, dass du nicht noch wegen Verführung Minderjähriger belangt wirst.«

Sie ballte die Fäuste: »Ich ... ich fass das einfach nicht! Du willst mich abservieren! Obwohl du noch gar nichts über mich weißt. Hast du überhaupt kapiert, worum es an diesem Wochenende geht, Bella? Da habe ich einmal ein bisschen Schwäche gezeigt und schon schlägst du zu. Dabei dachte ich, wir wollen gemeinsam das Beste für uns alle herausfinden. Pah! Du klammerst dich offensichtlich verbissen an dein kleines, spießiges Privatglück mit deinem Lolita-Boy. Wie engstirnig bist du eigentlich?« Keuchend fuhr Iby fort. »Wahrscheinlich ist genau diese primitive Lebenseinstellung der Grund dafür, dass so viele Menschen unglücklich sind. Weil Egozentriker immer nur auf das Wenige schauen, das sie haben und nicht auf das Viele, das sie haben könnten, wenn sie ein bisschen mutiger wären. Außerdem: Wir könnten den Spieß doch auch umdrehen.«

Sie deutete mit dem Zeigefinger auf Bella: »Ja, lass uns doch beschließen: Du hast deine dusselige, romantische Ehegeschichte schon hinter dir, jetzt ist eine von uns beiden dran. Isa und ich hätten sicher auch nichts gegen eine Traumhochzeit einzuwenden. Ich nehme an, du warst ganz in Weiß…«

»Hört doch auf, das bringt doch nichts«, unterbrach Isa die erregte Musikerin und strich sich die Haare aus dem Gesicht. »Du tappst gerade in die gleiche Falle wie Bella. Jetzt fängst du auch an, uns gegeneinander auszuspielen. Dabei hast du ganz richtig festgestellt: Wir haben uns auf dieses Experiment nur eingelassen, weil wir gemeinsam herausfinden wollten, was gut für uns ist. Und das sollten wir jetzt auch machen. Also hört bitte mit dem dämlichen Herumgezicke auf. Einverstanden?«

Iby warf ihr Glas, das sie die ganze Zeit in der Hand gehalten hatte, hinter sich an die Wand, wo es in tausend Teile zersplitterte. »Nee, nicht einverstanden. Ich lass mich nämlich hier nicht so anmachen. Mein Leben ist nicht weniger wert als Bellas.«

Sie verdrehte die Augen. »Ach, ihr könnt mich alle mal. Ich mach den Dreck hier nicht mehr mit. Ich bin raus.«

Iby rannte zur Tür, öffnete sie und rannte in die Nacht. Weinend.

»Perfekt. Das ist ja erstklassig gelaufen.« Isa zog ihren linken Mundwinkel hoch und schaute Bella vorwurfsvoll an.

Die starrte mit offenem Mund zurück. »Tut mir leid. Aber es ist doch wahr: Sie hatte ihre Karriere. Mit allem Drum und Dran. Da wäre es doch nur fair und völlig in Ordnung, wenn …«

Sie richtete sich auf und schaute Jasper fragend an. »Ähm ... also ... wenn Iby jetzt erklärt hat, dass sie raus ist, heißt das dann, dass es von jetzt an nur noch um uns beide geht? Um Isa und mich?«

Isa zuckte mit den Schultern. »Langsam, langsam. Ich vermute mal, dass Iby das in ihrer Aufregung nur so dahingesagt hat, ich kann mir nicht vorstellen, dass sie wirklich gemeint hat ... sie ist verletzt ...«

Jaspers männliche Stimme klang in der alten Gaststube sehr sonor: »Es würde auch nichts bringen, wenn Iby aussteigt. Ich habe euch heute Mittag hoffentlich deutlich genug gesagt: Wir brauchen am Sonntagabend alle drei Unterschriften unter die Erklärung, sonst gibt es am Ende gar keine Vereinbarung.«

»Und wenn sie sich draußen was antut? Oder einfach nicht mehr zurückkommt? Was ist denn dann?«

»Das würde nichts an den Bedingungen ändern: Nur, wenn ihr euch zu dritt auf einen Lebensentwurf einigt, kann das Experiment erfolgreich abgeschlossen werden.«

»Na super!« Isa erhob, sich, was ihr aber nur halb gelang, da sie mit ihrem Stuhl zwischen dem Tisch und der Wand eingeklemmt war und der Abstand nach hinten ihr nicht genügend Platz ließ. »Dann sollten wir ihr schleunigst nachlaufen und sie suchen. Oder?«

Sie zwängte sich seitlich zwischen den Möbelstücken hervor, ging zur Tür und schaute hinaus.

Als sie sich wieder zurückdrehte, wirkte ihr Gesichtsausdruck ratlos: »Nichts zu sehen. Sie ist schon zu weit weg. Und wir haben keine Ahnung, wohin sie gelaufen ist. Ich meine: Sie kann ja überall hin sein. Außerdem ...«

Bella war kreidebleich geworden: »Wir müssen sie unbedingt finden.«

»Stimmt. Aber gerate bitte nicht in Panik«, sagte Isa, »hier wäre mein Vorschlag: Ich gehe den Weg zum Grävenwiesbacher Bahnhof. Bella, du läufst den Waldweg weiter in Richtung Steinbruch. Und du, Jasper, durchstöberst den Forst direkt gegenüber. Damit sollten wir die wesentlichen Alternativen abdecken. Wenn jemand so emotional wie Iby agiert, dann läuft er garantiert nicht erst ums Haus, um dahinter einen Weg zu suchen. Ich schlage vor, dass wir erst mal nach ihr Ausschau halten – und uns in dreißig Minuten wieder hier treffen.«

»Es ist stockdunkel draußen«, warf Bella ängstlich ein.

»Das macht nichts.« Jasper deutete auf mehrere kleine Laternen aus Aluminium, in denen noch Kerzenreste des vergangenen Jahres darauf warteten, erneut auf den Tischen angezündet zu werden.

Wenig später liefen die drei mit ihren flackernden Lichtern ins Freie. Und während die Rufe, »Iby, Iby, wo bist du?«, am Anfang noch von allen dreien zu hören waren, verloren sich ihre Stimmen allmählich zwischen den Geräuschen der Nacht, dem Rauschen der Blätter und dem Rascheln kleiner Tiere.

Eine halbe Stunde später standen die drei wieder vor der Hütte.

»Und?«

»Nichts!«

»Bei mir auch nicht!«

»Wie ihr seht, habe ich sie auch nicht gefunden.«

Isa lehnte sich müde an einen der Holzbalken, der die Veranda der Hütte stützte. »Zumindest habe ich am Bahnhof gesehen, dass in der letzten halben Stunde weder ein Zug noch ein Bus abgefahren ist.«

Bella seufzte: »Zum Glück. Und ich denke: Ein Taxi bekommt sie hier auf dem Land auch nicht so schnell. Das heißt: Sie muss noch irgendwo in der Nähe sein. Also: Was machen wir jetzt mit dieser blöden Situation?«

Isa stellte ihre Lampe aufs Fensterbrett und legte die Hände vors Gesicht. »Erst mal konzentrieren. Bella, du, Iby und ich, wir sind doch im Prinzip die gleiche Person. Irgendwie jedenfalls. Lass uns mal ganz in Ruhe überlegen. Wenn wir, du oder ich, jetzt einen Zufluchtsort bräuchten: Wohin würden wir laufen? Denk nach, Bella! Wo würdest du in dieser Gegend Unterschlupf suchen, wenn du aufgeregt wärst?«

Die junge Frau ließ sich langsam mit dem Rücken an der Eingangstür zu Boden gleiten, bis sie mit angezogenen Knien davorsaß. Dann erst antwortete sie: »Blöde Frage. Ich würde gar nicht erst weglaufen. Obwohl: Das stimmt nicht. Würde ich vielleicht doch. Nur wohin?«

Mehrere Minuten schwiegen die beiden Frauen. Bella aber murmelte irgendwann, ganz langsam, als würden sich ihre Gedanken allmählich in Worte verwandeln: »Erinnerst du dich noch an diesen einen Sommerausflug, den wir mit Mama und Papa gemacht haben? Der, bei dem es so schrecklich geregnet hat? Ich glaube, da war ich, da waren wir höchstens zehn ...«

Isa nickte. »Natürlich erinnere ich mich. Es fing auf einmal an, in Strömen zu gießen. Wir haben noch überlegt, ob wir es überhaupt bis zum Gasthaus schaffen.«

»Genau. Wir waren alle völlig durchnässt. Und dann stand da mitten im Wald dieser vermooste Hochsitz. Ich erinnere mich: Wir sind da zu dritt hingerannt, hochgeklettert, Mama, Papa und ich, und haben uns ganz eng aneinandergeschmiegt – und Mama hat den Picknickkorb einfach dort oben ausgepackt.«

»Stimmt! Das war ein ziemlich gemütlicher Moment. Trotz der Nässe. Und es gab leckere Mohrenkopf-Brötchen, die ich damals nur zu ganz besonderen Anlässen bekommen habe.«

Bella leckte sich mit der Zunge über die Lippen. »Und Bifis und Gummibärchen zum Nachtisch. Du, das könnte es sein. Ich weiß noch ungefähr, wo das war. Warte: Wir müssen Richtung Steinbruch, aber dann in der zweiten Schneise rechts ab, da ist so ein schmaler Pfad, der zu einer ehemaligen Rodung führt. Mist, da bin ich vorhin im Dunkeln dran vorbeigelatscht.«

»Das macht nichts! Komm, wir laufen hin. Ich könnte mir vorstellen, dass Iby genau dort untergekrochen ist.«

Als die beiden Frauen kurze Zeit später mit Jasper in der Dunkelheit den schmalen Waldweg entlangliefen, an den sich Bella erinnert hatte, hörten sie schon von Weitem das leise Wimmern eines Menschen. Klagende Laute, die in der Nacht widerhallten.

Der kleine Suchtrupp blieb vor dem Hochsitz stehen – und alle schauten nach oben.

»Iby. Bist du da oben?«

Eine tiefe, rauchige Stimme antwortet: »Nein, hier hockt der Geist von Amy Winehouse, die so glücklich ist, dass sie früh sterben durfte.«

Bella zuckte mit den Schultern: »Iby, es tut mir total leid, dass ich das zu dir gesagt habe. Wirklich!« Bella bemühte sich, in der Finsternis die Gesichter ihrer Begleiter zu erkennen. »Dürfen wir zu dir hochkommen? Bitte!«

»Warum? Damit wir unseren Krieg hier oben weiter austragen? Drei Frauen, die sich mit ihren jeweiligen Lebensentwürfen bekämpfen, bis feststeht, wer die meisten Punkte gesammelt hat oder welche Antwort wir einloggen, A, B oder C? Darauf habe ich keinen Bock mehr.«

Bella stieß einen unverständlichen Fluch aus. Sie klammerte sich an die Trittleiter und rief: »Iby, wenn wir uns nicht zusammenraufen und am Ende gemeinsam die Vereinbarung unterzeichnen, sterben wir alle drei. Dann hast du nicht nur dein Leben, sondern auch Isa und mich auf dem Gewissen. Willst du das?«

»Das ist mir scheißegal. So wie dir ja mein Leben offensichtlich auch scheißegal ist ...«

»Das ist es nicht.«

Der Hochsitz knarrte, als Iby ihr Gewicht verlagerte. Höhnisch klang es durch die nächtliche Stille: »Ich mache euch einen

Vorschlag: Warum sterben wir nicht alle drei – und fangen wiedervereint noch mal da an, wo wir aufgehört haben? Das wäre wirklich fair.«

Isa fing an, die knarzende Leiter hochzusteigen, die bei jeder ihrer Bewegungen klang, als würde sie gleich zusammenbrechen. »Iby, ich komme jetzt zu dir hoch. Weil ich keine Lust mehr habe, blöd im Wald rumzubrüllen.«

Sie sprach beim Klettern weiter: »Sieh mal: Ich möchte auf keinen Fall, dass wir uns als Feindinnen verstehen. Aber das müssen wir auch nicht. Wir können das hier gemeinsam zu Ende bringen. Und zwar zu einem guten Ende. Nur eines ist mir im Lauf der sieben Jahre klar geworden: So kaputt, so verwirrt und so zerrissen wie damals auf dem Eisernen Steg möchte ich nie wieder sein. Und du bestimmt auch nicht. Zudem habe ich überhaupt keinen Bock, mich diesmal tatsächlich in den Main zu stürzen, weil ich nicht nur völlig orientierungslos bin, sondern auch noch sieben vergeudete Jahre im Koma verbracht habe. Das wäre die größte Katastrophe von allen. Finde ich jedenfalls.«

Sie suchte nach Worten: »Bitte, lass uns gemeinsam daran arbeiten, dass das nicht passiert.«

Endlich hatte Isa die oberste Sprosse erreicht und stieg ins Innere des Hochsitzes.

Kurz darauf kletterte Bella ebenfalls hinterher – und fand Iby und Isa in enger Umarmung am Boden der kleinen Hütte liegen. So eng, dass es in der Dunkelheit aussah, als wären sie eine Person. Sie legte sich zu den beiden und schlang ihre Arme und Beine ebenfalls um alles, was sie in der Enge des Hochsitzes von den anderen beiden ertasten konnte.

Jasper ließ den drei Frauen etwas Zeit, dann folgte er ihnen nach oben. Die Holzstufen fingen an, bedrohlich zu knarzen. Fragend steckte er seinen Kopf über die Kante der schmalen Öffnung.

»Alles klar bei euch?«

Die drei gaben ein gemeinsames Grummeln von sich, dass man mit viel gutem Willen als Ausdruck der Zustimmung verstehen konnte.

»Sehe ich das richtig, dass ihr weiterhin daran arbeiten wollt, für eure Persönlichkeit die perfekte Wahl zu treffen? Und dass ihr erkannt habt, dass es hier nicht um ein Gegeneinander, sondern um ein Miteinander geht?«

»Sülz hier nicht rum«, sagte Iby, »wir brauchen jetzt keine blumigen Worte, sondern einen funktionierenden Plan. Und zwar einen richtig klugen.«

Sie richtete sich auf, so dass ihr Schatten über dem Knäuel an Gliedern auftauchte. »Also? Wie geht es jetzt weiter?«

Jasper stützte sich mit beiden Armen auf der Leiter ab. »Ich schlage vor, wir gehen erst mal zurück und schlafen alle eine Nacht über das, was wir heute gehört haben. Morgen könnt ihr weitererzählen. Ich habe euch ja heute Mittag schon gesagt, dass insgesamt drei Erzählrunden geplant sind. Vielleicht wird die nächste ja etwas weniger – wie soll ich sagen – etwas weniger von dem Wunsch bestimmt, auf jeden Fall die jeweils eigene Variante durchzuboxen, sondern von dem ehrlichen Anliegen, gemeinsam mit den anderen beiden herauszufinden, was euch am meisten entspricht. Das erfordert nun mal von jeder von euch Isabellas, dass sie die Offenheit mitbringt, den Erfahrungen der anderen eine echte Chance zu geben. Ich weiß, wie hart das ist, aber anders funktioniert es nicht.«

Isa nickte: »Ja, ja, ist schon klar. Hey, ihr beiden: Ich mache definitiv weiter mit. Und ich würde mich total freuen, wenn das für euch auch gelten würde. Aber ...« Sie stockte. Eine unangenehme Stille entstand. Dann fuhr sie fort: »Wisst ihr was? Ich wäre dafür, dass wir schon jetzt entscheiden, dass wir unsere Erinnerungen behalten. Okay? All das, was wir jeweils erlebt haben, wir drei, ist wichtig. Deshalb möchte ich – ganz egal, wie es weitergeht und welche Entscheidung wir Sonntagabend treffen – auch weiterhin wissen, was ich und was ihr in diesen sieben Jahren gefühlt und entdeckt habt. Diese Erfahrungen sind viel zu kostbar, als dass wir sie jemals aufgeben dürften. Ich bin dafür, dass die Isabella, die am Montag in ihr Leben zurückkehrt, auf jeden Fall den Horizont von ›Drei Leben‹ mitnimmt. Einverstanden? Wer von euch ist auch dafür?«

Sie streckte die Hand aus, und aus dem schwarzen Menschenhaufen kamen kurz nacheinander noch zwei weitere Hände, die sich in der Luft trafen und eine gemeinsame Faust bildeten.

Plötzlich fingen alle drei an zu kichern. Bella am lautesten. »Und nun? Kennt irgendjemand einen heiligen Eid, den man in so einem skurrilen Moment zusammen hinausposaunt? Einen besonders eindrucksvollen Schwur? Oder ein hochtrabendes Bekenntnis, das für alle Zeiten bestehen bleibt?«

Iby rief: »Ich weiß was: ›Alle für eine! Eine für alle!‹«

Und das schmetterten sie zusammen in die Dunkelheit: »Alle für eine! Eine für alle!«

KAPITEL 8

Samstag *oder* Wie es weiterging

Heute soll ich anfangen? Wirklich? Na gut! Wartet mal, wo habe ich gestern aufgehört? Richtig, ich habe euch von meiner schnuckeligen Dachgeschosswohnung in Aachen erzählt. Hey, die war wirklich klasse; mit ihren zahllosen Winkeln und Ecken.

Später bin ich noch mehrfach umgezogen, aber so geborgen wie in diesen heimeligen zweieinhalb Zimmern, in denen jeden Sommer die Hitze stand und im Winter der Wind durch die Balken zog, habe ich mich nie wieder irgendwo gefühlt. Schade eigentlich.

Übrigens hat mich der Berner, mein, ich meine: unser Professor bei der Promotion, wie versprochen sehr engagiert unterstützt. Ich habe für die Doktorarbeit mehrere Studien zur Bedeutung von kleinen und großen Events für den Marketing-Mix eines Unternehmens begleitet und sie dann in Bezug auf ihre Nachhaltigkeit ausgewertet. Viel Zahlenkram, aber auch einige wegweisende Beobachtungen. Und Berner hat tatsächlich dafür gesorgt, dass ich schon nach zweieinhalb Jahren mit der Promotion fertig war – trotz des komplexen Themas!

Wir merken in der Event-Branche seit Jahren, dass Firmen, die ihre Kunden erreichen wollen, möglichst attraktive Kontaktflächen schaffen müssen – am besten Berührungspunkte, durch die die Menschen eine persönliche Beziehung zum Unternehmen eingehen, sei es durch irgendeine Form der Aktion, eine individuelle Reaktion oder ein Wir-Gefühl.

Ihr wisst, was ich meine: ›Hey, ich gehöre auch zur großen BMW-Familie.‹ Oder: ›Wahnsinn, ich darf an dieser exklusiven Veranstaltung unseres Zulieferers mit Ariana Grande teilnehmen.‹ Oder eben: ›Bei dieser Firma kaufe ich nicht nur ein Produkt, ich bekomme eine besondere Verbindung, eine Hoffnung oder ein Stück Lebensqualität.‹

Um so eine emotionale Verbundenheit zu einem Unternehmen herzustellen, braucht man gar keine kostspieligen Materialschlachten, die lässt sich manchmal mit ganz bescheidenen –

und eben umweltfreundlichen – Ansätzen erzeugen. So was wie: »Wir fördern deinen Lieblingsverein. Du musst dafür nur auf unserer Homepage voten – und dann gewinnt ihr zusammen eine Party im Vereinshaus.« Und schon fühlen sich die Leute deiner Firma verbunden. Denn du tust was für sie. Wie dem auch sei: Diese ganzen Zusammenhänge habe ich kommunikationswissenschaftlich untersucht.

Tja, und dann, nach meinem Rigorosum, also den dazugehörigen Prüfungen und der Verteidigung meiner Doktorarbeit, war ich auf einmal Frau Doktor. Das hört sich für mich bis heute komisch an. Aber ihr wisst ja, wie das läuft: Eine Promotion ist nun mal in vielen Branchen nach wie vor die Eintrittskarte für die Karriereleiter.

Das Verrückte war nur: Ich hatte von diesem Moment an gar keine Lust mehr, an der Uni zu bleiben. Und zwar: überhaupt keine. Der Wissenschaftsbetrieb ist nämlich inzwischen ein ziemliches Haifischbecken. Das könnt ihr mir glauben! Eine derart aggressive Atmosphäre wie an den Unis habe ich selten erlebt. Ja, man hat gelegentlich den Eindruck, in der akademischen Welt tobt ein ständiger Konkurrenzkampf. Wer bekommt mehr Fördergelder? Wer hat mehr Artikel in irgendwelchen obskuren Fachzeitschriften veröffentlicht? Wessen Bücher erreichen höhere Auflagen? Wer wird zu welchen renommierten Kongressen und Tagungen eingeladen? Und: Wenn dieser Kollege oder jene Kollegin zu einem bestimmten Symposium fährt, dann melde ich mich wieder ab, weil ich sie oder ihn zutiefst verabscheue.

Nun bin ich auch noch eine Frau und musste deshalb zusätzlich darauf achten, nicht in den Hahnenkämpfen der Männer zerfleischt zu werden. Glaubt mir, dass macht keinen Spaß. Mir jedenfalls hat es keinen mehr gemacht ...

Besonders eklig fand ich die ewige Heuchelei. Meist läuft das auf wissenschaftlichen Veranstaltungen nämlich so ab: Da werden die Beiträge der anderen mit süßlichen Lobhudeleien vordergründig gepriesen … und dann im nächsten Satz mit einem hochartifiziellen Lächeln brutal zerfetzt: »Geschätzter Herr Kollege, vielen Dank für diese beeindruckende Forschungsleistung und Ihren fulminanten Vortrag. Meisterhaft. Ich würde meinen Hut vor Ihnen ziehen, wenn ich einen aufhätte. Mich würde nur kurz interessieren: Da gibt es doch diese kleine Schrift von Prof. Lee, einem taiwanesischen Kollegen. Hat der nicht schon in den achtziger Jahren genau das Gleiche gesagt wie Sie? Nur deutlich fundierter und verständlicher?«

Also: ein Jahrmarkt der Eitelkeiten sondergleichen.

Außerdem … es ist mir ein bisschen unangenehm, aber was soll's, wir teilen ja ab morgen ohnehin unsere Erinnerungen, da brauche ich euch wohl nichts mehr zu verheimlichen … also: Ich hatte an der Uni eine Affäre mit einem Kollegen, Frank, auch einem Professor, allerdings verheiratet. Ein attraktiver, sportlicher Typ.

Schon der Anfang unseres Techtelmechtels war, na, sagen wir: prickelnd: Eines Abends, als nur noch wir beide im Institut saßen und sogar der Putzdienst schon durch war, kam Frank in mein Büro, um sich ein bestimmtes Fachbuch auszuleihen … ja, und dann sind wir einfach übereinander hergefallen. Ich gebe ehrlich zu: Das war wild und ziemlich aufregend!

Danach habe ich ihn auch ein paar Mal mit in meine Mansardenwohnung genommen. Aber er hätte seine Familie ohnehin nie verlassen, und ich hatte schon nach kurzer Zeit keine Lust, nur die Geliebte zu sein. Das Absurde war aber, dass Frank zwar seinen eigenen familiären Status quo unbedingt aufrechterhalten wollte, zugleich aber absolut besitzergreifend war. Auf unangenehme Art eifersüchtig. Er wollte unbedingt, dass ich in seine Arbeitsgruppe wechsle, damit er ständig in meiner Nähe sein konnte, er hat mich fünfmal am Tag angerufen und fand es unpassend, wenn ich mit anderen Kommilitonen ausging.

Jedenfalls war mir klar, dass ich an dieser Uni, an diesem Institut auf Dauer ein Problem bekommen würde.

Glücklicherweise hatte ich in der Endphase meiner Promotion intensiv mit einer kleinen Werbe- und Marketingagentur in Köln zusammengearbeitet, weil die etwas über die nachhaltige Wirkung von Incentive-Seminaren publiziert hatten.

Als ich mal wieder grübelnd auf meiner Terrasse saß und überlegte, ob ich nun eine Habilitationsstelle annehmen sollte oder nicht und wie ich meine verhängnisvolle Affäre mit Frank elegant beenden konnte, da rief mich der Geschäftsführer dieser Agentur an. Ihnen hätten die Meetings mit mir so viel Spaß gemacht und sie fänden meine Konzeptideen äußerst vielversprechend – ob ich nicht Lust hätte, die freigewordene Stelle der Assistentin der Geschäftsleitung in ihrem Kreativbereich zu übernehmen?

Wisst ihr was: Ich hatte Lust. Berner, dem sein »geschätzter« Kollege damals kurz zuvor in angetrunkenem Zustand bei einem Betriebsausflug stolz zugeraunt hatte, dass er mich regelmäßig »flachlegen« würde, war zwar enttäuscht, verstand aber, warum ich keine Lust mehr verspürt habe, in Aachen zu bleiben.

So kam ich nach Köln.

Und dort gab es gleich zwei überraschende Entwicklungen: Peter, mein Vorgesetzter, der eigentliche Kreativdirektor der Agentur, wurde, kurz nachdem ich angefangen hatte, schwer krank. Gleichzeitig ging ein nicht nur äußerst lukrativer, sondern vor allem wichtiger und qualitativ hochwertiger Auftrag ein: Die Stadt Köln war es nämlich leid, dass es in den vergangenen Jahren immer wieder verbale Angriffe auf öffentliche Personen gegeben hatte – und wir sollten als Agentur für sie eine umfangreiche Kampagne gegen Fake News, Hate Speech, Shitstorms und die zunehmende Verrohung des Klimas in der Stadt entwickeln.

Peter spürte sofort, dass dieser Auftrag eine Riesenchance war. Für die Agentur, aber auch für die Stadt und die Gesellschaft insgesamt. Schließlich wurde und wird über diese Themen seit Jahren erhitzt diskutiert: »Was kann man gegen die Verrohung in den sozialen Medien tun?« – nur wird halt relativ wenig konkret gemacht. Wenn wir also beweisen würden, dass es möglich ist, die Gesellschaft zu mehr Achtsamkeit anzuspornen, hätte das vermutlich auch medial eine unfassbare Resonanz.

Also rief Peter mich in sein Büro und fragte mich geradeheraus: »Isa, ich werde in den nächsten Monaten wegen meiner OP und der Reha einige Wochen ausfallen. Was denkst du: Traust du dir die Verantwortung für ein solches Projekt schon zu? Ich meine: Das ist eine Riesennummer! Denkst du, du bekommst das hin? Oder sollen wir jemanden von außen anheuern, was ich eigentlich ungern machen würde? Jara und Daniel würden dich als Geschäftsführer der Agentur natürlich mit allen Kräften unterstützen, aber die offizielle Projektleitung hättest du. Ich gebe zu: Ich würde dich ins kalte Wasser werfen. Aber ich glaube, dass du das hinbekommst. Was meinst du?«

Ich habe mir lange durch das große Panoramafenster seines Büros den Kölner Dom angeschaut und dann vorsichtig geantwortet: »Ich sage dir offen, wie es ist. Ich habe natürlich Muffensausen. Aber ich finde das Projekt so wichtig, dass ich auf jeden Fall dabei sein will. Also kann ich auch die Verantwortung übernehmen. Ich schaffe das!« Dann habe ich noch zweimal wiederholt: »Ich schaffe das! Ich schaffe das!«, um mir selbst Mut zu machen.

Peter hat seine langen Haare hinter seine Ohren gestrichen und mich angestrahlt: »In Ordnung. Jetzt glaube ich dir.« – Und ich konnte loslegen.

Schon zwei Wochen später stand ich mit meinem Team im Büro des Kölner Stadtmarketings und habe den Delegierten vom ersten Kölner »Achtsamkeitstag« vorgeschwärmt, einem

Aktionstag im Herbst, an dem wir die ganze Stadt einladen wollten, die Kraft der gegenseitigen Wertschätzung neu zu entdecken. Mit tollen Konzerten, mit Diskussionsveranstaltungen, mit erlebnispädagogischen Projekten in den Schulen – vor allem aber mit verschiedenen Angeboten, durch die Menschen neu erkennen, dass gegenseitige Wertschätzung den persönlichen Umgang verändert und bereichert.

Vielleicht erinnert ihr euch an diese Kampagne sogar: Besonders viel Resonanz hatte in den Medien meine Idee mit den runden, biologisch abbaubaren Aufklebern, auf denen einfach nur das Wort »Kostbar« stand. Wir haben die Bürgerinnen und Bürger eingeladen, am Aktionstag all die »Kostbarkeiten« in ihrem Leben mit einem derartigen Aufkleber zu kennzeichnen. Alles, was ihnen so wichtig war, dass sie demgegenüber gerne mal ihre Wertschätzung ausdrücken würden.

Das sorgte natürlich für fantastische Bilder, die durch die Presse und die Social-Media-Kanäle gingen, weil die Leute nämlich nicht nur Dinge, sondern auch Menschen »auszeichneten«. Ihr erinnert euch bestimmt: Frauen, Männer und Kinder, die von oben bis unten mit unseren Aufklebern bespickt waren, Bäume in Grünanlagen, an denen die »Kostbar«-Sticker wie Blätter hingen, öffentliche Wasserhähne, die stellvertretend für das Wasser markiert wurden, das aus ihnen fließt, und historische Denkmäler, deren Botschaft den Menschen neu bewusst wurde. Vor allem aber sah man überall Menschen, die wild gestikulierend durch die Stadt liefen und angeregt darüber diskutierten, welche Dinge im Leben wahrhaft kostbar sind.

Ich muss euch ja nicht alle Details beschreiben, außerdem habt ihr den Aktionstag vermutlich in irgendeiner Weise ohnehin mitbekommen. Entscheidend war vor allem, dass ein linguistisches Institut im Anschluss nachweisen konnten, dass in Köln die Anzahl hasserfüllter Posts und Tweets tatsächlich deutlich zurückging.

Offensichtlich hat unser Tag dazu beigetragen, zumindest die Einstellung mancher Menschen dahingehend zu prägen, dass es eben nicht guttut, alles und jeden als Gegner zu sehen. Und dass mit einem wertschätzenden Blick die Herausforderungen der Gesellschaft wesentlich produktiver angegangen werden können als mit derben Beschimpfungen.

Für mich war diese Kampagne aber noch aus einem anderen Grund ein echtes Aha-Erlebnis. Ich habe nämlich entdeckt, wie leicht es mir fällt, Netzwerke aufzubauen, also Menschen zusammenzubringen. Ich weiß noch: Schon in der ersten Sitzung beim Stadtmarketing habe ich spontan in die Runde geworfen: »Eigentlich ist doch so ein ›Tag der Wertschätzung‹ viel zu kostbar, als dass nur die Stadt Köln ihn ausrichten sollte. Wenn es Ihnen recht ist, würde ich versuchen, weitere Institutionen und Kooperationspartner zu finden, die unser Anliegen auch überregional unterstützen.«

Und das hat funktioniert. Sogar überraschend gut. Ich weiß nicht, wie viele Stunden ich in Vorstandsetagen gesessen und wie viele PowerPoint-Präsentationen ich in Sitzungszimmern großer Institutionen an die Wand projiziert habe, aber wir bekamen immer mehr Unterstützer. Irgendwie kann ich Menschen begeistern und für neue Projekte gewinnen. Tatsache ist: Mit jeder Zusage wurde der Horizont weiter. Die Schulen in Köln waren bereit, die Aktion zu unterstützen, die Kirchengemeinden, die Gewerkschaften, die Parteien, mehrere Aktionsbündnisse und, und, und.

Die Gastronomie und der Einzelhandel erklärten sich bereit, unsere Kostbar-Aufkleber in allen Restaurants und Läden der Stadt zu verteilen, und mehrere namhafte Künstlerinnen und Künstler ließen über ihre Konzertagenturen ausrichten, sie würden gern am »Tag der Wertschätzung« auftreten und mögliche Konzerterlöse für unseren Zweck spenden. Es war der pure Wahnsinn.

Eines Tages kam sogar ein hochrangiger Theologe zu mir ins Büro und erklärte mir: »Ich bin Mitglied in der Synode der Evangelischen Kirche in Deutschland. Ich habe dort letzte Woche von Ihrer Aktion erzählt, und wir fragen uns: Warum wollen Sie Ihr Projekt auf den Kölner Raum beschränken? Ich bin beauftragt, Ihnen zu sagen: Wenn wir diesen Tag bundesweit feiern würden, dann wären wir als EKD und Diakonie in Deutschland bereit, Sie mit unseren 11.000 Gemeinden und all unseren Institutionen zu unterstützen. Wir könnten uns auch vorstellen, begleitende Gottesdienste und Bürgerfeste mit zu organisieren und unsere kirchlichen Verteiler und Netzwerke einzubringen. Na, was denken Sie?«

Dann hat er mir seine Visitenkarte auf den Tisch gelegt und mit einem neckischen Lächeln hinzugefügt: »Schließlich schreibt schon der Apostel Paulus: ›Wo immer ihr etwas Gutes entdeckt, das Lob verdient, denkt darüber nach.‹ Wir können uns als Kirche also hundertprozentig mit Ihrem Anliegen identifizieren. Außerdem wurde es höchste Zeit, dass endlich mal jemand positiv dazu einlädt, die Atmosphäre in unserem Land etwas fröhlicher werden zu lassen.«

Nun, ihr habt ja bestimmt mitbekommen, wie das Ganze ausgegangen ist. Nach wenigen Wochen war aus einer Idee des Stadtmarketings Köln eine bundesweite Kampagne geworden, es gab üppige Fördergelder der EU, und nachdem der Tag stattgefunden hatte, ist er sogar dauerhaft in die Liste der deutschlandweiten Feier- und Gedenktage aufgenommen worden. Seither findet in Deutschland jedes Jahr ein »Tag der Achtsamkeit« statt. Ich habe mich damals wochenlang gefühlt wie auf Wolke sieben.

Berauschend war auch: Schon in der Endphase der Kampagne, als wir gerade anfingen, das Projekt zu evaluieren, teilten mir die Geschäftsführer der Agentur mit, dass mein Chef nicht zurückkommen könnte. Seine Ärzte hätten ihm empfohlen, kürzerzutreten, und er werde zukünftig lieber seine Frau unterstützen, die in Berlin eine bekannte Galerie betrieb. Zudem habe er auch keine Lust mehr auf eine Wochenendehe. Lange Rede, kurzer Sinn: ob ich nicht Lust hätte, die neue Kreativdirektorin zu werden. Immerhin hätte ich ja gezeigt, dass ich alle Skills für diesen Job hätte.

Ich habe aber »Nein« gesagt. Warum?

Weil mich längst ein Headhunter kontaktiert hatte. Er suchte im Auftrag einiger weltweit agierender Marketing- und Public-Relations-Agenturen nach Führungspersonal. Ihr könnt euch vorstellen, wie mir das geschmeichelt hat. Ich war gerade erst dreißig geworden und schon dabei, einen Karrieresprung ganz nach oben zu machen.

Natürlich hatte ich ein schlechtes Gewissen, die Leute, mit denen ich in Köln so erfolgreich gearbeitet hatte, im Stich zu lassen, aber nicht nur die Gehälter, die der Headhunter geschickt ins Gespräch einfließen ließ, klangen atemberaubend, auch die internationalen Kontakte und die Kundenkreise waren absolut verlockend. Ich meine: Es macht nun mal einen Unterschied, ob du das Marketing für einen rheinischen Hersteller von Slipeinlagen oder für Coca-Cola machst.

Ich habe meinen Mitarbeitenden damals nichts gesagt, mir Urlaub genommen – und bin zweimal nach London geflogen. Zu einer der größten Werbeagenturen der Welt. Und da erging es mir fast so wie dir, Iby: Ich habe mich dort gewollt gefühlt. Mit jeder Faser meines Körpers.

Nicht nur, dass die Personal-Leute perfekt auf das Vorstellungsgespräch vorbereitet waren – die wussten zum Beispiel alles über den deutschen »Tag der Achtsamkeit« und hatten sogar meine Doktorarbeit gelesen –, die zeigten auch, was mir natürlich gefiel, ein unfassbar professionelles Niveau. Jede Frage bewies, dass die genau wussten, was sie von mir erwarteten und welches Profil sie brauchten.

Tja, und dann bekam ich eine spontane Aufgabe: »Entwickeln Sie bitte zwei parallele Kampagnen-Szenarien: eine Kampagne, um die Stimmung in der englischen Bevölkerung *gegen* den Brexit zu unterstützen. Und eine zweite, um die Stimmung *für* den Brexit zu fördern.«

Das war natürlich heimtückisch, aber die Ideen sind nur so aus mir rausgesprudelt. Ja, mehr noch: Ich habe – wie ich mir das angewöhnt hatte – alle Anwesenden in den Prozess eingebunden. Stellt euch vor: Innerhalb weniger Minuten hatte ich die Prüfungskommission zu einem kreativen Team umfunktioniert, in dem wir einander gegenseitig zu ziemlich spektakulären Vorschlägen angeregt und ermutigt haben.

Ich glaube, zwischendurch musste sich der Personalchef mehrfach daran erinnern, dass er eigentlich hier war, um mich zu begutachten, nicht, um sein kreatives Potenzial zu entfalten.

Als ich das verglaste Hochhaus in der Londoner Innenstadt verließ, wusste ich: »Hier will ich arbeiten. Hier und nirgendwo sonst.« Und das hat auch geklappt! Seither wohne ich in London.

Ja, ich bin gestern aus London hier eingeflogen. Was gar nicht so leicht war, weil ich eigentlich an diesem Wochenende mehrere geschäftliche Meetings hätte wahrnehmen müssen.

Diese Termindichte sagt natürlich auch was darüber aus, wie es mir in London seither ergangen ist. Ich sag mal so: Ich verdiene ein Schweinegeld – nebenbei, Jasper, da fällt mir eines ein: Kann ich eigentlich meine Ersparnisse der vergangenen Jahre auf eine der anderen übertragen? Also, falls ich nicht diejenige bin, deren Leben wir gemeinsam weiterführen. Gut, das können wir gerne später klären. Jedenfalls, um ehrlich zu sein: Ich bin ziemlich viel am Arbeiten, oft auch abends und an den Wochenenden. Manchmal 24/7.

Es macht mir aber nach wie vor wahnsinnig viel Spaß, und ich habe mit einigen der wichtigsten CEOs der Weltwirtschaft zu tun. Ich bin zum Beispiel für mehrere A-Kunden die direkte Ansprechpartnerin, was allerdings zugleich bedeutet, dass die mich zu jeder Tages- und Nachtzeit anrufen dürfen. Ihr seht: Ich bin mittendrin im Zentrum der Marketingwelt.

Außerdem: mein Büro! Ihr solltet mal mein Büro sehen. Das ist größer als die gesamte Mansardenwohnung, in der ich in Aachen gewohnt habe. Ich sitze inzwischen im vierundzwanzigsten Stock und schaue direkt auf das London Eye, das futuristische Riesenrad an der Themse. Das ist so spektakulär, dass ich bis heute jeden Morgen, wenn ich da reinkomme, denke: »Ist das fantastisch!«

Aber wir sollen ja in dieser zweiten Runde ehrlich sein. Deswegen jetzt auch mal die Schattenseiten: Außer Arbeit gab es lange Zeit nicht mehr ganz so viel in meinem Leben. Ich war sogar so beschäftigt, dass ich in den ersten zwei Jahren in London überhaupt keine Beziehung hatte – weder Freunde noch einen Partner. Ich hätte gar nicht gewusst, wann und wie ich jemanden anderes hätte eintakten sollen in meinem Leben.

So eine Dauerbelastung geht natürlich auf Dauer an die Substanz. Die Wahrheit ist: Manchmal, wenn ein hochkarätiger Kunde, weil er irgendwo in Japan sitzt und gerade ins Büro gekommen ist, mich nachts um vier mit einem Anruf aus dem Schlaf reißt, fällt es mir unfassbar schwer, anschließend wieder einzuschlafen. Weil ich dann sofort anfange, darüber nachzugrübeln, wie ich die vermeldeten Probleme lösen kann. Oder weil ich direkt anfange, sie zu lösen. Egal zu welcher Uhrzeit.

Neulich war ich bei meinem Hausarzt, der für das Herzrasen, das mich seit einigen Monaten regelmäßig überfällt, allerdings auch keine Erklärung hatte. »Less stress!«, sagt er immer. Ich denke, das solltet ihr auch erfahren.

Ach so, und eines möchte ich noch erwähnen: Seit einigen Wochen gibt es wieder einen Mann in meinem Leben. Jack, einen Rechtsanwalt. Und Jack ist großartig. Jack hat, wie gesagt, mit Marketing überhaupt nichts zu tun, und das ist total wichtig für mich. Da fällt mir nämlich noch mehr auf, was ich in den vergangenen Jahren alles verpasst habe.

Das klingt vielleicht jetzt komisch, aber Jack ist der erste Typ, bei dem ich spontan dachte: »Mit diesem Mann könnte ich mir vorstellen, dass wir Kinder haben. Er wäre ein toller Vater.«

Irgendwie ist das ein anregender Gedanke. Aber dazu ist unsere Beziehung natürlich noch viel zu frisch.

***

Oh, jetzt bin ich schon dran. Na gut! Knapp ein Jahr nach dem ersten Album ist unsere zweite Produktion erschienen: »›Girlz‹: Unscaled!« Unbezwingbare Mädels. Also: Frauen, die sich in kein Schema pressen lassen. Und der Name war natürlich Programm.

Tatsache ist: Das Ding ging ab durch die Decke. Unfassbar. Wir standen mehrere Wochen in den deutschen Albumcharts, hatten mehrere erfolgreiche Singleauskopplungen und Dutzende von Radio- und Fernsehinterviews.

Wir waren damals alle total high. Vor allem, weil die Leute bei den Konzerten an unseren Lippen hingen, wenn sie nicht ohnehin jedes Wort auswendig mitsangen.

Übrigens: Der Titelsong »Unscaled« war ursprünglich eine Komposition von Lina, aber ich hatte ihr empfohlen, statt des von ihr vorgeschlagenen geraden Rhythmus einen Shuffle unterzulegen. Das verlieh der Melodie den entscheidenden Kick. Deshalb standen wir auch bei diesem Song nachher gemeinsam als Komponistinnen im Booklet.

Ach ja, vielleicht erinnert ihr euch: Ich habe ... wir haben damals, als wir so unfassbar über den Verlust unserer Tochter getrauert haben, noch eine weitere Ballade geschrieben: »Child of Future«, Kind der Zukunft. Natürlich wisst ihr das noch: So eine Melodie mit Quartsprüngen in D-Dur. Und dieser Song, der eigentlich davon handelt, dass ich mich frage, wie meine Tochter hätte leben können, bekam eine ganz eigene Dynamik: Er entwickelte sich nämlich zu einer Hymne der Klimarettungsbewegung. Hammer, oder?

Die meisten Aktivisten dachten wohl, es ginge in meinem Text um ein kleines Kind, dessen Zukunft verbaut wird – und deshalb sangen sie, vor allem den Refrain, mit leuchtenden Augen mit. Tja, was kann einer Band Besseres passieren, als dass einer ihrer Songs regelmäßig von leidenschaftlichen Demonstranten gesungen wird? Jedenfalls waren plötzlich in den Nachrichten immer öfter Aufnahmen von Menschenansammlungen zu sehen, die vor Parlamenten, in Innenstädten oder an den Zufahrten von Braunkohlekraftwerken zu geschrammelten Gitarrenklängen »Child of Future« grölten.

Natürlich wurden wir dann auch regelmäßig als musikalischer Act für Abschlussveranstaltungen von Demos eingeladen. Mehr noch: Wir galten mit unserem vermeintlichen Kultsong gegen die Zerstörung der Erde unversehens als musikalische Botschafterinnen des Klimaschutzes. Und das weltweit.

Lina wollte gar nicht so gerne in irgendeine politische Ecke gedrängt werden, musste aber selbst zugeben, dass »Child of Future« den ganzen Umweltkampagnen einen weiteren, dringend nötigen Anschub verpasste.

Spätestens als bei einer UN-Vollversammlung die energische Abgeordnete eines kleinen Inselstaates anfing, am Rednerpult »Child of Future« zu singen und unser Song als »Bester deutscher Newcomer-Hit des Jahres« ausgezeichnet wurde, hatten wir den Sprung an die Spitze geschafft.

Und dann sind wir auf Tour gegangen. Wochenlang. Nein, monatelang. Von einer Bühne zur nächsten, von einem Hotelzimmer ins nächste, von einer Stadt in die nächste. Mit einem Tross von inzwischen sechs LKW und einer Crew von über vierzig Leuten.

Jeden Abend kreischende Fans und greifbare Euphorie. Jeden Abend ein Bad in den Sehnsüchten der Menschen. Jeden Abend Party. Ich habe es geliebt …

Aber … na, wir sollen ja heute auch von den Ecken und Kanten unserer Existenz berichten. Bitteschön! So ein Tourleben kann ziemlich zermürbend sein. Und wie! Letztlich sieht nämlich jeder Tag gleich aus: Lange schlafen, ein am Ende überall gleiches »interkontinentales« Frühstücksbuffet. Koffer packen, in den Tourbus steigen und in die nächste Stadt fahren.

Soundcheck, kleiner Snack, Auftritt und zum Schluss die After-Show-Party mit aufgeblasenen geladenen Gästen, deren Kommentare und Fragen du spätestens nach zehn Tagen nicht mehr hören kannst, weil diese Leute immer dasselbe erzählen: »Hey, dein Song ›What's your name?‹ hat total mein Leben verändert.«, »Wahnsinn! Ich bin bei der Klimasache erst dabei, seit ich ›Child of Future‹ kenne.« »Du bist wahrhaft ein unscaled Girl. Ich möchte genauso so sein wie du.« »Ich spiele auch Gitarre, könntest du mir mal diese filigrane Figur aus dem und dem Song zeigen?« Und so weiter.

Ich weiß noch: An einem Abend – ich könnte gar nicht mehr sagen, ob in Hannover, in Kiel oder in München, ist irgendwann ohnehin fast egal, weil die Hallen letztlich alle gleich aussehen – saß ich nach dem Gig nachts noch bei Lina im Zimmer und habe zu ihr gesagt: »Weißt du eigentlich, dass wir seit … warte mal … seit acht Wochen an keinem Song mehr gearbeitet haben? Hast du nicht mal wieder Lust darauf? Also ich fände es klasse, wenn wir ein bisschen …«

Da hat sie nur auf ihre Kehle gedeutet und geflüstert: »Sorry, aber ich darf nicht reden, ich muss meine Stimme schonen. Sonst bekomme ich morgen Abend keinen Ton mehr raus.«

Und weil sie ihre Stimme auch morgens und mittags schonen musste, gab es bald überhaupt keinen Moment mehr, an dem wir zusammen hätten kreativ sein können.

Aber ich muss auch sagen: Mir fiel in dieser Zeit ohnehin nichts Neues mehr ein. Worüber hätte ich als Künstlerin schreiben sollen: über Backstage-Garderoben und nervige männliche Fans, die es witzig fanden, einer Frauenband Herrenslips auf die Bühne zu werfen? Über Spannbetttücher in Hotelzimmer, die in ihrer antiseptischen Reinheit an Krankenstationen erinnern? Über komplizierte Gitarren-Figuren, die du nur noch rückenmarkgesteuert performst, weil du sie schon zu oft gespielt hast? Oder über endlose, öde Fahrten, auf denen alle an ihren Smartphones hängen, um sich vorzugaukeln, sie hätten noch einen winzigen Rest sozialen Lebens?

Ich zumindest hatte kein Leben mehr, dass es verdient gehabt hätte, in Liedern verewigt zu werden.

Zehn Tage vor Ende unserer Tour rannte auf einmal Tom, unser Manager – derjenige, der mir am Anfang auf den AB geschwätzt hat –, durch den Flur vor unseren Garderoben: »›Girlz‹, kommt mal in den Cateringraum. Ja, sofort. Ich muss euch was erzählen, was euch umhauen wird.«

Wir dackelten zu den halb leergefressenen Schalen mit Fingerfood, Keksen und Schokoriegeln. Doch noch bevor wir richtig den Raum betreten hatten, platzte es aus Tom heraus: »Gerade hat sich bei mir das Management von Taylor Swift gemeldet. Ja, *die* Taylor Swift! Und, jetzt haltet euch fest: Sie will euch für ihre Amerika-Tour als Support. Ist das nicht geil? Die ›Girlz‹ als Vorband von Taylor Swift! Einmal quer durch alle Staaten der USA. Ich meine: Das ist doch totale Tulpe, oder? Taylors Song ›Love Story‹ ist der am meisten downgeloadete Song der Weltgeschichte. Und ihr geht mir ihr auf Tour! Wahnsinn, oder? Die Agentin hat mir erzählt, dass Taylor neulich mit ihrer Familie selbst bei einer Klimademo in Washington war, auf der ›Child of Future‹ gesungen wurde. Daraufhin hat sie spontan gesagt: Ich möchte diese Frauen als Support! Und nicht nur das, es gibt auch noch ein Goodie: Wenn wir wollen, dann schauen ihre Produzenten Jack Antonoff und Nathan Chapman gerne mal über euer neues Material. Der Hammer! Diese beiden Jungs haben ihr Wohnzimmer mit Goldenen Schallplatten nur so tapeziert. Na, was sagt ihr?«

Möglicherweise waren wir an diesem Abend alle einfach zu erschöpft von der langen Tour oder mit unseren Gedanken schon beim Konzert, jedenfalls war unsere Resonanz im ersten Moment eher zurückhaltend.

Lina zuckte nur mit den Achseln: »Das weiß doch jeder, dass eine Vorgruppe von den Toningenieuren immer gnadenlos runtergemischt wird. Die soll extra schrottig klingen – und kriegt auch nur die halbe Light-Show, damit der Top Act nachher umso besser glänzen kann. Da habe ich eigentlich keinen Bock drauf.«

Tom sah aus, als wäre er direkt gegen eine Holzlatte gerannt. »Was? Spinnst du? Das ist doch gar nicht wahr. Die Scorpions zum Beispiel hatten ihren Durchbruch in Amerika als Vorgruppe der Band Rainbow. Und viele andere Top Acts sind auch erst als Supports berühmt geworden. Sag mal: Erkennt ihr denn nicht, dass diese Anfrage das Sprungbrett für eine Weltkarriere sein könnte?«

»Wann soll die denn stattfinden, diese ominöse Taylor-Swift-Tour?«, habe ich gefragt, um ein bisschen die Spannung rauszunehmen.

»Warte mal. In ... ja, in genau vier Wochen. Wir würden direkt nach dem Ende eurer Tour hier, also nach dem Konzert in Nürnberg, nach L.A. fliegen und dort mit dem Management und mit Taylor alles weitere besprechen.«

Jetzt war ich es, die zusammenzuckte: »Äh, Augenblick mal, ich dachte, wir haben nach dieser Tour erst mal einige Wochen Pause, um wieder Mensch zu werden. Und um neue Songs für das neue Album zu schreiben.«

Aber Tom hatte längst den Motivationsmodus eingeschaltet und schwärmte einfach weiter: »Ja eben, und zwei der besten Produzenten der Welt unterstützen euch dabei. So entstehen die stärksten Songs: Man geht gemeinsam ins Studio und lässt seiner Kreativität freien Lauf. Fast alle großen Hits von Queen sind so entstanden.«

Esther ließ sich auf das grün bezogene Sofa fallen, das neben dem Tisch mit der Verpflegung stand: »Was denn nun: Gehen wir auf Tour oder ins Studio? Geht ja wohl nicht gleichzeitig.«

Just in diesem Moment kam die Inspizientin rein und wies uns darauf hin, dass das Konzert in fünf Minuten beginnen würde. Und nach dem Konzert waren wir alle so erschlagen und fertig, dass wir – ohne weiter darüber nachzudenken – bei der After-Show-Party dann doch zustimmten, nach Amerika zu fliegen.

Ja, natürlich war das irre. Es gab auch eine fantastische Resonanz. Und natürlich klangen unsere Auftritte, wie befürchtet, jedes Mal etwas dumpfer und matschiger als der Mix von Taylor Swift. Aber das machte nichts. Weil bei »Tell me, what's your name«, »Child of Future« und »Unscaled« ohnehin vor allem das Publikum sang. Laut, frenetisch und hingebungsvoll.

Aber ich ... ich war einfach nur noch müde.

Kennt ihr diese Müdigkeit, die viel tiefer sitzt als ein paar Stunden Schlafmangel? So eine totale Erschöpfung, die auch nicht durch zwei Tage Durchschlafen ausgeglichen werden kann? Das ist eine Müdigkeit, die tief in den Gliedern sitzt und einen ein bisschen wie ferngesteuert funktionieren lässt.

So habe ich meinen Zustand empfunden, während wir durch die USA getourt sind. Und ich verstand auf einmal auch, warum so viele Künstler sich die Unterstützung irgendwelcher Drogen holen: Jeden Abend stellst du dich vor zehntausend Menschen, die eine Menge Geld bezahlt haben, um deine Show zu sehen. Und du willst dein Bestes geben. Nur ist halt von diesem Besten nicht mehr viel da. Es sei denn, du wirfst ein paar Pillen ein, mit denen du dich schlagartig wie Popeye nach einer Spinat-Injektion fühlst.

Das war keine gute Zeit.

Eines Morgens, in Miami, klopfte es an meine Tür. Als ich »Herein« rief, kam Angie, mein persönlicher Gitarren-Roadie, ins Zimmer – also die Frau, die für mich jeden Nachmittag den Verstärker, das Effekt-Rack und die Gitarren aufbaute und dann während der Konzerte dafür sorgte, dass meine Instrumente für jeden Song neu gestimmt waren.

Angie war mir vom Management von Taylor Swift »besorgt« worden, eine afroamerikanische Texanerin, die selbst Gitarre spielte, zu Hause ein kleines Kind hatte und von einer eigenen Bühnenkarriere träumte. Allerdings hatten wir bisher nur wenige persönliche Worte gewechselt, weil ich damals überhaupt keine Kraft mehr für Socialising hatte.

Jedenfalls stand Angie auf einmal vor meinem Bett, in einem weißen Kleid, was mich sehr überraschte, weil ich sie bislang ausschließlich in Jeans gesehen hatte. Sie ging rüber zu den Vorhängen und sagte: »Weißt du überhaupt, was heute für ein Tag ist?«

Ich grummelte: »Ich weiß nicht mal, welcher Monat ist. Hab ich irgendein Interview verpennt?«

»Nein«, sie ging zu meinem Koffer, den ich mal wieder nicht ausgepackt hatte, wühlte darin rum und warf mir schließlich einige frische Sache zu. »Heute ist Pfingsten. Und ich finde, dass du dich viel zu oft in dein Hotelzimmer verkriechst. Hier um die Ecke gibt es eine Kirche. Und wir beide gehen da heute zum Gottesdienst hin.«

»Bist du bescheuert? Was soll ich denn in einem Gottesdienst? Da kann ich auch hier weiterschlafen!«

Doch Angie zog mir einfach die Decke weg, so dass ich in Embryohaltung nackt vor ihr lag. »Sag mal, spinnst du?«

»Ich weiß, dass es eine Menge öde Gottesdienste gibt, aber das ist eine Gemeinde von Schwarzen, eine Gemeinde von meinen Leuten. Und wenn du schon mal den Film ›Blues Brothers‹ gesehen hast, dann hast vielleicht eine leise Ahnung, wovon ich rede, wenn ich ›Gottesdienst‹ sage.«

Sie streckte beide Arme gen Himmel: »Siehst du dieses Licht?« Dann zog sie die Vorhänge auf, so dass ich geblendet die Augen zusammenkneifen musste.

»Hör zu, Iby, ich hätte auch sagen können: Lass uns zu einer spirituellen Party gehen, auf jeden Fall ist das, was da passiert, garantiert ganz anders als alles, was du bislang in einer Kirche erlebt hast. Komm, jetzt stell dich nicht so an.«

Überrumpelt stolperte ich ins Bad – und fuhr wenig später mit Angie in ihrem angerosteten, roten Pick-up zu diesem sagenumwobenen Pfingstgottesdienst in einem Vorort von Miami.

Ich erzähle euch das, weil sich an diesem Morgen etwas in mir verändert hat; was vor allem an der emotionalen Musik lag, die dort gespielt wurde.

Natürlich hatte ich vorher schon Gospelmusik erlebt, aber noch nie so, noch nie in einem Gottesdienst. Ich erinnere mich genau, dass ich während der ersten drei Songs nur geheult habe, so berührt war ich. Weil sich diese Leute im wahrsten Sinne des Wortes die Seele aus dem Leib gesungen haben … obwohl, nein, eigentlich war es andersherum: Sie haben sich die Seele in den Leib hineingesungen. Mit jeder Note.

Das war eine Inbrunst, ja, fast schon eine Verklärtheit, die mich auf unglaubliche Weise in ihren Bann gezogen hat. Ich dachte noch: Die singen hier nicht für mich oder für die anwesende Gemeinde, nein, die singen für den Himmel. Und genau wegen dieser Ausrichtung, wurde der Horizont für uns alle ganz weit.

Während ich damals beim Musizieren vor allem davon gezehrt habe, dass ich dabei ganz bei mir war, wuchsen diese Musikerinnen und Musiker vor meinen Augen über sich hinaus, weil sie mit etwas viel Größerem verbunden waren. Mit Gott, mit dem Leben, mit dem Universum. Was weiß ich! Und das hörte man nicht nur, das spürte man, das sah man. Ich war vermutlich in dieser Kirche die deutlich begabtere und erfolgreichere Musikerin, aber die Lieder der Glaubenden war ... wie soll ich es nennen ... ja, sie waren beseelt. Zutiefst beseelt.

Als dann auch noch eine bunt kostümierte Tanzgruppe auf die Bühne kam, wollte irgendwas in mir unwillkürlich lachen, weil diese Truppe so skurril und inhomogen wirkte: Eine der Tänzerin war deutlich übergewichtig, eine steinalt und eine sogar behindert. Aber als die Frauen anfingen zu tanzen, fehlte da nichts, im Gegenteil: Alle Beteiligten hatten einen Glanz in den Augen, der für ihren Auftritt viel wesentlicher war als die Präzision der Choreografie.

Die Tänzerinnen waren gerade unter tosendem Applaus abgetreten (seit wann gibt es eigentlich in Kirchen tosenden Applaus?), als der Pfarrer ans Pult trat und freudestrahlend rief: »Ist das nicht wundervoll, dass wir heute morgen diesen Gottesdienst zusammen feiern können? Ich frage euch: Ist das nicht wundervoll?«

Ich zuckte völlig verdutzt zusammen, als um mich herum alle mit einem donnernden »Ja!« antworteten. Der Pfarrer sah mich und sagte fröhlich: »Ich muss euch was erzählen: Gestern war ich auf einem saugutem Konzert ... von Taylor Swift. Aber wisst ihr, was mich da am meisten begeistert hat? Ich sag es euch: die Vorgruppe. Die Band ›Girlz‹ aus Deutschland. Und weil ich nicht an Zufälle glaube, freue ich mich besonders, dass die Gitarristin heute unter uns ist. Begrüßt sie mit einem Riesenapplaus!«

Die ganze Kirche klatschte, einige Leute klopften mir freundschaftlich auf die Schultern und von allen Seiten nickten mir Gottesdienstbesucher freudestrahlend zu.

Dann sprach mich der Pastor persönlich an: »Iby! Ich möchte dich auf keinen Fall bedrängen. Aber hättest du Lust, für uns, deine Schwestern und Brüder, dein Lied ›What's your name‹ zu spielen? Jetzt gleich? Hier im Gottesdienst? Es passt so perfekt zu meiner Predigt.«

Wie hätte ich da nein sagen können? Trotzdem war es seltsam. Ich hatte dieses Lied jeden Abend auf unserer Tour gespielt. Trotzdem hatte ich plötzlich Lampenfieber. Nicht aus Angst, den Song nicht zu können, oder weil ich ihn ja normalerweise nicht gesungen habe, sondern weil ich spürte … ich weiß gar nicht genau, wie ich dieses Gefühl beschreiben soll … ich dachte: Hier, in dieser Gemeinschaft muss ich die Zerbrechlichkeit nicht verbergen, die zu seiner Entstehung geführt hat.

Der Gitarrist der Gemeindeband drückte mir eine uralte Gibson in die Hand. Und auf einmal stand ich ganz allein vor dieser Gemeinde. Mit dem gleichen Gefühl wie damals, als ich begreifen musste, dass es Theresa, wie ich sie später genannt habe, nie geben würde.

Versteht ihr: Ich habe dasselbe Lied gespielt wie jeden Abend, aber es war nicht dasselbe. Es war anders. Nicht der Song, mit dem ich den Schmerz vertreiben wollte, diesmal war der Song selbst der Schmerz. Und während ich ihn sang, stieg dieser Schmerz empor zum Himmel.

Als ich fertig war, hatte ich so viele Tränen in den Augen, dass der Pfarrer zu mir kam und mich in den Arm nahm. Wie ein Vater. Anschließend predigte er just über den Vers, der in Frankfurt auf dem Gräberfeld steht, den von Jesaja: »*Fürchte dich nicht, denn ich habe dich erlöst. Ich habe dich bei deinem Namen gerufen, du bist mein.*«

Er erzählte davon, dass an Pfingsten den Anhängerinnen und Anhängern von Jesus genau diese Zusage noch einmal gemacht wurde: Sie konnten ihre Angst überwinden, weil sie von der Erkenntnis überwältigt wurden: Wir sind erlöst. Und weil sie erlebten, dass dieser Gott sie kennt und sie auch dann nicht im Stich lässt, wenn Jesus schon lange wieder in den Himmel gefahren ist.

Genau deshalb und nur deshalb konnte die eben noch so traurige und antriebslose Jüngerschar – als der Heilige Geist in Gestalt von Feuerzungen plötzlich auf sie herabschwebte – gleich darauf nach draußen stürmen und allen Passanten, lauter Fremden, von der Liebe vorschwärmen, die sie am eigenen Leib erlebt hatten.

Lächelnd sagte der schwarze Pastor: »Ich habe keine Ahnung, wie das damals genau mit den Feuerzungen funktioniert haben soll. Aber Tatsache ist: Die, die eben noch voller Angst waren, waren auf einmal voller Vertrauen. Und als ich gestern Abend bei dem Konzert den Song von Iby gehört habe, da leuchtete auch über fast jedem Kopf eine Flamme.

Hört mir zu, denn ich kann euch heute eines sagen: Wir brauchen keine magischen Feuerzungen mehr, die uns an die Liebe Gottes erinnern. Wir brauchen das Feuer Gottes in uns. Es soll in uns brennen. Und dieses Feuer wird entzündet, wenn wir wissen, dass Gott uns kennt und für uns ist. Was denkt ihr?«

Nun, alle waren seiner Meinung. Und stimmten von überall im Saal lauthals zu: »Yes, that's right!«, »Say it, pastor!«, »Hallelujah!«, »Amen!«

Anschließend wurde direkt das nächste Lied angestimmt.

Nach dem Gottesdienst suchte ich Angie, und als ich sie endlich entdeckt hatte, beobachtete ich erstaunt, dass sie andauernd irgendwelche Leute umarmte.

»Hey, kennst du die hier alle?«

»Ne«, hat sie geantwortet, »keinen Einzigen, aber das ist doch meine Familie. Hast du vorhin nicht zugehört? Das sind alles meine Schwestern und Brüder. So ist das halt bei Christen.«

Die Erfahrung, die ich an diesem Morgen gemacht habe, war für mich tatsächlich so etwas wie ein Pfingsterlebnis: Ich habe mich nämlich noch am gleichen Nachmittag hingesetzt und einen neuen Song geschrieben. Weil ich nach diesem Gottesdienst so inspiriert war. Weil ich nach langer Zeit wieder am echten Leben teilgenommen hatte. Vielleicht auch, weil da jemand meinen Namen gerufen hatte.

»Thrilled«, also ›begeistert‹, beziehungsweise: ›entzückt‹, mein neuer Song, wurde im darauffolgenden Jahr zum Titellied unseres dritten Albums ... und – das sollte ich ehrlicherweise erwähnen – zugleich der Auslöser für meine spätere Trennung von den ›Girlz‹.

Warum? Nun: Ich hatte an diesem Sonntag verstanden, dass ich nur dann gute Songs schreiben kann, wenn ich von etwas bewegt bin. Und deshalb musste ich zuerst einmal dafür sorgen, dass ich ausreichend Zeit zum Leben hatte. Dass ich existenzielle Erfahrungen machte, die es wert waren, besungen zu werden.

Zudem wurde ich das Bild dieser unbeholfenen und doch so erfüllten Tänzerinnen aus dem Gottesdienst nicht mehr los. Irgendwie wollte ich sein wie sie. So fehlerhaft glücklich. Und das will ich immer noch ...

***

Könnt ihr noch? Gut, dann mache ich direkt weiter.

Als Tobias und ich nach unserer Rückkehr in Stuttgart gelandet sind, standen seine Eltern schon am Ausgang des Gates. Mit einem großen Transparent: »Willkommen zurück in Deutschland, Bella und Tobi! Wir freuen uns mit euch!«

Was sie uns am Flughafen allerdings verschwiegen haben, war, dass bei ihnen zu Hause eine riesige Überraschungsparty auf uns wartete. Und was für eine: Das Haus war voller Freunde und Verwandte, ich wurde ständig von mir noch völlig unbekannten, grinsenden Menschen in den Arm genommen – und natürlich mussten wir beide, trotz Instagram, WhatsApp und

Reise-Blog, gefühlte tausend Mal erzählen, wie es uns auf der Weltreise ergangen war, wie wir uns kennengelernt hatten und wie unsere gemeinsame Zukunft aussehen würde. Dabei hat Tobias die ganze Zeit meine Hand gehalten, und ich war überglücklich.

Mein Verlobter hatte seinen Eltern schon vorher per Skype erzählt, dass ich ein Kind verloren und mein BWL-Studium abgebrochen hatte – und mir war ein bisschen bang gewesen, weil er sie mir doch als sehr spirituell und etwas konservativ beschrieben hatte. Aber ich wurde total herzlich aufgenommen und sofort in die Familie integriert. Für mich war das eine ziemlich ungewöhnliche Erfahrung.

Schon drei Monate später haben wir geheiratet. Einfach, weil wir keinen Grund sahen, noch länger zu warten. Wir waren weiterhin unglaublich verliebt ineinander, und Tobias wollte ja im nächsten Semester sein Studium aufnehmen. Deshalb war er der Meinung: Noch hätten wir den Kopf frei. Nach dem Motto: Was du heute kannst besorgen, das verschiebe nicht auf morgen.

Wir haben in der Immanuel-Gemeinde, in der Tobias groß geworden ist, einen romantischen Traugottesdienst gefeiert und danach im Hof eines kleinen Weinguts gefeiert. Mit siebzig Leuten. Alles Angehörige meines Mannes. Ich hatte ja keine Eltern mehr und außerdem wussten alle Anwesenden, dass ich meine Weltreise angetreten hatte, um mein altes Leben hinter mir zu lassen. Zudem hatte ich mich mit einigen Partnerinnen und Frauen von Tobias' Leuten inzwischen selbst angefreundet, so dass ich sagen würde: Ja, es waren auch Freundinnen von mir dabei.

An diesem Abend habe ich mir übrigens sehr gewünscht, ihr wärt dabei gewesen. Ihr habt mir gefehlt. Ich weiß, dass das völlig absurd klingt: Aber ich habe euch an diesem außergewöhnlichen Abend als meine eigentliche Familie empfunden, die Familie, die leider nicht dabei sein konnte.

Obwohl: Irgendwie wart ihr trotzdem da. Der DJ hat nämlich nachts um eins, als alle schon ziemlich angeheitert waren, »What's your name?« gespielt, und – wie zu erwarten – haben mich gleich drei Leute begeistert darauf hingewiesen, dass ich doch eine erstaunliche Ähnlichkeit mit der Gitarristin der ›Girlz‹ hätte. Ob ich eigentlich wüsste, dass die auch Isabella heißt.

Ich hätte ihnen am Liebsten ins Gesicht gelacht und mit schelmischer Miene verkündet: »Ja, das weiß ich. Denn, selbst wenn das völlig unvorstellbar erscheint, das bin auch ich. Und es gibt noch eine dritte im Bunde, die jetzt irgendwo in Aachen den Geheimnissen des Big Business nachspürt.«

Aber das habe ich natürlich nicht gemacht. Zugleich muss ich gestehen: Ich hatte bei dieser Feier natürlich ein seltsames Gefühl, weil ich mich partout nicht mehr erinnern konnte, ob Jasper irgendwas über dauerhafte Beziehungen oder gar eine Eheschließung während unseres Experimentes gesagt hatte.

Vermutlich habe ich, als ich darüber sinniert habe, ziemlich bedröppelt ausgesehen, denn Tobias, der gerade zum dritten Mal vom Nachtisch-Buffet kam, hat meine Sorgenfalten bemerkt und mir den Nacken massiert: »Ist was, meine Liebste? Bereust du's schon? Oder hast du etwa Sorgen wegen der Hochzeitsnacht?«

»Depp«, habe ich erwidert, aber dann wischte er meine Bedenken mit einem langen Kuss weg.

Bis uns eine tiefe Stimme zurück in die Wirklichkeit brachte. »Hey, ihr Turteltäubchen, darf ich eure traute Zweisamkeit mal kurz stören?«

Ein etwa fünfzigjähriger, durchtrainierter Mann hatte seine Hände auf unsere Schultern gelegt. Tobias ließ seine Augenbrauen hochschnellen: »Hallo Matthias, wie nett, wir hatten ja bislang noch gar keine Gelegenheit, miteinander zu reden. Bella, nur zu deiner Erinnerung: Das ist der aufmüpfige Bruder meines Vaters, er arbeitet am Senckenberg-Museum in Frankfurt und gehört zu den wenigen Menschen der Erde, die Curling für eine ernsthafte Sportart halten. Onkelchen, du trainierst doch immer noch dieses absurde Winter-Boccia, oder?«

Matthias versetzte ihm einen leichten Schlag auf den Hinterkopf und sagte mit breitem hessischem Akzent. »Vorsicht, du beweschst disch beim Körling uff ganz dünnem Eis. Nur weil du frisch verheiraded bist, hast du noch lang nett des Rescht, deinem ehrwürdischen Ongel fresch zu komme.«

Er räusperte sich und fuhr mit oberlehrerhaftem Ton fort: »Abgesehen davon stammt der älteste gesicherte Curling-Stein aus dem Jahr 1511, während die frühesten Fußballregeln angeblich erst 1848 zu Papier gebracht wurden. Also: ein bisschen mehr Respekt vor dieser exquisiten, historischen Kenner-Sportart, verstanden?!«

Tobias' Onkel ging hinter unseren Stühlen in die Hocke, so dass sein Kopf auf gleicher Höhe mit den unseren war: »Ich wollte aber nicht mit Banausen über etwas reden, von dem sie bedauerlicher Weise überhaupt keine Ahnung haben. Mich interessiert viel mehr: Stimmt es, dass ihr nach euren Flitterwochen ins traumhafte Frankfurt ziehen wollt, nach Mainhattan?«

Tobias kam mir zuvor: »Ja, wahrscheinlich, Bella hat da immer noch ihre Wohnung – und der Fachbereich Architektur soll sehr ordentlich sein. Außerdem bin ich ein Fan des Architekten Ernst May, und der hat in Frankfurt ziemlich viel gebaut.«

Matthias schaute mich an: »Bella, du musst dafür sorgen, dass dein Mann nicht pausenlos redet. Eigentlich wollte ich nämlich mit dir über etwas sprechen. Pass auf: In meiner Kirchengemeinde unterstütze ich einen Verein, der unter anderem eine halbe Stelle für … na, ich nenne es gerne ›Gemeinde-Management‹ bezahlt. Da geht es darum, die Pfarrerin und den Pfarrer zu unterstützen, und zwar konzeptionell. Welche Strukturen braucht es, damit sich eine Gemeinde gut entwickeln kann? Außerdem organisiert diese Stelle unseren ziemlich erfolgreichen Eine-Welt-Laden, der an drei Tagen in der Woche geöffnet ist. Ist natürlich nicht megagut bezahlt. Aber nach dem, was mir Tobis Eltern von dir erzählt haben, und nachdem du ja fast ein BWL-Studium abgeschlossen hast, könnte das doch was für dich sein. So als Einstieg. Oder?«

»Meinst du denn, die würden mich nehmen?«

Matthias nahm sein Sektglas, das er hinter sich abgestellt hatte und prostete mir feixend zu: »Na hör mal: Ich bin der Vorsitzende des Kirchenvorstands. Das heißt zwar nicht, dass alles gemacht würde, was ich vorschlage, aber mein Wort hat schon Gewicht. Ich finde: Es wäre zumindest einen Versuch wert. Außerdem hat die bisherige Stelleninhaberin ganz überraschend gekündigt, weil sie zu ihrer schwangeren Tochter nach Magdeburg zieht. Alle wären froh, wenn die Stelle nicht allzu lange vakant bleibt.«

»Puh«, sagte ich, »lass mich noch mal drüber schlafen, aber ... warum nicht? Allerdings musst du mir eines vorher unbedingt noch erklären ...«

»Alles! Wer könnte einer so schönen Braut etwas abschlagen?«

Ich konnte mich nicht beherrschen und fragte ihn, verzweifelt ein Grinsen unterdrückend: »Weißt du, eines interessiert mich total: Beim Curling, bist du da derjenige, der den runden Nachttopf schubst, oder der, der mit so einem lächerlichen Kinderbesen die Eisfläche schrubbt?«

Tobias, der gerade einen Schluck Sekt getrunken hatte, prustete derart los, dass er mir den ganzen Ausschnitt vollspuckte und ich mich erst mal mit mehreren Servietten abtrocknen musste. Vermutlich werde ich dieses Gespräch schon deshalb nie vergessen.

Matthias aber verzog nur das Gesicht: »Also, ihr beide, ihr habt einander wirklich verdient.«

Ein halbes Jahr später hätte in dieser Frankfurter Kirchengemeinde vermutlich keiner mehr auf mich verzichten wollen. Dass ich selber nicht kirchlich sozialisiert bin, hat mir zu Beginn zwar Sorgen bereitet, erwies sich aber als echter Segen: Ich wusste weder, was man in der Kirche »schon immer so gemacht« hatte, noch empfand ich irgendeine Scheu, Dinge ganz neu zu denken oder Sachen, die ich kritisch gesehen habe, offen anzusprechen. Ich betrachtete die Vorstellungen des Kirchenvorstands in erster Linie mit den Augen einer Betriebswirtschaftlerin – und lernte zugleich schnell schätzen, was es bedeutet, mit engagierten Ehrenamtlichen zusammenzuarbeiten.

Vor allem aber verstand ich mich selbst als Versuchsperson: Wenn die Gemeinde eine Person wie mich ansprechen wollte wie musste sie dann sein? Wie sollte sie kommunizieren und welche Angebote musste sie machen, um mich zu erreichen?

Die Leitenden begriffen zum Glück schnell, dass alles, was die Kirche bislang im Stadtviertel anbot, wenig Anknüpfungsmöglichkeiten für Menschen wie mich mit sich brachte. Aber – und das rechne ich ihnen hoch an – sie waren bereit, einen Veränderungsprozess anzustoßen. Und so fingen wir mit viel Elan an, über neue Formen kirchlicher Arbeit nachzudenken.

Auch dem Eine-Welt-Laden tat eine Professionalisierung mehr als gut. Nicht nur, weil das Ehrenamtlichen-Team ziemlich überaltert und der Schwung der ersten Jahre bei vielen verloren gegangen war, sondern auch, weil es fair gehandelten Produkten keineswegs schadet, wenn man sie liebevoll und mit etwas hübscher Dekoration professionell drapiert.

Ich hoffe, das klingt jetzt nicht irgendwie überheblich, aber es hat mich wirklich begeistert, dass wir den Umsatz im Laden in sechs Monaten verdoppeln konnten. Und dass sich der Gottesdienstbesuch erkennbar gesteigert hat – und das nur, weil wir gemeinsam sorgfältig überlegt haben, wie die Gestaltung attraktiver, offener und einladender werden konnte.

Irgendwann habe ich im Vorstand aus alter Präsentationslaune heraus ein kurzes Schema an eine Pinnwand geheftet und vorgestellt: »Ich glaube, wir brauchen vor allem drei Bs: ›Begeisterung‹, ›Beziehung‹, ›Beteiligung‹. Lasst uns Ideen entwickeln, wie diese Gemeinde ihre Begeisterung für den Glauben erfahrbar werden lassen kann, wie wir die Beziehungen stark machen und dabei für Neue offen bleiben – und wie möglichst viele Menschen die Möglichkeit bekommen, sich aktiv bei uns einzubringen, und zwar mit den speziellen Fähigkeiten, die sie mitbringen.«

Dieter, der Pfarrer, mit dem ich eng zusammenarbeitete, bat mich daraufhin, mein Drei-B-Konzept in einer kirchlichen Zeitschrift vorzustellen. Und auf einmal war ich – wenn auch auf einer ganz anderen Ebene als du, Isa – eben doch wieder BWL-mäßig aktiv.

Außerdem, ihr werdet das kaum glauben, aber ich habe nach einigen Monaten den Kinderchor der Gemeinde übernommen und gelegentlich im Gottesdienst mitgewirkt. Klar, als die Organistin herausfand, dass ich Gitarre spiele, gab es auf einmal tausend Möglichkeiten, mich musikalisch einzubringen.

Was ich bis heute selbst nicht so ganz begreife, ist: Je mehr ich mich in dieser Gemeinde engagiert habe, desto mehr wollte ich verstehen, was all diese Christinnen und Christen an ihrem Glauben finden.

Kein Wunder, denn natürlich war es mir wichtig, selbst im Gottesdienst zu erleben, wie meine Vorschläge realisiert wurden. Tja, und wenn man jeden Sonntag als Gemeinde-Managerin eine Predigt zu hören bekommt und ständig von frommen Leuten umgeben ist, macht das was mit einem. Ich weiß nur, dass ich irgendwann angefangen habe zu beten. Freiwillig. Weil ich es einfach mal ausproben wollte. Und das habe ich so lange gemacht, bis ich wahrhaftig glauben konnte, dass es so etwas wie Gott geben kann. Erstaunlich, nicht wahr?

Aber wir sind ja in der zweiten Runde, in der wir nicht nur von unseren Erfolgen erzählen sollen. Deshalb hier einer meiner Tiefpunkte: Tobias und ich sind ziemlich bald in eine Krise geraten. Nicht, weil wir uns weniger geliebt hätten, o nein, sondern weil ich nicht schwanger wurde.

Ich muss dazu sagen: Tobias' Eltern waren bei seiner Geburt auch noch sehr jung gewesen, und er hatte es immer genossen, dass sein Vater für ihn mehr ein Kumpel als ein Erziehungsberechtigter gewesen war. Deshalb war er der Meinung: Wir sind verheiratet, warum noch lange mit Kindern warten?

Nur leider klappte es nicht. Und als wir uns beide untersuchen ließen, stellte der Arzt fest, dass ich eine Primäre Ovarialinsuffizienz hatte.

»Was ist das denn?«, habe ich gefragt, und der Gynäkologe hat versucht, es mir schonend beizubringen: »Sie werden verfrüht in die Wechseljahre kommen. Dieses Phänomen nennt sich ›Klimakterium praecox‹, weil Ihr Körper aus Gründen, die ich nicht genau feststellen kann … entweder hat Ihre Mutter während der Schwangerschaft bestimmte Medikamente genommen oder es ist ein genetisches Erbe … jedenfalls: Sie hatten von Anfang an insgesamt sehr wenige Eizellen. Und die sind demnächst aufgebraucht.«

»Aber ich bin doch noch nicht mal dreißig!«

»Ich weiß. Aber dieses Phänomen ist nicht ungewöhnlich, es tritt bei ungefähr einer von tausend Frauen schon vor dem dreißigsten Lebensjahr auf.«

»Und was heißt das jetzt für mich?«

Er hat sich einige Notizen gemacht und mich dann über die halben Gläser seiner Lesebrille angeblickt: »Wenn Sie gerne Kinder haben möchten, und deshalb sind Sie ja hier, dann müssen Sie sich beeilen. Allerdings gehen die Chancen für eine natürliche Befruchtung in Ihrem Fall fast gegen null. Natürlich kann man mal den Sechser im Lotto ziehen. Ist aber eher unwahrscheinlich. Deshalb empfehle ich Ihnen ein Kinderwunschzentrum. Dort kann man Ihnen vielleicht mit einer IVF, einer In-Vitro-Fertilisation, also mit einer künstlichen Befruchtung helfen.«

Tobias wollte so gerne Kinder bekommen, dass er vorgeschlagen hat, sofort mit der Behandlung zu beginnen. Allerdings hatte er auch den einfacheren Part. Er musste ja nur in einem verdunkelten Praxisraum drittklassige Pornos angucken und dabei sein Sperma abgeben.

Ich dagegen wurde wochenlang mit Hormonen vollgepumpt, die meine übriggebliebenen Eizellen zur schnelleren Reifung bringen sollten. Dann wurden mir diese Eizellen entnommen, mit dem Sperma zusammengebracht und befruchtet wieder eingesetzt.

Ich muss euch das nicht in allen Details beschreiben, aber es waren die schlimmsten Monate meines Lebens. Einerseits fühlt man sich wie unter Drogen, andererseits hängt man dauernd an einem Abgrund der Emotionen. Dieses ewige Bangen und Hoffen und dann dieser unermessliche Schmerz, wenn die Periode einsetzt und du weißt: Es hat nicht geklappt. Wieder nicht!

Bisweilen habe ich mich gefühlt wie damals auf dem Friedhof: Jedes Mal, wenn du deine Tage bekommst, stellst du dir all das Leben vor, das sich hätte entwickeln können – und das in diesem Zyklus verloren geht.

Es war grauenvoll. In dieser Zeit habe ich mir selbst verboten, über den Eisernen Steg zu laufen, weil ich Sorge hatte, es könnte wie damals in mir der Drang auftauchen, meinem Elend ein Ende zu bereiten.

Doch dann, mit dem letzten Versuch, den die Krankenkasse finanzieren würde, klappte es. Ich wurde schwanger.

Ein Ergebnis, das für meine glaubensstarke Schwiegerfamilie eine Gebetserhörung war, für mich aber Gottes letzte Chance, es sich nicht ein für alle Mal mit mir zu verderben.

Acht Monate später, also: drei Wochen zu früh, kam unsere Tochter zur Welt. Und wisst ihr was? Ihr werdet es nicht fassen: Sie heißt Theresa. Ist das nicht unglaublich?

So, wie du, Iby, unser verlorenes Kind genannt hast. Jetzt lebt sie: Theresa. Und sie ist das Schönste und Wunderbarste, das ich jemals in den Armen hatte.

KAPITEL 9

Zwischenspiel II: Chaos

Isa und Iby starrten Bella an. Wie paralysiert. Als hätte jemand sie in ein Paralleluniversum gebeamt, hielten sie für einen Moment den Atem an.

Irgendwann stammelte Isa: »Du ... du ... du hast ein Kind?! Du hast eine Tochter, die Theresa heißt ... das ist nicht wahr, oder? Ich glaube, ich spinne. Ich fass das nicht.«

Sie sah hilfesuchend zu Iby hinüber, die sich als Erste wieder fing: »Sag mal, Bella: Bist du eigentlich total übergeschnappt? Erst gestehst du uns bei der Ankunft so nebenbei, dass du einen Ehemann hast, und jetzt taucht da – so mir nichts – auch noch eine Tochter auf. Wie krank ist das denn? Kennst du überhaupt kein Verantwortungsfühl?«

»Wieso? Was habe ich denn falsch gemacht?« Bella schaute verängstigt durch den Schankraum, fand aber nichts, an dem sich ihr Blick hätte festhalten können.

Ibys Miene war inzwischen voller Verachtung, und als sie antwortete, stieß sie die Worte einzeln hervor: »Das kann ich dir sagen: Du hast die Spielregeln missachtet. Das hast du falsch gemacht. Und nicht nur das: Du bringst zwei Menschen, deinen Mann und deine Tochter, massiv in Gefahr. Und in was für eine! Wie kannst du nur so eine Rabenmutter sein? Ja, guck nicht so, als wüsstest du nicht, wovon ich rede. Wenn wir uns morgen nicht für dein Leben entscheiden, dann lässt du die beiden aus purem Egoismus, aus reiner Selbstsucht allein zurück. Du raubst deinem Kind möglicherweise die Mutter, nur, weil du dich und deine blöden Gebärwünsche nicht beherrschen konntest.«

Für einen winzigen Moment sah Bella aus, als würde sie in Tränen ausbrechen, doch dann legte sich plötzlich ein harter Zug um ihren Mund.

Demonstrativ zurückhaltend sagte sie: »Offensichtlich habt ihr mir nicht zugehört? Habt ihr auch nur ansatzweise mitbekommen, was ich eben gesagt habe? Wohl kaum. Hier noch mal ganz langsam zum Mitschreiben: Theresa ist das einzige Kind, das ich, und damit auch das einzige Kind, das wir jemals haben werden. Das Einzige! Kapiert ihr das? Ich – und damit auch ihr – wir alle hatten aus ungeklärten Gründen relativ wenige Eizellen und die sind weg. Ratzeputz weg. Ich habe mich später zur Sicherheit noch mal untersuchen lassen: Nichts mehr. Und wo nichts ist, kann auch nichts mehr befruchtet werden. Weder künstlich noch sonst wie. Das heißt: Wir drei sind mit dreiunddreißig raus aus dem Spiel! Geht das nicht in euer Hirn?«

Sie griff in ihre Handtasche, holte ein cremefarbenes Portemonnaie heraus, öffnete es und legte es vor sie auf den Tisch: »Hier, das Mädchen auf dem Bild, das ist Theresa, meine Tochter. Und genetisch gesehen ist sie auch eure Tochter. Unsere Tochter. Ich habe echt gedacht, ihr freut euch.«

Die beiden anderen Isabellas betrachteten das Bild widerwillig. Dann platzte es aus Iby heraus: »Sag mal: Bist du so blöd – oder tust du nur so? Du hast alles durcheinandergebracht. Außerdem kannst du dich nicht einfach auf deinen Körper berufen, denn du wolltest das Kind ja schon, bevor du überhaupt beim Arzt warst und die Diagnose bekommen hast. Also verarsch uns bitte nicht.«

Sie zerknüllte vor lauter Aufregung einen Bierdeckel, mit dem ihre Finger gespielt hatten. »Ich könnte echt kotzen.«

Bella und Iby saßen einander mit verzerrten Gesichtern gegenüber.

Isa aber zog die Geldbörse mit dem Bild zu sich. »Also: Ich finde sie wunderbar. Unsere Tochter. Ja, sie ist so hübsch – und sie sieht aus wie wir.«

Daraufhin schlug ihr Iby das Portemonnaie mit einem schnellen Schlag aus der Hand, woraufhin es quer durch den Raum bis kurz vor den Kamin flog. »Ja, Isa, aber vielleicht hätten du und ich uns keinen frömmelnden Minderjährigen als Vater ausgesucht. Wer weiß, was das für ein Arsch ist. Lass dich doch von ihrem ›Guck-mal-wie-süß-meine-Kleine-aussieht-

Getue‹ nicht einlullen. Das ist genau Bellas Absicht. Sie schafft eiskalt Fakten und denkt, sie hätte damit einen Vorteil. Aber so läuft die Sache nicht. Jedenfalls nicht für mich. Ich möchte, dass wir anständig miteinander umgehen ...«

Isa stand auf, hob Bellas Portemonnaie auf und setzte sich zurück an ihren Platz. Sanft sagte sie: »Ja, mag sein. Aber ich wollte auch immer gerne ein Kind haben.«

Ihre Augen fingen an zu glitzern: »Und weißt du was, Iby: Ich habe mich die ganzen stressigen Jahre in London mit einem Traum über Wasser gehalten. Und soll ich dir sagen, wie dieser Traum aussah? Pass auf: Jetzt arbeite ich einige Jahre wie eine Wahnsinnige, lege mein Geld gewinnbringend an und dann mit Mitte dreißig, wenn ich den richtigen Partner gefunden habe, dann ... dann gründe ich eine Familie und bekomme Kinder. O Mann ...«

Jasper, der während des Gesprächs der Isabellas hinter der Theke gestanden hatte, kam hervor und stellte vor jede der drei Frauen einen Schnaps.

»Ich muss Iby insofern Recht geben, als die Tatsache, dass du ein Kind hast, Bella, eure gemeinsame Entscheidungsfindung nicht gerade leichter macht. Hast du denn überhaupt nicht darüber nachgedacht, was mit deiner Familie passiert, solltest du morgen Abend nicht mehr da sein?«

Bella hob das zierliche Glas und trank dessen Inhalt mit einem einzigen Schluck leer. Dann hielt sie es vor ihr Gesicht und starrte darauf, als könne sie in den Spiegelungen des Lichts eine Antwort auf Jaspers Frage finden.

Endlich sagte sie schleppend: »Doch ... doch, das habe ich. Selbstverständlich. Ich habe euch doch gestern von dem Brief erzählt, dem Brief für den Fall der Fälle, der bei einer befreundeten Nachbarin liegt. Also der Brief, den sie meinem Mann aushändigen soll, falls ich am Montag auf einmal nicht nach Hause komme.

Es ist ein sehr langer Abschiedsbrief geworden. Darin habe ich alles für Tobias aufgeschrieben. Von meiner, unserer Krise, von deinem Angebot, Jasper, von den ›Drei Leben‹ von der Metamorphose – und eben davon, dass es mich jetzt seit sieben Jahren mehrfach gibt. Keine Ahnung, ob er mir das jemals glauben wird. Aber er liebt mich und weiß, dass ich ihn nicht belügen würde. Obwohl, das habe ich ja all die Jahre getan …

Entscheidend ist: Ich habe ihm in diesem Schreiben prophezeit, dass, wenn ich nicht zurückkomme, höchstwahrscheinlich eines Tages eine Isabella vor seiner Tür stehen wird, die ich bin … und die ich doch nicht bin, weil diese Frau eben sieben Jahre lang durch ihre Geschichte und ihre Erlebnisse zutiefst anders geprägt wurde als ich. Diese ›andere‹ Isabella wird nicht seine Frau sein. Sondern vermutlich eine Musikerin oder eine Geschäftsfrau.

Die Passage in meinem Brief endet damit, dass ich Tobias aus ganzem Herzen bitte, der ›anderen‹ Isabella Zugang zu unserer Tochter zu gewähren. Und glaubt mir: Er ist ein sehr einfühlsamer, ja, ein fürsorglicher Mann, er wird euch … uns … mir garantiert erlauben, eine Beziehung zu Theresa aufzubauen.«

Iby verschränkte die Arme hinter dem Kopf und schaukelte mit dem Stuhl nach hinten. Mit hochgezogenem Mundwinkel warf sie in den Raum: »Ach, und wenn er uns gefällt, dein Tobi, dann können wir ja auch gleich noch mit ihm in die Kiste steigen … oder wie stellst du dir das vor? Ist er denn gut im Bett? Also: Lohnt es sich wenigstens?«

Bella sprang auf: »Du bist echt ekelhaft. Werden alle B-Promis so zynisch und gehässig, wenn ihre Karrieren ins Stocken geraten? Oder sind deine ständig wechselnden Lover alle so missraten, dass du dich anderweitig abreagieren musst?«

Iby erhob sich ebenfalls mit einem Ruck, der Stuhl hinter ihr stürzte polternd um. Bei beiden Frauen traten die Sehnen an den Armen hervor.

Isa dagegen stand ganz langsam auf, so dass jetzt alle drei Isabellas am Tisch aufragten. Mit bestimmendem Ton sagte die Geschäftsfrau sehr sachlich: »Setzt euch bitte wieder hin. Sofort! Und zwar beide. Ich möchte euch eine wichtige Mitteilung machen.«

Sie schloss kurz die Augen. Dann fixierte sie einen Punkt an der Wand gegenüber und sagte ein wenig zu laut: »Aufgepasst! Wisst ihr was? ... Ich ziehe zurück. Also, ihr versteht, was ich meine: Ich werfe das Handtuch in den Ring. Ich bin raus aus diesem komischen Wettstreit. Entscheidet das Turnier unter euch!«

Iby zuckte zusammen. »Was? Isa, wieso das denn? Wie kommst du denn jetzt da drauf?«

Die Angesprochene trank ebenfalls ihren Schnaps, der bislang noch unberührt vor ihr gestanden hatte. Dann sagte sie: »Ich nehme unsere Vereinbarung sehr ernst. Und wenn ich mir anhöre, was ihr beiden aus eurem Dasein gemacht habt, dann denke ich: Ja, das gefällt mir in manchem besser als meine Version. So würde ich auch gerne leben und habe nicht das Gefühl, dass meine Existenz in London das Nonplusultra ist. Ich weiß auch nicht, wie ich es sagen soll. Vielleicht so: Ihr habt euch mehr Träume erfüllt als ich. Oder: Ihr habt euch die stimmigeren Träume erfüllt. Oder: Ich habe mir zwar einen vermeintlichen Traum erfüllt, aber all die Jahre gedacht: ›Das Wesentliche kommt erst noch.‹ Und jetzt erfahre ich, dass es Wünsche gibt, die sich definitiv nicht mehr erfüllen werden. Das macht meine Perspektive unattraktiver. Zumindest fühlt es sich so an. Für mich!

Noch mal: Mein Job ist zwar kreativ und vielseitig, aber wenn ich ehrlich bin ... ich wüsste nicht, wie ich mich noch steigern sollte. Ja, ich kann noch gigantischere Kampagnen mit noch üppigeren Budgets für noch bedeutendere Kunden an Land ziehen. Na und? Ich verkaufe Produkte. Ich mache das sogar verdammt gut. Aber so kostbar ist das, was ich mache, dann doch nicht.

Vielleicht könnte ich sogar eines Tages Geschäftsführerin einer noch renommierteren Agentur werden. Trotzdem wird sich, was meine Tätigkeit angeht, nichts Grundlegendes ändern. Und das habe ich jetzt zur Genüge erlebt.

Außerdem: Wenn du, Iby, von deinen Konzerten schwärmst, dann vibriert etwas in mir. Und wenn du, Bella, von deiner Familie und von deiner Tochter erzählst, ist das auch so.

Ich gebe zu: Bis eben hätte ich höchstwahrscheinlich meine Variante noch wie ein Berserker verteidigt, aber nur, weil ich fest davon ausging, dass ich selbst eines Tages Familie und Kinder haben werde. Die Marketing-Branche allein ... nee, das muss nicht sein ...«

Iby saß mit offenem Mund da. Dann ächzte sie: »Na bravo! Dann hat Bella mit ihrem ›Kinderglück‹-Gelaber ja ihr Ziel erreicht. Du knickst ein.«

Isa schüttelte energisch den Kopf: »Nein, ich knicke nicht ein. Ich mache das, wofür wir uns hier in dieser Hütte versammelt haben: Ich schaue mir die verschiedenen Optionen unserer ›Drei Leben‹ an und komme zu dem Schluss: Eure Leben hätte ich mindestens genauso gerne ... nein, vielleicht sogar lieber als meines. Auch wenn du, Bella, viel weniger verdienst, und du, Iby, so wie es bislang geklungen hat, dein Privatleben noch nicht wirklich organisiert hast.«

Sie zögerte einen Moment, bevor sie weitersprach: »Um Jack, meinen neuen Freund, tut es mir leid. Das hätte was werden können. Aber ich weiß auch, dass er unbedingt Kinder haben möchte – er hat selbst vier Geschwister –, deshalb mache ich mir nichts vor: Es wäre ein harter Schlag für ihn, wenn ich ihm sagen müsste, dass ich nicht mehr fruchtbar bin. Dass will ich ihm ... und mir ... nicht antun. Ach, scheiß drauf. Bevor ich's mir anders überlege ...«

Sie stand auf, ging zum Tresen und nahm die Mappe mit den Unterlagen, die Jasper dorthin gelegt hatte. Sie holte das Formular heraus, schaute kurz darüber, zog einen Kuli aus ihrem Jackett und unterschrieb mit einem einzigen Schwung.

»So, das wäre erledigt.«

Sie blickte erleichtert zu Jasper, der sich inzwischen auf die Treppe gesetzt hatte, die hoch zu den Gästezimmern führte. Er stützte das Kinn in seine rechte Hand und fuhr sich mit dem Zeigefinger über die unrasierte Haut.

»Na, eigentlich bestätigt ihr ja mit euren Unterschriften, dass ihr euch geeinigt habt. Das heißt: Deine Aufgabe ist mit deinem Rückzug nicht zu Ende, im Gegenteil: Sie fängt gerade erst an – selbst wenn nur noch Bella und Iby miteinander um das angemessene Leben ringen. Denn jetzt könntest du bei der Entscheidung das Zünglein an der Waage sein. Sollten sich die beiden bis zuletzt nicht einigen können, dann hängt alles an deiner Stimme.«

Seine Hand legte sich auf den Handlauf der Treppe und er schaute Isa durchdringend an. »Außerdem musst auch du dich weiter an die Vereinbarung halten: Jede von euch erzählt in drei Blöcken die wichtigsten Erfahrungen, die sie gemacht hat ... also darfst du morgen weitererzählen ...«

Isa unterbrach ihn: »Aber was soll ich denn noch berichten? Ihr wisst doch schon alles Wesentliche. Ich bin nach London gekommen, bin Kreativdirektorin geworden – und das mache ich nach wie vor. Soll ich euch noch beschreiben, wie ich Jack kennengelernt habe, wie er aussieht und welche Hobbys er hat, oder was?«

Jasper stand auf und ging Richtung Kühlschrank. »Ich finde vor allem: Es wird Zeit, dass ich uns was Leckeres koche. Was denkt ihr: Nudeln oder Gulasch?

Und du, Isa, schlaf erst noch mal eine Nacht über deine Entscheidung. Ich bin sicher: Wenn du in Ruhe darüber nachdenkst, fallen dir bestimmt noch einige kostbare Erfahrungen ein, die dich in den letzten Jahren geprägt haben – und die dich als die Isabella mit der Lust an Events und am Marketing auszeichnen.

Ansonsten könnte dein vorschneller Entschluss zurückzuziehen sogar eine ziemliche Erblast für euch drei werden. Wenn ihr euch nämlich für ein Modell entscheidet und nachher – sobald ihr eure Erinnerungen teilt – denkt: Hätten wir bloß dies oder jenes von Iby gewusst, dann hätten wir eventuell eine andere Entscheidung getroffen.

Und stell dir bitte Folgendes vor: Bella und Iby überlegen es sich morgen anders und bitten dich inbrünstig, gemeinsam dein Leben weiterleben zu dürfen. Was machst du dann?«

Er ließ die Frage im Raum stehen und hob eine Packung Nudeln in die Höhe: »Jetzt brauche ich erst mal eine kulinarische Entscheidung. Also: Wer ist für Spaghetti Bolognese?«

Da sich alle drei meldeten, holte Jasper die dafür nötigen Zutaten aus dem Regal und stellte sie vor sich auf die Arbeitsfläche.

Als er begann, Zwiebeln zu schälen und kleinzuschneiden, und Iby anfing, den Tisch zu decken, fragte Bella ruhig: »Nur noch mal zum Verständnis: Das Ziel dieses Wochenendes lautet ›Einigt euch auf den Lebensentwurf, den ihr weiterführen wollt.‹ Entscheidend ist aber, dass am Ende auf diesem Formular unsere drei Unterschriften sind. Habe ich das richtig verstanden?«

Jasper wischte sich die Augen: »Blöde Zwiebeln. Ja, so ist es. Und vergesst euren Schwur nicht: ›Alle für eine! Eine für alle!‹ Darum geht's. Das besiegelt ihr durch eure Signaturen.«

Plötzlich sprang Bella auf. Und dann ging alles ganz schnell. Als Iby mit vier Tellern und vier Salatschüsseln auf den Tisch zukam, griff Bella der Musikerin in die Haare und zog ihren Kopf so ruckartig nach hinten, dass das gesamte Geschirr auf den Boden fiel und mit lautem Scheppern zerbrach. In der anderen Hand hielt sie ein Messer, das sie zuvor blitzschnell aus ihrer Tasche gezogen hatte. Sie drückte die Klinge gegen Ibys Kehle.

Mit scharfer Stimme schrie sie: »So. Und jetzt gehen wir beide rüber zu diesem beschissenen Dokument und du unterschreibst das. Kapiert?«

Sie schob Iby mit unbändiger Kraft an dem kleinen Kamin vorbei zum Tresen, auf dem noch immer das von Isa unterzeichnete Formular lag. »Los jetzt! Unterschreib. Oder ich bringe dich um.«

Isa schrie auf. Als hätte sie jetzt erst begriffen, was da passierte. »Bella! Hör auf!«

Doch die lachte nur hysterisch auf: »Wieso? Morgen Abend sind zwei von uns ohnehin tot. Da kommt es ja wohl auf ein paar Stunden früher oder später nicht an. Dieses ganze Wochenende ist ein Killer-Wochenende. Hier ging es von Anfang an um Leben und Tod. Um ein mörderisches Spiel: Zwei von drei Frauen sterben. Wie in einem üblen Krimi. Ich mache nur eines: Ich ziehe das Ende ein bisschen vor.«

Ihre Stimme war inzwischen unangenehm hoch: »Und jetzt los, Iby! Unterschreib oder ich steche dich ab. Und ihr beiden bleibt gefälligst, wo ihr seid.«

Iby hatte die Arme von sich gestreckt und zischte: »Schon gut. Alles gut. Ist das nicht komisch: Ich habe dir doch bei unserem ersten Zusammentreffen direkt ins Gesicht gesagt, dass du deinem Dasein nicht traust. Sonst hättest du es nämlich nicht nötig, dir mein Votum mit Gewalt zu holen.«

»Halt die Fresse! Du kapierst gar nichts. Ich mache das nicht für mich. Mein Leben ist überhaupt nicht relevant. Ich mache das für Theresa. Weil meine Tochter ihre Mutter braucht. Und zwar ihre richtige Mutter.«

Die Worte klangen immer schriller: »Mach jetzt, unterschreib – und der ganze Spuk hat ein Ende. Los!«

Sie drückte das Messer noch fester an Ibys Kehle.

Die aber krächzte: »Au! Scheiße. Bella, wenn du mich jetzt abstichst, dann hast du wirklich eine tolle Zukunft vor dir. Als Mörderin. Als Frau, die bis zum Sterbebett niemals sicher wissen wird, ob sie die richtige Wahl getroffen hat. Kapierst du nicht: Du stürzt uns alle ins Unglück und bringst uns nur wieder zurück zum Anfang. Genau zu der Isabella, die keine Ahnung hatte, welche Entscheidung die richtige ist. Wenn du mich jetzt zwingst zu unterschreiben, dann waren die letzten sieben Jahre für die Katz. Das ganze Experiment. All das hier. Dann wirst du zwar für deine Tochter da sein können, aber du wirst niemals glücklich sein. Niemals sicher. Ist es das wert? Aua, du tust mir weh! Warte mal …«

Mit einem Ruck fiel alle Spannung von Iby ab. Sie ließ die Arme sinken und lachte laut auf.

Ja, sie lachte Bella aus.

»Hey, wenn ich nicht unterschreibe und du mich jetzt abstichst, dann stirbst du ja auch.« Ihr Lachen wurde immer lauter. »Weil wir dann alle drei mit unseren Erinnerungen verschwinden. Und das bedeutet: Dann verliert auch deine schnuckelige Theresa ihre Mama. Was für ein dummer Plan! Also: Stich ruhig zu. Dann tötest du gleichzeitig mich, dich und die Mutter deine Tochter.«

Bellas Gesichtszüge entgleisten zusehends, als sie realisierte, dass Iby Recht hatte. Das Messer entglitt ihren Fingern, prallte an Iby Brust ab und fiel scheppernd zwischen die Scherben auf den Boden.

Jasper konnte gerade noch hinspringen, um die Stürzende mit einem schnellen Griff aufzufangen.. Dann lag Bella an seiner Brust und schluchzte.

Sie schaute die beiden anderen lange mit leerem Blick an, bevor sie weinend sagte: »O Gott, es tut mir so leid. Es tut mir unfassbar leid. Ich weiß nicht, was in mich gefahren ist. Ich habe mich so ohnmächtig gefühlt. So verloren …«

Der junge Mann streichelte ihr über den Hinterkopf. »Beruhige dich, Bella. Ich weiß, wie hart solche Prozesse sind. Aber ihr komprimiert in diesen drei Tagen das, was ein Mensch sonst zeit seines Lebens im Unterbewusstsein nachvollziehen muss. Inklusive derartiger Wutausbrüche. Ich gehe mal davon aus, dass Iby und Isa deine Verzweiflungstat ganz gut nachvollziehen können, schließlich sind die beiden wie du. Nein, sie sind du, auch wenn sie noch nie wie eine Mutter geliebt haben.«

Er führte Bella zu einem Stuhl und half ihr, sich wieder hinzusetzen. »Ich würde mich jedenfalls freuen, wenn wir versuchen könnten, diesen unangenehmen Zwischenfall zu vergessen … und morgen noch einmal ganz neu miteinander ins Gespräch kommen. Kriegen wir das hin?«

Er sah die Musikerin und die Geschäftsfrau mit hochgezogenen Augenbrauen an, woraufhin beide langsam nickten, allerdings zögernd.

Auch Bella stimmte leise zu: »Ja!«

»Gut, dann sollten wir jetzt dafür sorgen, dass wir endlich was in den Magen bekommen. So ganz ohne Essen fehlt einem ja die Energie, um sich mit derart tiefschürfenden Fragen auseinanderzusetzen! Und morgen geht es in die dritte Runde.«

KAPITEL 10

Sonntag *oder* Wo es hinführte

Wegen gestern, wegen meines Ausbruchs: Ich wolle euch noch mal um Verzeihung bitten. Das war echt abscheulich von mir. Tut mir leid.

Aber jetzt zurück zu meinem Leben: Als Theresa endlich da war, hat sich unser Familien-Dasein von Grund auf verändert. Sicher auch, weil Tobias und ich so unfassbar hart um sie haben kämpfen müssen.

Gefreut hat mich in den ersten Wochen nach ihrer Geburt vor allem, dass Tobias all die Versprechen, die er mir im Vorfeld gegeben hatte, auch hielt: Er lief jeden Tag mindestens eine Stunde mit unserer Tochter im Kinderwagen in den Niddawiesen spazieren, er stand nachts auf, wenn sie anfing zu schreien, und brachte sie mir zum Stillen. Und er versuchte, mich im Haushalt, so gut es ging, zu entlasten. Und wisst ihr was: Ich finde einen Mann, der freiwillig am Spülbecken steht, irgendwie ziemlich sexy.

Außerdem entschied sich mein Mann relativ spontan dafür, ein Urlaubssemester zu nehmen, damit ich die Chance hatte, meine eigenen Pläne weiter umzusetzen. Ich hatte nämlich während der Schwangerschaft eine verrückte Idee entwickelt: Ich wollte den kleinen Eine-Welt-Laden erweitern, ihn komplett umgestalten und an mindestens fünf Tagen öffnen.

Ihr müsst euch das so vorstellen: Der Umsatz mit den fair gehandelten Produkten entwickelte sich zwar überraschend gut, aber natürlich kamen in die abseits gelegenen Räumlichkeiten der Kirchengemeinde überwiegend Gemeindeglieder, also Insider.

Ich fand das Konzept des fairen Handels aber so cool, dass ich gerne mehr daraus machen wollte. Gerade in der aktuellen gesellschaftlichen Atmosphäre, in der ohnehin andauernd über bewussteren Konsum gesprochen wurde. Ja, ich hatte den Eindruck: Es gibt bei den Menschen gerade ein echtes Momentum für so ein Projekt.

Ich wollte mehr Platz und Räumlichkeiten, die uns auch die Möglichkeit gaben, Grundnahrungsmittel und andere ausgewählte Produkte zum Selbstabfüllen anzubieten, um dem allgegenwärtigen Verpackungswahnsinn etwas entgegenzusetzen. Außerdem … das klingt für euch jetzt vielleicht befremdlich … aber ich habe euch ja gestern erzählt, dass ich angefangen habe, die Welt … wie soll ich es sagen … aus einer Glaubensperspektive zu betrachten. Was natürlich auch an den vielen Ehrenamtlichen im Laden liegt. Die strahlen nämlich tatsächlich aus, dass sie gelassener und getrösteter durchs Leben gehen und dass sie in dem, was sie machen, einen Sinn finden. Klingt verrückt, ich weiß, aber ich habe mich in dieser Zeit immer öfter dabei ertappt, dass ich mich gefragt habe, ob und wie ich etwas dazu beitragen kann, dass unsere Gesellschaft sich zum Besseren entwickelt.

Das heißt: Ich hatte kein grandioses Bekehrungserlebnis oder so, aber irgendwann konnte ich ganz entspannt denken: »Ja, ich kann glauben, dass da ein Gott ist, der sich über mich freut, und dass ich etwas zum Gelingen unserer Gesellschaft beitragen kann.« Und allein diese Erkenntnis hat mir eine Menge Freiheit und Energie verliehen.

Ich erzähle euch das, weil meine frommen Schwiegereltern mich immer wieder ermutigten: »Wenn das mit deinem Laden sein soll, dann wird Gott schon eine passende Tür öffnen.«

So war es dann auch. Eines Abends sprach mich ein wohlhabender Förderer unserer Gemeinde an – in der Pause eines Harfenkonzerts: Der Friseur, der sich in einem seiner Häuser in einer gut frequentierten Lage eingemietet hatte, müsse aus Altersgründen sein Geschäft aufgeben. Anscheinend hätte sich kein Nachfolger gefunden. Ob ich eventuell jemanden wüsste, der ein Ladengeschäft in einer guten Lage braucht.

Ich habe ihn spontan vor allen Leuten umarmt, weil ich so beglückt war. Dann habe ich ihm von meiner Idee erzählt. Und seine Reaktion hat mich umgehauen, haut mich immer noch um, wenn ich daran denke. Er sagte nämlich, dass er das Konzept richtig klasse finde, und bot mir an, dass ich für das Ladengeschäft nur so viel Miete zahlen müsste, wie ich eben könnte: »Dafür kümmerst du dich um die gesamte Renovierung ... Ich schlage vor: Diese Vereinbarung gilt ... sagen wir mal ... für die ersten drei Jahre. Wenn sich dein Laden bis dahin nicht trägt, war er ohnehin eine Schnapsidee. Und wenn er funktioniert, dann können wir ja noch mal darüber nachdenken, ob wir eine Miete festlegen oder nicht. Für mich ist wichtig: Du kannst die ersten drei Jahre total entspannt sein. Wäre dir das eine Hilfe?«

Natürlich war es das! Ich habe am nächsten Tag sofort den Vertrag unterschrieben.

Mindestens genauso verblüffend war aber das, was in den nächsten Monaten passierte: Mir war vorher nämlich gar nicht klar gewesen, wie viele pensionierte Handwerker es in unserer Gemeinde gibt. Unter anderem zwei Meister, die jahrzehntelang eigene Betriebe hatten. Jedenfalls ist es mir gelungen, bei der nächsten Gemeindeversammlung mit einer feurigen Rede derart viele Freiwillige zu motivieren, dass wir den gesamten Umbau in Eigeninitiative durchziehen konnten.

Ja, wir haben so was wie eine dreiwöchige Renovierungsparty geschmissen: Überall wurde gewerkelt, gestrichen und verputzt. Und wer nicht selbst mit anpacken konnte, der hat die anderen ›Heinzelmännchen‹ mit Essen und Getränken versorgt. Nicht einmal der Vorstand einer bedeutenden hessischen Bank war sich zu schade, am Ende auf Knien über die frisch verlegten Kacheln zu rutschen und alles zu putzen, irre!

Immerhin waren wir gemeinsam so gut, dass sogar die Prüferin vom Gesundheitsamt nur anerkennend genickt hat: Wir durften eröffnen.

Ich hoffe, dass klingt für euch jetzt nicht unpassend oder so, aber kurz vor der großen Eröffnungsfeier des Ladens dachte ich plötzlich: »Mensch, ich könnte doch eigentlich bei unserem Fest selbst Musik machen.«

Was ich dann auch getan habe.

Ich habe mich einfach mit einer E-Gitarre hingesetzt und gespielt. Weil ich so glücklich war. Oder war ich so glücklich, weil ich wieder mal Gitarre spielen konnte? Ich weiß es nicht. Es hat sich jedenfalls klasse angefühlt.

Und ja, natürlich hatte ich an diesem Abend in meiner Setlist auch »What's your name«. Wie hätte ich darauf verzichten können? Ich weiß noch: Der Song kam gigantisch gut an. Selbst unsere sonst so gediegenen Pfarrer haben lauthals mitgesungen: »Tell me, tell me, tell me ...«

Woraufhin mich im Anschluss, wie zu erwarten, mehrere neugierige Gäste angesprochen haben, ob ich eigentlich wüsste, dass ich der Gitarristin der Band ›Girlz‹ nicht nur unfassbar ähnlich sehen, sondern beim Musizieren auch fast so einen verklärten Gesichtsausdruck wie sie machen würde. Abgesehen natürlich von der Frisur.

Zum Glück hattest du, Iby, dir damals die Haare tiefschwarz gefärbt, und ich sah doch um einiges konservativer aus als du. Wie dem auch sei, ich habe dann immer brav geantwortet: »Ja, ich weiß. Neulich sagte mir eine Großtante sogar, dass ich mit dieser Frau über fünf Ecken verwandt bin. Lustig, oder?« Da waren sie schnell beruhigt.

Nach meinem kleinen Konzert begannen die Grußworte – vom Ortsvorsteher, vom Vorsitzenden des Kirchenvorstands, von einem Vertreter eines Fairtrade-Labels und so weiter. Wie es sich halt gehört.

Als Letzter trat ein Elektromeister ans Rednerpult, derjenige, der die gesamten Installationen im Laden – von den Steckdosen über die Beleuchtung bis zum WLAN – betreut hatte. Und der begann mit einem spektakulären Satz. Er sagte nämlich: »Ich bedaure sehr, dass dieser Laden heute eröffnet wird!«

Totenstille im Auditorium. Fragende Blicke. Besorgte Mienen. Doch Hans, so heißt der Typ, genoss die Verblüffung einen Moment, bevor er amüsiert hinzufügte: »Weil ich die letzten Wochen als etwas ganz Einzigartiges erlebt habe. Wissen Sie: Ich habe mein Leben lang gearbeitet und bin dafür bezahlt worden. Das war auch in Ordnung. In dieses Projekt aber haben mehr als fünfzig Leute engagiert ihre Zeit investiert, weil sie an die Idee eines solchen Ladens glauben – nicht, weil sie dafür Geld bekommen. Für mich war das nicht nur eine unbezahlte, sondern vor allem eine unbezahlbare Aktion! Ja, diese Gemeinschaft hat mich so bewegt, dass ich, ehrlich gesagt, traurig darüber bin, dass sie jetzt vorbei ist. Gemeinsam für etwas einzustehen, ist viel befriedigender, als ich das je gedacht hätte. Wir haben in diesen Wochen miteinander unser Leben geteilt und uns gegenseitig geholfen.

Ich weiß noch, dass mir fast die Tränen gekommen wären, als du, Uschi, eines Nachmittags mit einem verlockend duftenden, noch warmen Käsekuchen in der Tür standst. Mit den Worten ›Hey, ihr fleißigen Handwerkerinnen und Handwerker, ich dachte, ich tu euch mal was Gutes!‹

Das bringt es für mich auf den Punkt: Wir haben erlebt, wie eine Gemeinschaft funktioniert, wenn man sich gegenseitig ›was Gutes‹ tut. Einfach, weil es einem selbst guttut, einander Gutes zu tun.

Deshalb meine Bitte an dich, Bella: Lass uns schauen, dass wir in diesem Laden nicht nur hochwertige Produkte verkaufen, sondern diesen wundervollen Geist des ›Füreinander-da-Seins‹ irgendwie bewahren.

Und, das darf ich natürlich gar nicht erwähnen, aber meine Frau – ja, Gabriele, ich sag's jetzt doch, guck nicht so komisch, also: Gabriele hat behauptet, ich wäre noch nie so ausgeglichen und beseelt gewesen wie in der Zeit, in der wir hier gemeinsam renoviert haben. Und das will was heißen. Denn meine Frau findet mich meist viel zu griesgrämig. Also ich freu mich sehr über und auf die Gemeinschaft dieses Projekts.«

Wenn die Leute nicht ohnehin gestanden hätten, dann hätten sie sich jetzt erhoben, um Hans zuzujubeln. Denn er hatte genau das in Worte gefasst, was die meisten in den vergangenen Wochen empfunden hatten.

Und weil ich es nicht mag, wenn jemand große Pläne schmiedet, aber nichts tut, habe ich Hans gebeten, mit mir und ein paar kreativen Querdenkern in den nächsten Wochen konkret zu überlegen, was wir praktisch tun können, um etwas von diesem Miteinander am Leben zu halten.

Tja, und daraufhin haben wir die ›ZeitBörse‹ aus der Taufe gehoben. Ich weiß nicht, ob ihr davon schon mal gehört habt. Die ›ZeitBörse‹ ist so was wie eine große Kommunikationsplattform für gegenseitige ehrenamtliche Unterstützung. Die haben wir digital auf unserer Homepage, aber auch ganz analog in unserem Laden eingerichtet. Zusätzlich gibt es wöchentliche Treffen in unserem Laden. Und in jedem dieser ›ZeitBörse-Tummelplätze‹ können sich die Menschen gegenseitig mit Zeit beschenken. Und um Zeit bitten. Entweder gibt man seine Angebote und Wünsche persönlich, mit einem Zettel oder mit einem Online-Post bekannt.

Zum Beispiel: »Ich muss nächsten Donnerstag um achtzehn Uhr mit zwei großen Koffern zum Flughafen. Kann mich jemand hinbringen?« oder »In meinem Bad sind drei Fliesen kaputt. Kann die jemand reparieren?« oder »Ich muss ein neues Programm auf meinem Rechner installieren, weiß aber nicht, wie das geht. Kann mir jemand helfen?«

Im Gegenzug kommen aber auch Vorschläge wie: »Ich passe gerne mal als Ersatzoma auf Ihre Kinder auf!« oder »Ich fahre ohnehin jeden Dienstag zum Großeinkauf. Wem kann ich was mitbringen?« oder »Ich bin ganz gut in Behördenkram. Wenn da Bedarf ist, bitte melden.«

Was keiner von uns geahnt hätte: Die ›ZeitBörse‹ war nach wenigen Wochen der absolute Renner in unserem Viertel. Und Gesprächsthema der halben Stadt. Ja, die Menschen fanden es überraschend wohltuend, einander Gutes zu tun. So, wie Hans das auch erlebt hatte. Es war, als hätte all den Menschen nur mal jemand mitteilen müssen, dass dem so ist. Jedenfalls wurden wir mit Vorschlägen bombardiert.

Tatsächlich entstand durch die ›ZeitBörse‹ bei vielen ein neues Bewusstsein dafür, wie Nachbarschaft in einer Großstadt mit ein bisschen technischer Unterstützung funktionieren kann. Nach kurzer Zeit war es völlig selbstverständlich, dass eine oder einer dem anderen hilft.

Irgendein verkappter Mathematiker in unserem Team hat für sich sogar ausgerechnet, dass er unterm Strich durch die vielfältige Entlastung, die ihm zuteil wurde, die Zeit, die er selbst einbringt, mehr als wettmacht. Und erfreulicherweise galt unsere Idee als derart innovativ, dass wir zwei Jahre später sogar den »Hessischen Nachbarschaftspreis« für unser Projekt gewonnen haben.

Im Rahmen dieser ganzen Vernetzungsprozesse entwickelten sich auch einige hübsche Nebeneffekte. So beschlossen zum Beispiel vier Nachbarn, dass es völlig überflüssig sei, dass jeder von ihnen einen eigenen Rasenmäher besitzt, der maximal eine Stunde pro Woche (und das ja nur im Sommer) benutzt wird. Seither teilen sie sich einen und schwatzen bei der Übergabe gerne mal ein Viertelstündchen miteinander.

Ach ja, eines muss ich noch ergänzen: Jeder, der bei der ›ZeitBörse‹ mitmachen will, bekommt ein ›ZeitKonto‹. Dadurch erleben viele, dass sie für ihre Großzügigkeit im ganzen Viertel gelobt und geachtet werden – und wir können als Initiatoren dafür sorgen, dass die Konten immer wieder mal ausgeglichen werden: »Du hast in den letzten Wochen so viel Zeit verschenkt, du bekommst den nächsten Käsekuchen, den Uschi stiftet.«

Eigentlich ganz banal, aber unser Stadtteil hat sich dadurch tiefgreifend verändert.

Jetzt weiß ich gar nicht mehr, was ich euch noch erzählen soll. Ihr seht, ich habe keinen richtigen Beruf gelernt. Nichts ›Anständiges‹, wie Mama sicherlich gesagt hätte, und ich führe trotzdem ein Leben, in dem die Musik und die Betriebswirtschaft nach wie vor eine ziemlich zentrale Rolle spielen.

Na ja, und mein Reisefieber, das verspüre ich natürlich weiterhin. Ich fahre unfassbar gerne mit Tobias und Theresa in den Urlaub – am liebsten mit der Bahn in die Toskana oder nach Dänemark ans Meer. Und jedes Jahr nehmen wir uns als Paar mindestens ein langes Wochenende Zeit und machen eine Städtereise – während meine Schwiegereltern oder irgendwelche sympathischen Leihomas, die wir über die ›ZeitBörse‹ rekrutieren, unsere Tochter betreuen.

Im Frühjahr waren wir in Lissabon. Das war himmlisch. Vielleicht, weil im Fado, der portugiesischen Musik, etwas von dem Weltschmerz erklingt, der uns drei gelegentlich überfällt.

Trotzdem würde ich sagen: Meine Weltreise zu Beginn unserer ›Drei Leben‹ hat sich mehr als gelohnt. Nicht nur, weil ich Tobias kennengelernt habe, sondern auch, weil ich heute viel globaler denke als früher. Deshalb ist mir vermutlich auch die Eine-Welt-Arbeit so ans Herz gewachsen. Ich habe den Eindruck, ich kann in unserem Laden mit einfachen Mitteln viel bewegen.

Ach so, da fällt mir ein: Eine große Reise habe ich letztes Jahr doch noch gemacht: Als sich unser Ladenkonzept und die Möglichkeit, dort die wichtigsten Grundnahrungsmittel ohne Verpackung zu kaufen, herumsprach, wurde ich von einem Fairtrade-Anbieter eingeladen, mir in Nord-Peru in der Region Piurá das Zuckerwerk NorAndiono anzuschauen.

Das war faszinierend: In diesem Teil des Andenstaats arbeiten mehr als sechstausend Produzenten in einer Art Genossenschaft zusammen und stellen gemeinsam Vollrohrzucker, Bio-Kaffee und Bio-Kakao her. Mit ganz viel Enthusiasmus und Begeisterung.

Mich hat dabei vor allem eines berührt: dass die Bauern in dieser Kooperative vieles ähnlich angehen wie wir mit unserer ›ZeitBörse‹. Jede und jeder investiert in die Gemeinschaft. Was zumindest bei mir gleich den Eindruck hinterließ, dass dort der Glücksindex bestimmt nicht kleiner ist als bei uns.

Aber ich gebe zu: Die Reise hat mich natürlich auch deshalb nachhaltig bewegt, weil ich auf dem Rückflug das Gefühl hatte: »Das ist jetzt die letzte prägende Erfahrung, bevor ich die beiden anderen Isabellas wiedersehe. Und ja, seitdem habe ich Angst, nicht nur Angst, regelrechte Panikattacken. Weil ich erkannt habe, dass ich weder auf Theresa noch auf Tobias, den Laden oder die ›ZeitBörse‹ verzichten möchte.«

Obwohl ich natürlich gelegentlich, wenn mal wieder irgendwas schrecklich kompliziert ist, ich mich mit jemandem gestritten habe oder mich einfach die ganze Welt ankotzt, was leider hin und wieder passiert, natürlich wieder ins Grübeln gerate, ob ich nicht als Musikerin oder in der Industrie vielleicht doch noch glücklicher wäre.

Ja, vielleicht. Vielleicht wäre ich das.

Ich fürchte nur: Verbannen würde ich meine Zweifel auch dann nicht, also wenn ich eine von euch wäre. Außerdem ist so eine Phase des Zweifels ab und an auch gar nicht so schlimm, weil sie dazu führt, dass ich das, was ich habe, neu wahrnehme – und mich gelegentlich auch neu darin verliebe.

Kurzum, im Rückblick würde ich sagen: Das waren sieben durch und durch bemerkenswerte Jahre. Auch wenn ich mich selbst zwischendurch des Öfteren am liebsten an die Wand geklatscht hätte.

Ja, so ist das. So bin ich, die »rote« Isabella, mit der Sehnsucht nach den Sonnenuntergängen.

Jetzt aber genug der schmachtvollen Worte. Ich glaube, ich habe mich inzwischen wieder gefangen. Hoffentlich. Nach meinem ekelhaften Ausbruch gestern Abend, der ja, wie ihr zu Recht bemerkt habt, ohnehin nichts gebracht hätte; selbst, wenn ich zum Äußersten fähig gewesen wäre.

Es ist und bleibt seltsam, wie sehr man an der persönlichen Existenz klebt, die man sich aufgebaut hat. Ich weiß nicht mal, ob das gut ist oder schlecht. Egal, jetzt lasst hören, was ihr so anzubieten habt. Schließlich sollen wir heute Abend eine gemeinsame Entscheidung fällen.

***

Mein Liebesleben war tatsächlich nicht immer einfach, das habt ihr richtig erkannt. Wie auch? Ich war ja ständig auf Tour – und zwischen den Touren gab es wochenlange Aufenthalte im Studio und einen Pressetermin nach dem anderen. Wie soll man da in Ruhe einen Mann fürs Leben finden? Ich zumindest bin bislang nicht fündig geworden. Das gebe ich zu.

Obwohl … einmal habe ich mich verliebt. Und zwar Hals über Kopf. In einen unserer Tourmanager, als wir gerade in Osteuropa unterwegs waren: Felix. Felix hat damals Meeresbiologie in Kiel studiert, war aber während seiner Semesterferien gern mit Musikern unterwegs und hat sich um fast alles gekümmert, was hinter den Kulissen organisiert werden muss: die Unterkünfte, das Catering, die Medienkontakte, den Backstagebereich und so weiter.

Felix war sehr blond, sein Vater ist Norweger, sehr groß und sehr zärtlich. Vor allem aber war er witzig. Ihr wisst ja: Wir stehen auf Männer, die Alltagshumor haben. Und Felix hat mich regelmäßig zum Lachen gebracht. So sehr, dass ich mehrfach bei Interviews losprusten musste, weil er im Hintergrund irgendwelche Faxen machte.

Nach drei Tagen habe ich ihn spontan gefragt, ob er ein Glas Wein mit mir trinken möchte. Auf meinem Hotelzimmer. Aus der Minibar. Er wollte und brauchte dann bis zum Ende der Tour kein eigenes Zimmer mehr.

Puh, mit ihm hatte ich vermutlich einige der sinnlichsten Momente meines Lebens. So sehr, dass ich in meinem Kopf schon angefangen habe, davon zu träumen, dass daraus etwas Festes werden könnte.

Bis er mir nach unserem letzten Konzert in Tallin sagte: »Iby, du bist eine wundervolle Frau. Das weißt du auch. Trotzdem sehe ich ein echtes Problem. Wie soll ich es sagen? Ich habe den Eindruck: Du liebst deine Musik mehr als die Menschen. Sei nicht böse, aber ich glaube nicht, dass ich das ertrage.«

Ich bin innerlich erfroren, weil das das Letzte war, was ich erwartet hätte. Es hat so unfassbar wehgetan.

Im Nachhinein ist mir jedoch klar geworden, dass er Recht hatte. Zumindest zum damaligen Zeitpunkt: Ja, ich habe meine Musik bei den ›Girlz‹ mehr geliebt als die Menschen.

Warum?

Das kann ich euch sagen: Weil ich wusste, dass ich Teil eines exzentrischen Experimentes bin, das ›Drei Leben‹ heißt. Weil ich es als meine verdammte Pflicht angesehen habe, all meine Energie in diesen einen Traum zu investieren, den ich zufällig vor dem Eiscafé gezogen hatte: Musikerin werden.

Heute würde ich sagen: Ich habe mich all die Jahre unbewusst vor einer festen Bindung gefürchtet, weil mir die ganze Zeit klar war, dass diese sieben Jahre eine Laborsituation sind, eine Interimsphase – und dass es am Ende eine Zäsur geben könnte, die meinen Traum mit einem Schlag beendet.

Ich wollte deshalb unbedingt aus diesen sieben Jahren musikalisch alles herauspressen, was nur möglich war. Ich wollte nichts verpassen. So sehr, dass ich vor lauter Ehrgeiz und Verbissenheit vergessen habe, dass ein Leben aus viel mehr Facetten besteht als nur dem gekonnten Schrammeln von sechs Saiten.

Na ja, Felix hatte das offensichtlich wahrgenommen. Er spürte instinktiv, dass mein Herz nicht ihm gehörte – trotz aller Liebe. Zumindest nicht hundertprozentig. Damit konnte und wollte er nicht leben.

Vielleicht verstehst du jetzt, Bella, warum ich so entrüstet reagiert habe, als du uns von deiner Tochter erzählt hast. Ich habe mir sieben Jahre lang eingeredet »Ich darf mich auf keinen Fall binden« – und du hast es einfach gemacht.

Meine Angst vor zu engen Verhältnissen war so massiv, dass ich irgendwann sogar aus Linas Wohnung ausgezogen bin. Ich wollte ganz frei sein – und habe mir ein Wohnmobil gekauft. Ja, ich lebe noch heute, wenn ich keine Gigs habe, in einem echt stylischen Wohnmobil. Einem Superteil: ultrabequem, mit allem, was ich zum Dasein brauche. Wie eine Höhle, in die ich mich jederzeit zurückziehen kann.

Bei Touren in Europa fahre ich inzwischen sogar selbst mit meinem mobilen Zu Hause von einer Halle zur nächsten. Da habe ich meinen Zufluchtsort immer bei mir, vor allem, weil mich diese drögen Einheitshotelzimmer inzwischen ankotzen. Und weil ich mich mit so einem Gefährt total ungebunden fühle.

Egal. Nachdem Felix mir den Laufpass gegeben hatte, bin ich in Tallin zu einem dieser Tätowierläden gegangen und habe mir das erste Tattoo stechen lassen: Hier, ihr habt es ja schon gesehen, die Noten, die zu einem Herz werden. Weil ich der Hoffnung Ausdruck verleihen wollte, dass meine Musik irgendwann doch dafür sorgt, dass ich nicht nur die Herzen unserer Fans, sondern auch die Herzen derer erreiche, die mir etwas bedeuten. Was aber zur Folge gehabt hätte, dass ich es endlich hätte zulassen müssen, dass mir jemand so viel bedeutet, dass ich dafür meine Freiheit einschränke – oder meine Freude am Auftreten.

Inzwischen hatte ich übrigens angefangen, Endorsement für die Firma Gibson zu machen. Ihr wisst schon, ich habe mir von denen die edelsten Gitarren schenken lassen und dafür auf all unseren Veröffentlichungen erwähnt, dass sie mich als Sponsoren unterstützen. Außerdem habe ich regelmäßig auf den großen Musikmessen, auf der NAMM in den USA und in Frankfurt und Tokio am Gibson-Stand in kleinen Shows die neusten Modelle vorgeführt. Das hat viel Spaß gemacht.

Und so kam eines zum anderen: Ich habe in irgendeinem Independent-Verlag eine Gitarrenschule veröffentlicht, »Iby's School of Rock«, und sogar mal Werbung für eine Bekleidungsfirma gemacht, die gerade eher auf alternative Promis als auf Models stand. Ich mit Gitarre im Arm und mit irgendwelchen aufgemotzten Shirts von denen. War lustig.

Allerdings: Je kommerzieller ich gearbeitet habe, desto öfter musste ich an diesen Gottesdienst in Miami denken, an diese beseelten Musiker mit den leuchtenden Augen, und daran, was es bedeutet, mit seiner Musik anderen Menschen Hoffnung zu schenken. Oder besser gesagt: Musik zu machen, weil man selbst von einer grenzenlosen Hoffnung erfüllt ist.

Klingt vielleicht wie ein Klischee, aber ich hatte in den Jahren mit den ›Girlz‹ eine Menge Songs geschrieben, und da war wirklich viel Schönes dabei, aber nur drei Lieder sind Hits geworden – und zwar genau die drei, die entstanden sind, als ich selbst von einer Lebenssituation so ergriffen war, dass ich gar nicht anders konnte, als auf mein Herz zu hören: »What's your name?«, »Child of Future« und »Thrilled«.

Merkt ihr das Dilemma: Ich hätte mehr Zeit zum Leben gebraucht, um gute Songs schreiben zu können, habe mich aber gleichzeitig unter Druck gesetzt, um mir, der Welt, unserer Mutter und euch zu beweisen, dass ich es musikalisch draufhabe – und weltweit auf Tour gehen konnte. Keine gute Mischung.

Warum erzähle ich euch das? Ach ja, um euch zu erklären, warum ich außer einigen Affären in diesen sieben Jahren keine feste Beziehung aufgebaut habe. Was ich nicht nur einmal bedauert habe. Alleinsein ist scheiße. Nein, nicht nur Alleinsein, auch Alleinfühlen.

Andererseits: Ein Jahr später war ohnehin alles egal. Da hat sich nämlich Lina verliebt. Und zwar über beide Ohren. In einen braungebrannten, kalifornischen Schauspieler mit dem aberwitzigen Namen »Real«.

Allerdings ist so ein Boyfriend für das Image einer Frauenband nicht gerade förderlich. Heutzutage verkaufst du in der Branche ja nicht nur Musiktitel, sondern in erster Linie eine aufregende Story. Und unsere lautete unter anderem: Lina, diese scharfe Braut am Mikrofon der ›Girlz‹ ist noch zu haben! Deshalb Männer: Lasst eurer Fantasie freien Lauf.

Die Klatschblätter haben sich auf allen Kontinenten wochenlang das Maul über Linas Beziehung zerrissen; einerseits, weil Real nur ein mittelmäßiger Schauspieler in einer Netflix-Serie war (ich glaube, er hat einen Zombie gespielt, der unbedingt sein altes Leben als Versicherungsvertreter zurückhaben wollte; ziemlich krude Story), und andererseits, weil er in den davorliegenden Jahren einen hohen Verbrauch an Partnerinnen gehabt hatte, genauer gesagt: an Sängerinnen, denn Real stand ohne jeden Zweifel auf trällernde Schönheiten.

Lina hat das alles nicht irritiert, sie hat einfach ihre Verliebtheit gefeiert. Und leider in dieser Phase nur noch grottenschlechte Songs komponiert mit so affigen Titeln wie »Zombie-Sex«, »Resurrektion Hope« oder »Dead Man Loving«. Wenn sie überhaupt zu den Proben auftauchte.

Vor allem aber kam sie eines Tags nach einer offenbar leidenschaftlichen Nacht und mit einem riesigen Knutschfleck am Hals mit verklärtem Blick ins Studio und verkündete, sie müsse uns etwas mitteilen: Wir sollten zukünftig – wie Taylor Swift –

mutiger neue Stilrichtungen ausprobieren. Real zum Beispiel sei ein echter Fan von Reggae, ob wir nicht ein paar Reggae-Nummern einstudieren könnten.

»Nee«, habe ich gesagt, »wir sind eine Rockband und keine Rastafaris. Niemand hat was dagegen, mal bei einer Nummer einen Reggae-Groove zugrunde zu legen, aber doch bitte nicht als Erkennungszeichen der ›Girlz‹. Unsere Fans wollen nicht Karibik, sondern Rock 'n' Roll.«

Da ist sie völlig ausgerastet. Was ich mir erlauben würde? Ich hätte von Anfang an was gegen ihren süßen Real gehabt. Und wenn ihr brillanter Freund der Überzeugung sei, uns täten Reggae-Rhythmen gut, dann sollten wir tunlichst auf ihn und sein geniales Gefühl hören.

»Ach, wieso?«, habe ich zurückgeschossen. »Weil Zombies sich so tierisch gut mit Musik auskennen oder warum?«

Lina ist ausgerastet: »Du bist doch nur neidisch, weil es kein Mann mit dir länger als ein paar Wochen aushält. Ich kann mir übrigens gut vorstellen, warum selbst Blondköpfchen Felix dich relativ bald aus seinem Heia-Bettchen geschmissen hat. Weißt du eigentlich, dass du nicht die Einzige aus der Crew bist, die er gebumst hat? Hat er dir wahrscheinlich nicht verraten, der Gute, oder?«

Ich habe keine Ahnung, ob sie das in ihrer Wut einfach so behauptet hat. Ich hoffe es sehr. Zumindest kann mir nicht vorstellen, dass Felix mich betrogen hat, während wir zusammen waren, aber ich weiß es natürlich nicht. Auf jeden Fall hat es an diesem Tag einen ernsthaften Bruch in unserer Band-Gemeinschaft gegeben.

Kurz darauf zog Lina ganz nach Kalifornien – was zugleich bedeutete, dass wir von da an als komplette Band meist erst kurz vor den Konzerten im Backstagebereich aufeinandertrafen. Das war keine Freundschaft mehr, das war nur noch eine Arbeitsbeziehung. Wir zogen halt die vereinbarten Termine durch.

Dazu müsst ihr wissen: Die Planung einer Tournee läuft heutzutage so langfristig, dass du als Musiker im Normalfall zweieinhalb Jahre vorher festlegst, wann du wo auftreten wirst. Was nicht unbedingt dazu führt, dass du deine Zukunft besonders gelassen planen kannst: »Am 25. März des übernächsten Jahres kann ich leider nicht zu deinem Geburtstag kommen, da habe ich einen Gig in Amsterdam.«

Das bedeutete, die ›Girlz‹ spielten ihre vereinbarten Konzerte weiter runter, aber der Teamgeist war weg. Wir hatten einfach keine Lust mehr zu spielen. Vor allem aber keine Lust mehr aufeinander.

Trotzdem liefen die CD-Verkäufe und die Streaming-Nachfrage weiterhin so gut, dass wir die Cashcow ›Girlz‹ noch so lange am Leben erhalten wollten, wie es ging. Ja, man kann auch als Mucker innerlich kündigen.

Als unser Management dann die nächste Asien-Tour vorbereiten wollte, habe ich Tom in einer kleinen Pizzeria bei Brunsbüttel offen gesagt: »Du kannst diese Konzerte gern planen, aber ich werde nicht mehr dabei sein.«

Erstaunlicherweise hat er gar nicht mit mir diskutiert oder versucht, mich von meinem Entschluss abzubringen, sondern nur verständnisvoll genickt. Dann hat er in meinem Beisein bei Lina in Los Angeles angerufen und ihr gesagt: »Iby will bei einer möglichen Asien-Tour nicht mehr mitspielen. Wollen wir die Band auflösen oder soll ich eine neue Gitarristin suchen?« Batsch, das war deutlich.

Tom hat sein Handy auf Lautsprecher gestellt und mir hingehalten, so dass ich hören konnte, wie Lina ziemlich emotionslos erwiderte: »Spar dir die Mühe. Dann ist es halt vorbei! Überrascht mich nicht. Real hat das schon seit Wochen prophezeit. Und ich habe ohnehin darüber nachgedacht, ob ich nicht demnächst lieber in den Bereich ›Musik als Selbsterfahrung‹ wechsle …«

Da habe ich schon gar nicht mehr zugehört. Am nächsten Tag ging die Pressemeldung raus, dass die ›Girlz‹ sich trennen werden. Mit der Konsequenz, dass wir die restlichen Konzerte in noch größere Hallen verlegen musste, weil uns die Fans unbedingt noch mal live erleben wollten. Es war alles ein bisschen pietätlos.

Im Januar letzten Jahres haben wir in Hamburg – da, wo alles angefangen hat – unser Abschiedskonzert gegeben. Nicht nur Udo Lindenberg, sogar Taylor Swift und einige andere bekannte Musiker sind gekommen und haben mit uns am Ende zusammen auf der Bühne gejammt. Schon geil. Trotzdem waren wir nicht wehmütig. Das war ein triumphales Ende, aber eben das Ende.

Zum Glück bin ich durch die vielen Studioaufenthalte inzwischen in der Musikszene ziemlich gut vernetzt. Darum hatte ich schon nach wenigen Tagen eine neue Band zusammen – ganz bewusst mit vielen Männern, weil ich auf den ständigen Zickenkrieg keinen Bock mehr hatte. Denn der war bei den ›Girlz‹ unterschwellig doch all die Jahre mitgelaufen.

Tom schlug vor, mein Soloprojekt einfach »Iby's Music« zu nennen, kurz IBM. Weil er der Überzeugung war: Es könnte uns kaum was Besseres passieren, als wenn uns die Firma IBM verklagt und wir dadurch wochenlang in den Medien auftauchen.

Also fing ich an, mit »IBM« auf Tour zu gehen. Aber der Name war natürlich auch Ausdruck meiner Sehnsucht: Ich wollte ganz persönliche Lieder präsentieren. Genug Material hatte ich längst, weil in der letzten Phase der ›Girlz‹ mehrere neue Songs entstanden waren, in denen ich meinen Frust und meine Sehnsucht ausgedrückt hatte. Und diese Songs waren für mich nicht nur neuartig und beglückend, sie sind auch ziemlich nah an dem, was ich seit Miami auf der Bühne präsentieren will. Ja, in diesen Liedern spüre ich mich. Ganz neu. Meine Leidenschaften. Meine Wut. Mein Vertrauen.

»IBM« gibt es jetzt seit einem Jahr. Anfangs ging ich davon aus, dass ich noch einige Zeit vom Ruhm der ›Girlz‹ profitieren kann. Aber dem ist natürlich nicht so. Auf den Plakaten steht zwar weiterhin: »IBM. Die Gitarristin der ›Girlz‹ + Band«, aber die Veranstalter sind trotzdem vorsichtig. Ich spiele zurzeit eher in größeren Clubs oder auf regionalen Festivals. Aber es spricht sich herum, dass es sich lohnt, zu meinen Konzerten zu kommen, und die Besucherzahlen steigen. Langsam, aber sicher.

Da fällt mir ein: Für diesen Sommer bin ich bei einigen schönen Open Airs gebucht, die müssten natürlich abgesagt werden, wenn ich am Montag nicht mehr da sein sollte. Wäre echt schade. Denn »IBM« holt nach und nach die Musikerin aus mir heraus, die ich eigentlich sein möchte. Sorry, wollte nur mal schnell ein bisschen Eigenwerbung einschieben.

Nebenbei: Ich habe euch ja zu Beginn dieses Wochenendes kurz erzählt, dass ich jetzt mit einem Keyboarder zusammen bin. Das ist der Mann, der bei »IBM« die Tasten drückt. Ob er wirklich ein Mann fürs Leben wäre, so für immer und ewig, weiß ich nicht. Noch nicht.

Aber eines finde ich schon verblüffend. Jan ist fünf Jahre jünger als ich. Offensichtlich hast nicht nur du, Bella, eine kleine Schwäche für jüngere Männer.

Alles in allem habe ich bislang drei Songs geschrieben, die in den Charts waren. Und natürlich frage ich mich: »Bleibe ich ein ›Three-Hit-Wonder‹? Hing der Erfolg dieser Songs eventuell an der Zusammenarbeit mit Lina und den ›Girlz‹? Werde ich im Leben weiterhin Großes schreiben oder nicht?«

Ich habe keine Ahnung. Immerhin: Einer der Produzenten von Taylor Swift, mit denen wir als Vorgruppe viel zu tun hatten, hat mich vor einigen Wochen angerufen und gefragt, ob ich mir nicht vorstellen könnte, auch für andere Künstler Songs zu schreiben. Er zumindest findet, ich hätte ein Talent, das weit über die ›Girlz‹ hinausreicht.

»Klar«, habe ich geantwortet. »Warum nicht?« Ich bin mir aber gar nicht sicher, ob ich meine Lieder, die so viel mit meiner Existenz zu tun haben, einfach an andere Sängerinnen verkaufen möchte.

Das heißt: Wenn ich nach diesem Wochenende nicht mehr sein sollte, dann gehen der Welt womöglich ein paar zukünftige Evergreens verloren. Vielleicht aber auch nicht.

Ich weiß ja nicht einmal, ob potenzieller Erfolg als Kriterium für oder gegen meine Version eines Isabella-Lebens gezählt werden sollte. Tatsache ist: Mit »IBM« freue ich mich wieder, auf der Bühne zu stehen. Es ist toll. Und wenn Jan und ich uns live gegenseitig hochpuschen, dann spürt das Publikum jedes Mal, wie viel Kraft in meiner Musik steckt. Nach wie vor. Nein, immer wieder und immer mehr. Das mag auch daran liegen, dass ich inzwischen bei unseren Gigs denke: »Hey, es könnte sein, dass in meinen Augen jetzt auch dieses Funkeln glitzert, das mich damals im Gottesdienst in Miami so berührt hat.« Ich gebe den Menschen etwas: Mut. Hoffnung. Zuversicht. Und viel mehr brauche ich gar nicht.

***

Ich bin jetzt etwas verwirrt. Ich meine: Ich habe doch quasi schon zurückgezogen. Mein Leben steht überhaupt nicht mehr zur Debatte. Oder? Sagt jetzt bitte nicht, ihr beiden hattet heute Nacht im Traum die Eingebung, euch doch für eine Karriere im weltweiten Marketing- und Event-Business zu entscheiden? Denn wenn dem so wäre, dann wüsste ich nicht mal, ob ich euch das empfehlen könnte.

Nein, das klingt komisch. Es stimmt auch nicht. Meine Arbeit ist absolut kreativ und herausfordernd. Aber du stehst in meinem Metier eben ständig unter Strom. Du musst für jede Kampagne die Welt neu erfinden. Oder zumindest einen Claim, einen

Slogan oder eine Idee entwickeln, die die Menschen in unserer überfluteten Mediengesellschaft aufhorchen lässt. Du musst die Routine der Menschen stören und zugleich positive Aufmerksamkeit für ein Produkt oder eine Idee wecken.

Und wenn du mit deiner Agentur einen Event planst, dann muss er jedes Mal noch abgefahrener, noch schriller und noch ungewöhnlicher sein als der vorherige: »Hey, im vergangenen Jahr haben wir unsere Vertreter mit dem Hubschrauber zu einem abgelegenen Eishotel in Finnland geflogen und dort ein Schlittenhunderennen veranstaltet, bevor ein Samen-Hirte am Lagerfeuer altnordische Liebesweisen gesungen hat. Das müssen wir bei unserer diesjährigen Weihnachtsfeier erkennbar überbieten. Sie haben doch sicher schon eine Idee, Isa?«

Wisst ihr was: Manchmal hatte ich keine Idee. Nicht mal den Hauch einer Idee. Nein, das stimmt nicht so ganz, irgendwann konnte ich am Ende doch jedes Mal einen ausgefallenen Einfall beisteuern … hey, das klingt witzig: ausgefallener Einfall. Aber bis es so weit war, habe ich meist nächtelang nicht geschlafen, meine Umgebung tyrannisiert und mich selbst dermaßen unter Druck gesetzt, dass ich bisweilen in der Konzeptphase einer Kampagne drei bis vier Kilo Gewicht verloren habe vor lauter Anspannung.

Da müsst ihr gar nicht lachen. Ihr wisst doch, wie das ist: Wenn man nicht abnehmen will, dann erschrickt man jedes Mal beim Blick auf die Waage, weil da so wenig angezeigt wird. Und wenn man aus echter Not heraus sein Gewicht reduzieren möchte, dann scheinen die Pfunde dieses Vorhaben als Lockruf zu verstehen und auf den Hüften ein Dauermeeting zu veranstalten.

Mal ein Beispiel: Letzten Sommer sollte ich für einen Premium-Kunden, ein weltweit agierendes Unternehmen, ein Incentive-Seminar organisieren, inklusive künstlerischer Darbietungen am Abend und einem ausgefeilten Gattinnen-Programm für die vielen mitgereisten Ehepartnerinnen. IT-Branche. Also viel

Geld, aber auch unfassbar hohe Ansprüche. Das sind Leute, die fangen direkt an zu gähnen, wenn du ihnen eine Segway-Tour durch den Central Park anbietest. Hatten wir schon! Therapeutisches Schwimmen mit Delfinen? Hatten wir schon! Ein Segeltörn mit Wasserskifahren? Hatten wir schon! Ein Künstler, der vor ihren Augen eine Hymne über ihre Firma schreibt und komponiert? Hatten wir schon zweimal. Eine Gruppe, die auf modifizierten iPads Richard Wagner spielt? Langweilig! Eine Kabarettistin, die speziell den Vorstand ihres Unternehmens durch den Kakao zieht? Könnte nach hinten losgehen! Ein Zauberkünstler, der alle Verluste ihrer letzten Jahresbilanz verschwinden lässt? Haha, ganz lustig!

Am Ende hat es bei diesem Kunden, ich glaube, vier Anläufe gebraucht, bis deren Öffentlichkeitsgurus endlich mit unserem Konzept zufrieden waren. Und das sah so aus: Alle Mitarbeitenden treffen sich in mittelalterlicher Gewandung auf einem speziell für sie organisierten Mittelaltermarkt – um sich noch mal neu in die vordigitalisierte Welt hineinfühlen zu können. Mit Feuerspuckern, Ablassverkäufern, Fässern voller Met und einer eindrucksvollen Greifvogelschau. Und das alles in einem Naturschutzgebiet, zu dem ich nur mit einer äußerst großzügigen Spende für das dortige Jugendbildungszentrum Zutritt bekommen habe. Am Ende wurden die kultigsten Bilder des Events bei Instagram hochgeladen – wobei jeder auch seine protzige Urkunde in die Kamera halten durfte: »Ich habe die Medieval-Power-Race erfolgreich absolviert!«

Wie dem auch sei: Die Aktion war ein Riesenerfolg, und der Vorstand hat sich später persönlich bei mir für meine »extravagante und nachhaltige Konzeption« bedankt, die die Atmosphäre in den Abteilungen spürbar verbessert hätte und damit auch dem Umsatz der Firma zugute gekommen sei.

Trotzdem hatte ich – nachdem unser erster Vorschlag abgelehnt worden war – bei jeder der anschließenden Präsentationen Herzrasen. »Was ist, wenn diesen Typen das, was sich unser Team ausgedacht hat, wieder nicht gefällt? Wenn uns dieser Großauftrag flöten geht?« Das fühlt sich nicht gut an.

Hinzu kam, dass ich zwei Jahre zuvor einen neuen Assistenten der Geschäftsleitung eingestellt hatte: Nicolas, der sich als komplette Fehlbesetzung erwies. Leider! Nicht, weil er nicht kompetent gewesen wäre. Im Gegenteil: Er war sogar ziemlich genial. So genial, dass er es schon nach Kurzem auf meinen Posten abgesehen hatte. Klasse! Richtig klasse!

Dieser Kerl hat natürlich irgendwann keine Chance mehr ungenutzt gelassen, um gegen mich zu sticheln. Mich meist derart geschickt und getarnt zu drangsalieren, dass es lange Zeit nur mir aufgefallen ist: »Isa, du hast da mal wieder eine spektakuläre Kampagne kreiert. Ich bin beeindruckt. Phänomenal. Fragen wollte ich nur schnell: Zeigen nicht aktuelle Studien, dass dieser Ansatz inzwischen weiterentwickelt wurde?«

Mit anderen Worten hieß das nichts anderes als: »Du blöde Kuh bist von gestern! Du hast keine Ahnung, was aktuell in der Branche diskutiert wird! Und: In deinem altbackenen Konzept müsste alles noch viel professioneller daherkommen!« Batsch! Es war erstaunlicherweise genau die Atmosphäre, der ich in der akademischen Welt hatte entfliehen wollen.

Trotzdem musst du in solchen Momenten als Kreativdirektorin brav lächeln und mindestens genauso hart zurückschlagen. Und dabei ständig verdrängen, dass du in unserer Branche mit Anfang dreißig ohnehin schon als uralt giltst.

Als wir die Mittelalter-Nummer beendet hatten, war ich fertig – im wahrsten Sinne des Wortes. Ich hatte eine Erschöpfungsdepression; wenn ihr wollt, könnt ihr auch sagen: ein Burnout. Was mich im Rückblick nicht wundert: Ich hatte seit Ewigkeiten keinen Urlaub mehr gemacht – gut, mal an ein wichtiges Kundengespräch noch ein paar Tage drangehängt, so was schon, aber dann kam meist doch wieder etwas Dienstliches dazwischen: »Ach, wenn ich schon hier in Manila bin, dann könnte ich ja auch schnell noch diesen Kontakt auffrischen.«

Mein Arzt hat mir dann empfohlen, mal auszusteigen. Ein paar Wochen wirklich loszulassen. Was mir nicht leichtgefallen ist. Wirklich nicht. Was war denn, wenn Nicolas, dieses Schwein, meine Abwesenheit nutzte, um endgültig an meinem Stuhl zu sägen, und zwar so geschickt, dass meine Welt zusammenbrechen würde? Stellt euch vor: Ich hatte echt Angst, Urlaub zu machen.

Letztlich habe ich mich aber doch dafür entschieden, weil die Sorge, dass ich chronische gesundheitliche Probleme bekommen könnte, größer war als die Bedenken, einen Knick in meiner Karriere hinnehmen zu müssen.

Also habe ich ausnahmsweise auf den Doktor gehört und bin auf die Isle of Wight gefahren. Vier Wochen. Ohne PC. Mit dem Hovercraft von Southsea nach Ryde. Das war wie eine Wellnesskur für die Seele. Als die Küste von Hampshire hinter mir im Dunst verschwand, war es, als fiele eine schwere Bürde von mir ab. Als hätte ich gerade alle meine Fesseln abgestreift.

Damit ihr mich richtig versteht: Es geht mir nicht darum, mein Leben schlechtzureden, um euch die Entscheidung zu erleichtern. Ich frage mich nur, ob es nicht zu unserem gemeinsamen Isabella-Charakter gehört, dass wir uns einerseits in Dinge unglaublich reinsteigern können – was ja ein Geschenk ist – und andererseits nach einer gewissen Zeit merken, dass wir gelegentlich mal wieder was Neues brauchen.

Oder dass wir grundsätzlich dazu neigen, das, was ist, immer neu infrage zu stellen und auf einmal auch das Gegenteil verlockend finden: Du, Bella, wolltest eine große Weltreisende und Entdeckerin werden. Dann hast du deinen Mann kennengelernt und dich für die Sesshaftigkeit entscheiden. Du, Iby, wolltest die Welt als Musikerin erobern – und hast dabei entdeckt, dass nicht alles Gold ist, was glänzt. Jetzt trittst du lieber in Clubs auf.

Kann es sein, dass wir einfach jemand sind, der sein Dasein regelmäßig abklopfen möchte? Ganz gleich, wie vielversprechend oder aussichtsreich unsere jeweiligen Lebensumstände gerade sind? Ich weiß es nicht, ich stelle es nur mal so in den Raum. Versteht ihr, was ich meine? Vielleicht sind wir »Evaluistinnen«: Frauen, die ständig alles hinterfragen.

Übrigens habe ich, wie ihr ja auch, den Verdacht, dass wir uns zwar für drei verschiedene Schwerpunkte in unserer Lebensplanung entschieden haben, dass wir aber die jeweils anderen Hoffnungen trotzdem nicht überwinden werden.

Selbstverständlich habe ich auf der Fähre genau wie du, Bella, dieses betörende Reisefieber in mir gespürt, diese Lust auf neue Horizonte, andere Kulturen, auf Abwechslung. Ja, ich … wir lieben Abwechslung. Nur nicht diesen ewigen Einheitsbrei. Nur nicht immer das Gleiche.

Ich komme darauf, weil ich während der vier Wochen im Nightingale Hotel in Shanklin, einem kleinen Küstenstädtchen, plötzlich wie in eine andere Welt eingetaucht bin. In ein Paralleluniversum. Und das war wundervoll.

Auf der Isle of Wight wirkten alle so entspannt und gelassen, während in London alles hektisch war, immerzu: die Gespräche, der Verkehr, die Luft, ja, selbst das Essen war hektisch, nur schnell was in den Magen hauen und wieder funktionieren.

In Shanklin habe ich einfach mal nichts gemacht. Jeden Tag nichts. Nichts außer Lesen, am Strand spazieren, da sein. Mich selbst fühlen. Zudem habe ich zwei Wochen lang außer Sätzen wie »Ich hätte gerne den Heilbutt und ein Glas trockenen Weißwein« quasi nicht gesprochen.

Das Wohltuende dabei war: Je leiser ich wurde, desto lauter wurde das Leben in mir. Ich habe nichts produziert – und mich lebendiger gefühlt als je zuvor. Es war, als würde ich jetzt anfangen, die verschiedenen Puzzleteile meines Lebens einzusammeln, um sie anschließend in aller Ruhe neu zusammenzusetzen. Und bei jedem Schritt, den ich ging, fand ich ein weiteres Stück.

Eines Abends kam der Sohn der Wirtin im Speisesaal zu mir an den Tisch. Ein total sympathischer Typ mit Sommersprossen und wuscheligem Haar. Aber nicht das, was ihr denkt, der war verheiratet und hatte drei Kinder. Jedenfalls kam er zu mir und fragte, ob ich Lust hätte, am Abend mit ihm und einigen anderen Leuten ans Meer zu gehen. Er würde dort seinen vierzigsten Geburtstag feiern – und ich säße immer so alleine im Speisesaal. Er würde sich freuen, wenn ich Lust hätte, mit ihm zu feiern.

Erst hatte ich Bedenken, mich so bald wieder unter Leute zu mischen, aber irgendwie war das eine derart freundliche Einladung, dass ich sie auch nicht ablehnen wollte.

Ich bin in die örtliche Buchhandlung gegangen und habe als Geschenk … na was … ja, ich habe ihm das neuste Album der ›Girlz‹ gekauft. Weiß auch nicht, was mich da geritten hat, aber so groß war die Auswahl in dem Laden ohnehin nicht und irgendwie fühlte ich mich natürlich die ganze Zeit mit dir, Iby, verbunden. Es war so, als würde ich diesem Insulaner damit auch ein Stück von mir schenken.

An diesem Abend haben wir am Strand getanzt, während die Sonne am Horizont unterging. Zur Musik der ›Girlz‹, die aus einem uralten Ghettoblaster über das Ufer dröhnte. Als es dann dunkel geworden war, steckte unser Gastgeber große Fackeln an, und wir tanzten einfach weiter. Wie in einem Rausch. Ohne an irgendwas zu denken. An diesem Abend ging es nur ums Genießen.

Und während wir bei jeder Tanzbewegung Sand aufwirbelten, brach plötzlich ein völlig unkontrolliertes Lachen aus mir hervor. Ja, ich glaube, das letzte Mal so gelacht habe ich, als wir drei uns in Frankfurt zum ersten Mal gegenüberstanden und die ›Drei Leben‹ gefeiert haben. Ich fühlte mich, als hätte ich eine Droge genommen.

Als wir nicht mehr konnten, gingen wir spontan im Meer baden, obwohl es schweinekalt war. Badesachen hatten wir natürlich keine dabei. Also Klamotten aus und rein ins Wasser. Drei der Männer nahmen jeweils eine Fackel vom Strand mit und stapfen damit bis zur Brust ins Wasser – und diesen Anblick werde ich nie vergessen: den rötlichen Glanz der Lichter auf den Wellen. Als stünde das Meer in Flammen. Und wir mittendrin.

Später haben wir in alte Decken gehüllt um ein kleines Feuer gesessen. Und gesungen. Zur Gitarre. All die Lieder, die man am Lagerfeuer so gerne schmettert: »Country Roads«, »Wind of Change«, »Blowing in the wind«, »With a little help from my friends«, »I'm a believer«, »Halleluja« und, und, und.

Ich kann mich überhaupt nicht mehr erinnern, wie es dazu kam, aber als es schon lange nach Mitternacht war, hatte plötzlich ich das Instrument in der Hand … vermutlich, weil der Cousin des Geburtstagskindes inzwischen wunde Fingerkuppen bekam.

Jedenfalls lag nun eine alte Takamine mit einer katastrophalen Saitenlage in meinem Arm, und ich fing an »What's your name« zu spielen. Einfach so. Dabei war ich selbst total erstaunt: Ich konnte das Lied noch. Jeden Akkord, jeden Lauf, jeden Ton. Als wäre ich nicht Isa, sondern Iby. Ich saß mit geschlossenen Augen da und tauchte in unser Lied ein. Silbe für Silbe.

Als ich die Seiten am Ende des Songs ausklingen ließ, war es mucksmäuschenstill um mich geworden. Vorsichtig fragte die Frau des Jubilars, während sie das Cover der ›Girlz‹-CD Richtung Feuer hielt, um etwas darauf erkennen zu können: »Is this you … the guitar player of the ›Girlz‹? Are you Iby? Because you look exactly like her. And when you sang this song, you were so related to every word, I thought, you might be the composer.«

Da konnte ich mich nicht beherrschen und habe erwidert: »No, I'm not Iby, but I'm her sister. And we're very close.«

Das war total verrückt, weil mir in dieser betörenden Nacht lauter unbekannte Menschen Geschichten und Anekdoten über die ›Girlz‹, also über einen Teil von mir erzählt haben, den ich in den vergangenen Jahren nachdrücklich ignoriert hatte. Und gleichzeitig war es in diesem Augenblick völlig egal, ob ich Isa oder Iby war. Oder Bella. Ich war ich, am Strand der Isle of Wight.

Irgendwann, als die meisten Gäste schon aufgebrochen waren, saß ich mit den letzten verbliebenen Frauen und Männern eng beieinander und schaute hinaus aufs Meer, wo schon die erste Morgendämmerung zu erahnen war: ein sanfter rosa Schimmer auf der Krümmung des Horizonts. Es war so schön.

Kennt ihr das, dass man gleichzeitig todmüde und hellwach sein kann? So war das an diesem Morgen. Alles in mir wollte ins Bett und gleichzeitig hätte ich um keinen Preis der Welt auch nur eine Sekunde an diesem Ort verpassen wollte.

Und auf einmal habe ich angefangen zu summen. Erst nur eine kurze Phrase, dann eine ganze Melodie, schließlich sogar erste Worte für einen Refrain: »At the end of ev'ry night there's a soft and shiny light ...«

Ich bin aufgestanden, habe mir die Gitarre geholt, die neben den leergetrunkenen Weinflaschen an einem Campingstuhl lehnte, und mir die passenden Harmonien überlegt. Aufgeregt habe ich gefragt, ob irgendjemand einen Zettel und einen Stift dabeihat – damit ich meine Ideen aufschreiben konnte.

Kurze Zeit später hatte ich ein neues Lied geschrieben. Das erste seit sechs Jahren: »First light«. Also: »Sonnenaufgang«, aber eben auch ein bisschen: »Mir geht ein Licht auf.« Ich habe den Zettel übrigens aufgehoben und mitgebracht. Liegt oben in meinen Kulturbeutel.

Ich dachte halt: »Vielleicht kann Iby den Song ja gebrauchen, wenn sie es sein sollte, deren Lebenskonzept uns drei am meisten überzeugt. Also, wenn du einen neuen Song suchst, ich hätte einen.«

»First light« erzählt davon, dass es vielleicht gar nicht so entscheidend ist, was ein Mensch macht, sondern, dass er immer wieder Momente erlebt, in denen in seinem Leben die Sonne aufgeht. Natürlich im übertragenen Sinn.

Gut, der Text ist ein bisschen blumig, aber an diesem Morgen am Strand habe ich mich genau so gefühlt. Und zugegeben, »Alright, I'm waiting for the first light!« reicht vermutlich nicht für den Literaturnobelpreis – aber wer weiß: Bei Bob Dylan hätte ja auch keiner vermutet, dass er mal von der Schwedischen Akademie ausgezeichnet wird.

Ich wollte euch von diesem Urlaub erzählen, weil er mich verändert hat. Ich habe nicht mehr so viel Angst, was zu versäumen. Und erstaunlicherweise bin ich seither auch im Beruf wesentlich entspannter. So sehr, dass mein Nebenbuhler Nicolas inzwischen aufgegeben und sich eine Stelle in einer anderen Agentur gesucht hat.

Außerdem vermute ich, dass ich erst durch meinen Sinneswandel wieder bereit für eine Beziehung war. Jedenfalls mache ich seit meiner Auszeit regelmäßig Sport und versuche, ein Leben neben dem Job zu führen. Zum Beispiel, indem ich regelmäßig in Museen oder zu Vernissagen gehe.

Bei einer solchen Ausstellungseröffnung stand plötzlich Jack neben mir und sagte: »Entschuldigung. Ich habe den Eindruck, ich bin für diese extravaganten Skulpturen zu blöd. Für mich sehen diese Kunstwerke aus wie alte Autoreifen, die jemand mit Dreck, möglicherweise sogar mit Kot beschmiert hat. Da ich annehme, dass Sie eine bedeutende Kunstexpertin sind, hätte ich eine Bitte: Wären Sie so freundlich, mir den metaphysischen Sinn dieser Monstrositäten zu erläutern?«

Ich drehte mich vorsichtig um, um sicher zu gehen, dass der Künstler nicht direkt hinter uns stand. Dann legte ich meine Hand nachdenklich unters Kinn und sagte mit leicht affektiver Stimme: »Nun, mir scheint, der Urheber dieser besonderen

Artefakte hat … einfach einen an der Waffel. Immerhin ist er aber so intelligent, dass er auf Leute baut, die so blöd sind wie Sie und ich. Denn nur jemand, der total beschränkt ist, würde für so einen Schwachsinn Geld ausgegeben.«

Daraufhin musste ich dermaßen kichern, dass ich mir fast in die Hose gemacht hätte. Was dazu führte, dass Jack sich vor mir verbeugte und sagte: »Gott, Sie gefallen mir. Hätten Sie Lust, diese hochkarätige kunsttheoretische Disputation in einer etwas stilvolleren Umgebung weiterzuführen? Ich kenne da einen lauschigen Italiener um die Ecke. Da hängt ein Gemälde vom Kolosseum in Rom an der Wand. Das hat vermutlich nur fünf Pfund gekostet, ich vermute aber, dass wir auch darüber sehr angeregt sprechen könnten.«

Ich habe mich bei ihm untergehakt. Und seither gar keine Lust mehr, ihn loszulassen.

Wenn wir uns trotz meines Rückziehers für mein Leben entscheiden sollten, wäre das keine üble Wahl. Aber nicht, weil ich meine Entwicklung für die stimmigste und beste halte, sondern weil ich in den letzten sieben Jahren gelernt habe, mich nicht mehr so von äußeren Umständen abhängig zu machen.

Ich sag mal so: Dafür könntet ihr … könnten wir mich eigentlich doch wählen!

KAPITEL 11

Sonntagabend *oder* Die Entscheidung

Nachdem Isa aufgehört hatte zu reden, blieb es still im Raum. So still, dass das gelegentliche Knistern des Feuers im Kamin mit einem Mal laut klang: Das trockene Knacken der Scheite wurde zu einem unangenehmen Geräusch, das das Schweigen störte und in den Ohren nachdröhnte.

Alle Frauen schauten gleichzeitig auf ihre Smartphones, um die Uhrzeit zu überprüfen. Und keine der drei wagte es, einer der beiden anderen ins Gesicht zu sehen – aus Furcht, darin den eigenen Schrecken gespiegelt zu bekommen.

So fixierten alle nur die Kerze in der Mitte des Tisches, deren Flackern in diesem Moment das einzig Lebendige im Raum zu sein schien.

Gleichzeitig fiel den drei Isabellas zum ersten Mal an diesem Wochenende auf, dass irgendwo im Raum eine Uhr hing, deren Sekundenzeiger deutlich zu hören war, wenn keiner sprach. Tick, tack, tick, tack, tick …

Als Bella entdeckte, dass sie sich wieder einmal in alter Gewohnheit am Tisch festhielt, schlich sich ein Lächeln auf ihr Gesicht, denn die beiden anderen hatten ihre Hände ebenfalls so fest um die Kanten der Tischplatte gelegt, dass ihre Knöchel weiß hervortraten. »Großartig!«, dachte sie, »hier sitzen wir mit unseren drei Leben. Und keine von uns will ihres aufgeben. Das hätte uns von Anfang an klar sein müssen. Natürlich. War es aber nicht.«

»So, die Damen!«, unterbrach Jaspers Stimme fordernd die Stille. »Es ist … Moment … genau halb zwölf. Das heißt: Ihr habt ab jetzt noch dreißig Minuten Zeit, um zu entscheiden, welches eurer drei Leben ihr fortführen wollt.

Wollt ihr als Bella den alternativen Laden und das Projekt ›ZeitBörse‹ in Frankfurt weiterentwickeln und als Mutter von Theresa eure Zukunft gestalten? Wollt ihr als Iby auch weiterhin die Bühnen dieser Welt rocken, neue Songs schreiben und euch in der Musik verwirklichen? Oder wollt ihr als Isa versuchen, in London mit etwas mehr Gelassenheit zeitgemäße Event-Konzepte zu kreieren, und über gelungenes Marketing nachdenken?«

Er musste lachen. »Tut mir leid. Das klang eben ein bisschen so wie in dieser bescheuerten Kuppelsendung ›Herzblatt‹. Erinnert ihr euch? Das war diese Fernsehshow, in der am Ende immer eine zarte Frauenstimme die markantesten Vorzüge der drei jeweiligen Kandidatinnen oder Kandidaten zusammengefasst hat, bevor der Mann oder die Frau wählen sollte, welche Option er oder sie für ein romantisches Date wählt.«

Er drückte seinen Rücken durch und kreiste mit den Schultern, um sich zu entspannen: »Das Verrückte ist nur: Ein bisschen ist es ja so. Ihr müsst euch auch für euren Wunschpartner entscheiden: nämlich für das Lebenskonzept, das ihr ab jetzt führen wollt. Und dafür habt ihr noch …« Er blickte zur Uhr, die, wie die Frauen jetzt bemerkten, über dem Herd hing. »… noch knapp achtundzwanzig Minuten Zeit.«

Jaspers Gesichtszüge wurden ernst, fast feierlich: »Ich weiß, was das bedeutet. Nämlich, dass zwei von euch nur noch achtundzwanzig Minuten unter uns sein werden. Das ist eine extreme Situation, die in dieser Radikalität vermutlich nicht allzu oft vorkommt. Andererseits: So ganz stimmt das ja nicht. Denn wenn ihr eure Erinnerungen tatsächlich bewahrt, wie ihr entschieden habt, dann ist nachher keine von euch tot. Dann werden nur zwei von euch die Existenz, die sie für sieben Jahre ausprobieren durften, nicht weiterführen und ihr Experiment beenden. Das ist alles. Und nicht einmal das ist korrekt: Schließlich wird vieles von dem, was euch während der ›Drei Leben‹ wiederfahren ist, nachklingen. Denn wenn ihr eure Erinnerungen behaltet, dann werden eure Erlebnisse eure Zukunft mitprägen. Weil unsere Erfahrungen aus der Vergangenheit ja mitbestimmen, wie wir die Zukunft gestalten. Faszinierend, oder? Was wir erlebt haben, prägt uns.

Ich wage sogar zu behaupten: Ganz gleich, welche Lebensvariante ihr wählt, eure jeweiligen Lebenspartner, also derjenige, dessen Isabella zurückkehrt, wird höchstwahrscheinlich erst mal ein wenig stutzig werden. Denn die Frau, die mit einem einzigen Erfahrungshorizont gegangen ist, kommt mit dreien wieder. Insofern wird sie auf jeden Fall eine andere sein.«

Er beugte sich hinunter zum Kamin und beobachtete die Flammen. Über die Schulter sagte er: »Deshalb noch einmal meine Frage: Wollt ihr wirklich all eure Erinnerungen behalten? Die gesammelten Wahrnehmungen und Kenntnisse aus drei derart unterschiedlichen Experimentierfeldern? Überlegt gut, wie ihr euch entscheidet.«

Keine der Frauen hob ihren Blick, um Jasper anzugucken. Und keine sagte ein Wort. Was hätten sie auch sagen sollen, wenn jedes Wort sich wie ein Todesurteil anfühlte? Isa kratzte gedankenverloren mit ihrem Fingernagel auf der Tischplatte.

Irgendwann brach Iby das Schweigen und murmelte: »Alle für eine – eine für alle.«

Bella fiel ein: »Alle für eine – eine für alle.«

Als dann auch noch Isas Stimme dazu kam, schienen sich die drei Frauen mit ihren Worten gegenseitig Kraft zu geben. Sie wiederholten den Satz noch mehrmals, jedes Mal spürbar lauter.

»Alle für eine – eine für alle.«

Jasper nahm seine Mappe vom Tresen und legte das Formular in die Mitte des Tisches, das er den dreien zu Beginn des Wochenendes schon gezeigt hatte: »Gut, dann ist es entschieden: Die Isabella, die weiterexistiert, behält alle Erinnerungen der ›Drei Leben‹. Dafür bräuchte ich bitte hier schon mal eure Unterschriften. Obwohl, Isa hat ja schon unterschrieben. Mit eurer Signatur erklärt ihr euch einverstanden, eure biografischen Langzeiterinnerungen zu bewahren und trotz der Reduktion auf einen Körper und ein Dasein das gemeinsame Andenken an die Zeit des Experimentes zu bewahren.

Außerdem erklärt ihr damit schon jetzt, dass ihr euch miteinander einvernehmlich auf ein Leben einigen wollt. Das ist die Voraussetzung, dass gleich alles glattläuft.«

Er holte einen Kugelschreiber aus seiner Tasche und reichte ihn Iby, die unterschrieb und dann Bella auffordernd anschaute. Kurz sah es aus, als würde die Frankfurterin noch zögern, doch dann unterzeichnete sie ebenfalls.

»Sehr schön!«, freute sich Jasper, »dann hätten wir zumindest das schon mal geklärt. Drei Unterschriften, eine gemeinsame Willenserklärung. Die wird gültig, sobald ihr miteinander eine Entscheidung gefällt habt.«

Isa ging hinter die Theke an den Kühlschrank und holte eine neue Flasche Champagner heraus. »Ich finde, wir sollten gleich noch mal miteinander anstoßen. Solange wir noch können. So eine Art Henkersmahlzeit ... oder besser: Henkerstrunk.«

Sie suchte nach dem Korkenzieher. »Sag mal, Jasper, kannst du mir das bitte noch mal erklären: Was genau passiert, wenn wir uns trotz dieses merkwürdigen Formulars nicht entscheiden?«

Der junge Mann stützte die Arme hinter sich auf die Theke, drückte sich hoch und setzte sich auf die Arbeitsplatte. »Wie ich es gesagt habe: Dann habt ihr die vergangenen sieben Jahre nicht gelebt. Beziehungsweise: Dann wacht eine Isabella nach sieben Jahren wieder auf und weiß von keinem ihrer ›Drei Leben‹ mehr irgendetwas.

Ich könnte es auch so ausdrücken: Nicht entscheiden heißt ... nicht leben.«

Er wandte sich zu Iby und Bella, die aufgestöhnt hatten: »Also weiterleben schon. Aber eben ohne das Wissen um die kostbaren sieben Jahre, die ihr in drei ganz unterschiedlichen Schattierungen durchlaufen durftet. Wenn ihr mich fragt: Ich würde euch davon dringend abraten. Niemand sollte leichtfertig sieben Jahre seines Lebens wegwerfen ...«

Er zuckte zusammen, als Isa hinter ihm den Sektkorken knallen ließ. Die verzog den Mund zu einem Grinsen, aber ihre Augen blieben kalt. »Sorry. Ich weiß, es ist noch nicht so weit, aber ich musste einfach mal irgendwas machen.«

Sie deutete mit der geöffneten Flasche auf Jasper, atmete tief durch und sah ihn dabei mit fragenden Augen an: »Sag mal, du hast doch an diesem Wochenende all unsere Geschichten gehört. Hast du nicht einen Tipp für uns? Eine kleine Entscheidungshilfe? Was denkst du denn, welches der ›Drei Leben‹, von denen wir erzählt haben, wohl am besten zu uns passt? Wer ist für dich die perfekte Isabella?«

Alle Isabellas drehten neugierig ihren Kopf zu dem jungen Mann, der sich inzwischen auf seine Hände gesetzt hatte.

Jasper verdrehte erst die Augen, dann schaute er kurz zur Decke hoch, als gäbe es dort etwas zu entdecken. Schließlich sagte er: »Ich kann euch diese Entscheidung nicht abnehmen. Leider. Denn genau das wäre der schlimmste Fehler, den ihr machen könntet, die widerwärtigste aller Versuchungen. Dabei kann ich euer Anliegen natürlich verstehen: Wir hätten alle so gerne jemanden oder etwas, dem wir die Verantwortung für unser Dasein geben können. Jemanden, den wir für zuständig erklären können. Weil es so verlockend ist, später zu sagen: ›Du hast mir damals diesen Rat gegeben. Du bist schuld! Du trägst die Verantwortung. Hättest du nicht …‹ Aber weder das Schicksal noch Gott oder das Universum nehmen uns so ein Votum ab. Wir sind alle persönlich in der Pflicht, die Weichen zu stellen – jede und jeder von uns … und sonst niemand.

Ich weiß, gerade in unserer Zeit haben wir uns angewöhnt, ständig irgendwen oder irgendwas für unser Wohl und Wehe zur Rechenschaft ziehen zu wollen: ›Wenn der oder das nicht gewesen wäre, dann wäre alles anders gekommen …‹ ›Hätte ich keine schwere Kindheit gehabt …‹ ›Wäre ich nicht sitzengeblieben …‹ ›Wäre mein Vater nicht gestorben …‹

Aber damit lügen wir uns was in die Tasche. Beziehungsweise wir machen es uns zu leicht. Natürlich können Entwicklungen, auf die wir keinen Einfluss haben, manche unserer Pläne über den Haufen werfen – aber das passiert allen Menschen. Trotzdem finden die einen eine Heimat in ihrem Dasein und die anderen nicht. Ich meine: Das hat immer mit einem starken Willen und einer klaren selbstbewussten Entscheidung zu tun.

Also versucht bitte nicht, den Prozess, den ihr durchlaufen müsst, auf mich abzuwälzen. Das funktioniert nämlich nicht. Das, was euch jetzt scheinbar die Wahl erleichtern würde, wäre nur eine Verdrängung. Außerdem würde sich diejenige von euch, die weiterlebt, von nun an immer fragen: ›Wollte ich wirklich, dass es so kommt, oder habe ich mich an diesem Sonntagabend von Jaspers Meinung manipulieren lassen?‹ Die Entscheidung könnt nur ihr selbst fällen.

So, und jetzt sind es nur noch zweiundzwanzig Minuten. Ich schlage folgendes Prozedere vor: Eure Zeit läuft ab, wenn die Glocken der Kirchturmuhr zwölfmal geläutet haben. Die kann man nämlich sogar hier im Wald hören. Es gibt also eine kleine Gnadenfrist. Wobei ich gar nicht weiß, ob das in diesem Fall ein wahrer Segen ist.

Ich gehe so lange raus und hole noch ein bisschen Feuerholz. Vielleicht tut es ja auch ganz gut, wenn ihr mal unter euch seid.«

Damit nahm er sein Jackett vom Haken an der Wand, streifte es über und verließ die Gaststube.

Bella räusperte sich als Erste. Betont ruhig sagte sie: »Was für eine Scheißsituation. Und jetzt? Sollen wir alle noch mal so was wie ein Schlussplädoyer halten: ›Was spricht für die Angeklagte? Warum ist mein Leben das allerallerkostbarste?‹«

Iby strich sich die Haare aus dem Gesicht. Sie flüsterte: »Bella, du hattest doch dieses scharfe Messer dabei. Was meint ihr, was passiert, wenn wir Jasper ...« Sie deutete mit dem Kopf nach draußen und ächzte.»... also, wenn wir dafür sorgen, dass es ... dass es ihn nicht mehr gibt. Vielleicht halten wir damit das gesamte System an?«

»Du willst Jasper ermorden?« Isa hatte die Augen so weit aufgerissen, dass sich die Flamme der Kerze darin deutlich sichtbar spiegelte. »Bist du bescheuert?«

»Wieso? Er ... oder zwei von uns. Das wäre Notwehr. Juristisch jedenfalls. Ich meine: Er hat uns in diese perverse Situation gebracht – jetzt muss er dafür bezahlen. Und es könnte doch sein, dass wir damit tatsächlich die Todesmaschinerie aufhalten. Außerdem glaube ich, dass er uns belogen hat. Und zwar eiskalt. Es gibt nämlich keine Gewissheit. Niemals. Ganz gleich, welches Leben wir wählen: Wir werden trotzdem weiterhin unsicher sein, ob wir das Richtige gewählt haben.

Ja, da braucht ihr gar nicht so zu gucken. Angenommen, wir wählen nicht mein Leben als Musikerin: Dann werde ich, dann wird die Isabella der Zukunft bei jedem kleinen emotionalen Rückschlag das Gefühl haben: ›Ach, wie schön wäre es, jetzt auf einer Bühne stehen zu können.‹ Und es wird mich, beziehungsweise sie ankotzen ... dieses Gefühl.«

Isa legte die Finger ineinander, als wolle sie beten. »Ja und? Was willst du damit sagen? Dass wir doch auf unsere Einzel-Erinnerungen verzichten sollen, damit wir nicht ständig in Versuchung geführt werden? Sollen wir unsere Unterschriften wieder rückgängig machen?«

Iby stieß ein höhnisches Lachen aus. »Nein, weil das überhaupt nichts nützen würde. Erinnerungen hin oder her: Die Musik ist in unserer DNA. Die liegt uns im Blut. Und wenn wir nicht Gitarre spielen, dann werden wir es vermissen. Deswegen plädiere ich ja dafür, diesen Kerl einfach abzumurksen.«

Isa, die weiterhin hinter der Theke stand und inzwischen den Sekt eingegossen hatte, balancierte die drei Gläser auf ihren Händen. »Hier wird niemand umgebracht. Denn dann würde genau das passieren, was Jasper angedeutet hat. Wir würden uns wieder vor der Entscheidung drücken.«

Sie stellte die Gläser auf den Tisch. »Du hast sicherlich Recht, Iby: Wir können nicht gegen unsere Sehnsüchte leben. Aber das gilt doch so oder so: Entweder leben wir wiedervereint weiter und sehnen uns gelegentlich nach den Facetten, gegen die wir uns entschieden haben – oder jede Einzelne von uns sehnt sich nach dem, was sie nicht hat …«

Bella unterbrach sie verärgert: »Heißt das: Wir werden niemals Ruhe haben?«

Isa setzte sich neben sie auf den massiven Stuhl. »Ich fürchte, nein! Wenn wir eine Wahl treffen, müssen wir damit leben, dass die anderen Optionen gelegentlich ihren Tribut fordern; vor allem dann, wenn nicht alles glatt läuft. Das heißt tatsächlich: Wir werden niemals Ruhe haben , da hast du völlig Recht. Das Einzige, was wir tun können, ist, uns regelmäßig zu vergewissern, warum wir uns für oder gegen die eine oder die andere Option entschieden haben. Deshalb bin auch überzeugt: Wir müssen in den verbleibenden siebzehn Minuten zu Potte kommen. Wir müssen wählen.«

Iby grummelte vor sich hin. Dann sagte sie: »Okay, kein Killerkommando. Aber wie soll das denn funktionieren? Wenn ich unsere Situation recht verstehe, dann wollen wir irgendwie alle weiterleben, obwohl du, Isa, ja kurz mal einen Durchhänger hattest. Wir wollen weiterleben, auch wenn wir alle regelmäßig diese Momente erleben, in denen uns die Unzufriedenheit und die Traurigkeit überkommen. Einfach so.«

Sie legte ihrer Nachbarin die Hand auf den Arm: »Bella, du hast uns doch erzählt, dass du angefangen hast zu beten. Kannst du nicht Gott bitten, dass er dir hilft, die passende Antwort zu finden? Und zwar flott. Das wäre nämlich gerade ziemlich nützlich.«

Bella runzelte die Stirn: »Willst du mich verarschen?«

»Nein, ich meine das ernst. Wir haben nur noch wenige Minuten – und ich wüsste gerne, wie wir jetzt zu einem Entschluss kommen, den wir alle mittragen können.«

Bella neigte ihren Kopf zur Seite. »Ich glaube nicht, dass Gott so funktioniert. Und ich glaube auch nicht, dass er uns unsere Entscheidungen abnehmen will. Gott entmündigt doch die Menschen nicht, er befähigt sie. Wenn überhaupt, würde ich höchstens darum beten, dass Gott mir hilft, diese Situation so zu verstehen, dass ich eine eigenständige, selbstbewusste Entscheidung treffen und anschließend auch zu ihr stehen kann.«

Iby grinste: »Und? Hat er dir an diesem Wochenende schon geholfen?«

Bella versetzte Iby einen Klaps. »Du bist blöd. Aber wenn du es genau wissen willst. Ja. Das hat er. Ich kam nämlich hierher und hatte die Hosen voll. Und zwar gestrichen. Ich glaube, dass ich noch nie eine solche Angst hatte wie am Freitagnachmittag. Inzwischen denke ich mir aber: Es könnte sein, dass das Glück meines Daseins viel weniger von beruflichen Perspektiven abhängt, als ich bislang dachte. Ich weiß nicht, ob ich euch das vermitteln kann. Aber vorhin fuhr es mir durch den Kopf: Ganz gleich, für welches Leben wir uns entscheiden, für mich gilt ... wie soll ich es ausdrücken ... solange ich darauf vertrauen kann, dass mich der Himmel begleitet, habe ich nichts zu befürchten. Ich könnte es auch anders ausdrücken: Egal, wie das hier ausgeht, ich möchte auf keinen Fall auf meinen Glauben verzichten. Und den nehme ich ja auf jeden Fall mit. Zumindest in einem Drittel der Isabella'schen Erinnerungen.«

Iby verdrehte die Augen, aber Isa nickte. Und nicht nur das. Sie schüttelte demonstrativ den Kopf, bevor sie euphorisch sagte: »Du hast Recht, Bella. Du hast absolut Recht. Ich meine: Es ist unglaublich, wie naiv wir die ganzen Tage waren. Wir haben das komplette Wochenende lang Lebensentwürfe gegeneinander ausgespielt. Dabei hätten wir uns viel lieber überlegen sollen, welche Kriterien wir anlegen wollen. Anstatt zu diskutieren, ob es wertvoller ist, Musikerin, Weltverbesserin oder Kreativdirektorin zu sein, hätten wir so was wie einen Wertekodex aufstellen sollen, eine Compliance, oder zumindest ein paar Leitlinien, was denn an unseren jeweiligen Entwürfen das Bewahrenswerte ist.

Ich kam erst jetzt darauf, als du, Bella, von deinem Glauben erzählt hast. Ich meine: Hätten wir einfach nur biografische Bezüge abgefragt, hättest du garantiert als Erstes deine Tochter genannt, zu Recht, aber so hast du etwas erwähnt, was dein ganzes Wesen betrifft – unabhängig von der Lebenssituation. Ich weiß, wir haben nur noch zwölf Minuten, aber ich würde gerne mit euch darüber reden, worauf es in einem Dasein wirklich ankommt.«

Iby setzte sich auf eine Pobacke und griff in ihre hintere Hosentasche. Dann legte sie einen Kieselstein auf den Tisch. Mit einem lauten Klacken.

»Erinnert ihr euch? Das ist der Stein, den ich damals vor dem Eiscafé in Frankfurt gezogen habe. Den weißen, der für das Scheinwerferlicht und damit für die Freude an der Musik stand. Den trage ich seither immer bei mir.«

Bella zog den linken Mundwinkel hoch: »Pah, glaub ja nicht, du wärst die Einzige.« Sie holte ebenfalls einen Stein aus ihrer Hosentasche: »Ich habe ja damals den roten Stein gezogen. Den Sonnenuntergangsstein, der für mich zum Symbol für das Fernweh wurde. Gut, ich bin auch viel gereist, vor allem aber habe ich angefangen, die Zusammenhänge unserer Gesellschaft intensiver wahrzunehmen und zu fragen, was ich dazu beitragen kann, dass es mehr Gerechtigkeit auf der Welt gibt.«

Isa stand auf, holte ihre Handtasche vom Garderobenhaken und öffnete sie: »Und hier ist meiner: Schwarz für den Weg ins Geschäftsleben. Schwarz steht seither für mich auch für die Lust an Zahlen und das Entwickeln kreativer Konzepte. Ich hätte zwar damals nicht ahnen können, dass ich in der Eventbranche lande, aber offensichtlich passt das auch zu mir. Zu uns!«

Sie deutete auf die drei Kieselsteine auf der Tischplatte: »Wir haben nur noch wenig Zeit. Aber ich möchte die verbleibenden Minuten gerne nutzen, um euch zu erläutern, was ich an euren Erfahrungen toll finde. Weil ich durch eure Erzählungen auch meinen eigenen Hoffnungen auf die Spur gekommen bin.

Zum Beispiel hat es mich an deiner Geschichte, Iby, am meisten berührt, wie du angefangen hast, nach deiner persönlichen Musik zu suchen. Nach den Melodien, die deine Hoffnungen und Sehnsüchte zum Klingen bringen. Denn, weißt du was, das würde ich gerne auch in meinem Job erleben. Dass ich mit dem, was ich tue, etwas zum Klingen bringe, das in mir ist. Das Ausdruck meines Seins ist. Und das andere mitreißt.

Genau das Gleiche habe ich empfunden, als du, Bella, von deiner ›ZeitBörse‹ erzählt hast. Da hat es irgendwie bei mir geklingelt. Wäre das nicht irre, wenn wir eine Gemeinschaft aufbauen könnten, in der Menschen einander beschenken?

Sollten wir uns für mein Leben entscheiden, dann verspreche ich euch: Dann werde ich zukünftig versuchen, Projekte zu entwickeln, in denen genau diese Lebenseinstellung für meine Kunden erfahrbar wird. Ich weiß noch nicht wie, aber ich bin sicher: Mir fällt was ein.«

Iby und Bella schlossen sich an und beschrieben ihrerseits, welche Momente in den Erzählungen der jeweils anderen sie am meisten berührt hatten.

Als Bella mit dem Satz schloss: »… mir hat es gutgetan, zu hören, dass dein neuer Freund jemand ist, der erst mal keine Erwartungen an dich hat, sondern dich einfach akzeptiert …«, da ertönte der erste Glockenschlag von der Kirchturmuhr des nahe gelegenen Ortes. Zwar gedämpft durch die Bäume, aber dennoch unüberhörbar.

»O Gott!« riefen alle drei gleichzeitig.

Isa nahm die drei Steine und legte sie nebeneinander. »Rot! Weiß! Schwarz! Wir haben noch etwa zehn Sekunden. Und denkt dran: Wir müssen uns einig sein. Also, für welches Leben entscheiden wir uns?«

Bella stieß die Luft aus, als müsse sie eine lästige Fliege vertreiben. »Okay, ich mache einen Vorschlag: Passt auf! Wir sind nicht drei Frauen. Wir sind eine. Wir gehören zusammen.« Sie hob den Kopf: »Deshalb: Isa, entscheide du. Für mich und für dich.«

»Für mich auch! Für uns. Los mach! Bevor es zu spät ist«, setzte Iby hinzu.

Just in dem Moment, in dem der zwölfte Glockenschlag durch den Wald zog, senkte sich Isas Hand. Sie ergriff einen der drei Steine und hielt ihn hoch, wie ein Liturg, der der Gemeinde eine Abendmahlsoblate präsentiert … woraufhin die beiden andern erleichtert nickten.

Dann zog der Klang weiter und verschwand im Wald. Und an dem klobigen Tisch in der Gastwirtschaft saß nur noch eine Isabella.

KAPITEL 12

Nachklang *oder* Vier Wochen später

Manchmal, wenn ich – wie jetzt – in den Himmel schaue, frage ich mich: »Wie hätten ihn die beiden anderen wohl gesehen? An meiner Stelle? Wäre das Firmament für sie weniger blau? Oder intensiver? Würde es bei ihnen ganz andere Gefühle auslösen? Und würden sie sich, wie ich, in diesem Moment nach einem Regenbogen sehnen? Einem, der weit über dem Land steht und die Sehnsucht der Menschen einfängt wie ein gigantisches Schmetterlingsnetz?

Aber dann schüttele ich solche Gedanken einfach ab: Die beiden sind ja nicht weg. Sie sind in mir. Immer noch. Wir sind ich. Und wenn ich gelegentlich in den Erinnerungen meiner zwei »Schwestern« wühle wie in einer Schatztruhe, dann finde ich dort keine anderen Menschen – ich finde nur mich – in einem anderen Kostüm, einer anderen Verkleidung.

Ich kann inzwischen übrigens alles, was die beiden in den sieben Jahren, während der ›Drei Leben‹, getan und gedacht haben, bis ins kleinste Detail nachvollziehen. Nicht nur wegen ihrer Erinnerungen. Ich stelle fest: Ich hätte an ihrer Stelle genauso gehandelt. Zumindest in den ersten Jahren. Nein, sogar die ganze Zeit. Ich bin sie. Sie sind ich.

Und ja, gelegentlich bohrt auch mal ein Zweifel in mir: Wenn die Entscheidung in der Hütte anders ausgefallen wäre, wenn am Ende, vielleicht im letzten Moment, ein anderer Stein attraktiver ausgesehen hätte, wäre ich dann heute mehr oder weniger glücklich?

Antwort: Ich weiß es nicht! Ich wäre wahrscheinlich anders glücklich. Und wäre das besser oder schlechter? Keine Ahnung! Woher soll ich das wissen? Woher soll irgendjemand das jemals wissen?

Ich zumindest habe keine Lust mehr, dieser Frage Macht über mich zu verleihen. Dieser Anfechtung, die jeden noch so kleinen Moment der Schwäche gnadenlos ausnutzt, um mir irgendwelche weichgespülten Alternativen vorzugaukeln. Alternativen, die angeblich all das verheißen, was ich im Hier und Jetzt zu vermissen meine.

Dabei sind diese Alternativen nur ein Trugbild, eine Gaukelei, Hirngespinste, die nicht meiner Hoffnung, sondern meiner Angst entspringen. Und Angst ist und bleibt ein schlechter Ratgeber. Vermutlich der schlechteste.

Ist doch wahr: Ganz gleich, welches Leben ich wähle, ich werde mir dabei unter allen Umständen irgendwann wieder einreden, das Glück hinge allein von bestimmten Äußerlichkeiten ab. Manchmal tut es das auch, aber viel seltener, als die ewige Versuchung mir einflüstern möchte.

Ich bin inzwischen sicher: Ich würde meine Unsicherheit in jedes Leben mitnehmen. Na und? Möglicherweise ist der Drang, das eigene Dasein hin und wieder kritisch zu beäugen, viel gesünder, als es auf den ersten Blick scheint: Der Schmerz zwingt mich, Stellung zu nehmen, eventuell auch Korrekturen zu wagen, aber er darf mich nicht mehr dazu bringen, mich ständig infrage zu stellen. Ich bin nicht meine Lebensumstände. Ich bin ich.

Ich bin Bella, und ich bin Iby, und ich bin Isa. Keine dieser drei wundervollen Frauen würde ich missen wollen. Auch wenn ich nur eines ihrer Leben führen kann.

Möglicherweise ist das meine eigentliche Erkenntnis aus den ›Drei Leben‹. Und weil ich das weiß, ertappe ich mich des Öfteren dabei, dass ich letztlich ja doch Elemente der beiden anderen in mein Dasein integriere. Nicht immer, aber immer öfter.

Weil mir dieser Gedanke gefällt, fange ich an, die Melodie von »What's your name?« zu pfeifen.

In diesem Augenblick kommt Theresa auf mich zugerannt. Sie bleibt vor mir stehen, mit knallroten Wangen, und strahlt mich an. Dann legt sie wieder den Kopf schief, wie sie das inzwischen regelmäßig macht, und runzelt leicht die Stirn. Zudem beißt sie mit der oberen Zahnreihe auf ihren rechten Mundwinkel und mustert mich misstrauisch.

Ich vermute: Sie spürt, dass ich nicht mehr die Isabella bin, die sie früher kannte. Da ist jemand anderes aufgetaucht. Wie soll ich es ausdrücken: Ich bin nicht mehr nur eine Frau, ich bin drei. Das war ich früher auch, aber da wollte ich es nicht wahrhaben. Und jetzt werde ich versuchen, diesen drei Frauen – und vielen weiteren, die ich bislang noch gar nicht herausgelockt habe – in *einem* Leben Raum zu geben.

Theresa gehört zu mir. Weil sie zu jeder von uns gehört hat. Ich streichle ihr sanft über den Kopf und spiele gedankenverloren mit ihren wilden Locken, die vom Toben in alle Richtungen abstehen. Theresa hat es verdient, dass ich mich nicht innerlich zerreiße, sondern für sie da bin.

Deshalb bin ich auch froh, dass die Entscheidung nun gefällt wurde. Wie hat Jasper so treffend formuliert: »Nicht entscheiden heißt … nicht leben.« Aber ich will leben. Ohne dieses Leben ständig infrage zu stellen. Weil ich es sonst nicht ernstnehme. Wer alles anzweifelt, macht es klein. Mein Leben soll groß sein. Mein Leben ist groß.

Ich weiß nicht, warum, aber auf einmal sehe ich wieder den Spruch von der kleinen Gedenkstele auf dem Friedhof vor mir: *»Fürchte dich nicht, denn ich habe dich erlöst. Ich habe dich bei deinem Namen gerufen, du bist mein.«*

Und kurz frage ich mich: »Tja, Gott, wie rufst du mich denn nun: Isa, Iby oder Bella? Oder nennst du mich immer Isabella, weil darin all diese Frauen enthalten sind?«

Aber vielleicht ist das ja gar nicht so entscheidend. Vielleicht kommt es vor allem darauf an, dass da überhaupt einer ist, der mich ruft.

»Isabella!«, ruft Theresa, greift nach dem Ärmel meiner Jacke und zieht daran. Energisch. »Komm, rutschen!«

Ich hasse rutschen, aber ihr zuliebe liebe ich es. Und ich überlege, was ich ihr zuliebe noch alles lieben könnte. Und … was ich mir zuliebe noch alles lieben könnte.

»Komm schnell!«

Ich stehe auf und schüttele die Verzagtheit aus meinen Gliedern. Na dann, los geht's!

Da winkt mir jemand von der anderen Seite des Spielplatzes aus zu. Er steht hinter dem Sandkasten und beobachtet mich. Uns.

»Komm jetzt!«

»Ja, kleine Maus, ich will nur ganz kurz mal diesen Mann begrüßen. Siehst du ihn, da drüben?«

Theresa klammert ihre Arme um mein Bein. »Welchen?«

»Na, den Mann, der da neben der Bank steht, den mit der grünen Jacke.«

»Der, dessen eines Auge ein bisschen tiefer ist als das andere?«

Ich gehe in die Knie und nehme Theresas Hände in meine: »Genau der. Der war für mich mal sehr wichtig, weil er dafür gesorgt hat, dass ich gelernt habe, wer ich bin. Ist es in Ordnung, wenn ich ihm kurz Hallo sage?«

»Nein, erst rutschen!«

»Na gut«, ich nehme Theresa auf den Arm und laufe mit ihr Richtung Rutsche.

Dabei schaue ich rüber zu Jasper.

Aber er ist schon wieder verschwunden …

Ich habe festgestellt,
dass sich ganz in der Nähe
des Lebens, in dem man
zufällig gelandet ist,
ein anderes befindet, das man
seelenruhig genauso gut
hätte führen können.

Margriet de Moor

DANKSAGUNG

Meine Frau Miriam hatte die Idee, es könne reizvoll sein, wenn ein Mensch drei Leben leben könnte ... um sich nicht ständig für oder gegen etwas entscheiden zu müssen. Aus diesem spontanen Impuls hat sich nach und nach die trinitarische Erzählung von den drei Isabellas entwickelt.

Annegret Grimm und Sebastian Knöfel von der edition chrismon in der Evangelischen Verlagsanstalt fanden die in meinem knappen Exposé angedeuteten Fragen und Perspektiven so verheißungsvoll, dass sie sofort einer Veröffentlichung zugestimmt haben. Welch eine Freude für einen Autoren!

Viele meiner Freunde und Bekannten mussten jedoch während des Entstehungsprozesses und des Schreibens dieses Romans ertragen, dass ich von ihnen des Öfteren wissen wollte, welche nicht gelebten Optionen sie denn in ihrem Dasein gelegentlich vor Augen hätten. Das war sehr inspirierend.

Bei all denen, die mit ihren Gedanken, Fragen und Rückmeldungen oder einfach durch ihr geduldiges Bei-mir-Sein zu diesem Roman beigetragen haben, bedanke ich mich ganz herzlich: Ohne euch hätte ich diese Geschichte nicht erzählen können.

Das gilt natürlich auch für die fleißigen Unterstützerinnen und Unterstützer aus dem Verlag, die aus meinem Manuskript ein Buch gemacht haben: Lektorat, Grafik, Korrektorat, Herstellung, Marketing, Vertreterinnen und Vertreter und wer da noch so alles seine Finger und Vorschläge im Spiel hat.

Außerdem habe ich einen zweiwöchigen Aufenthalt auf Korsika in der Appartement-Anlage Pinéa genutzt, um einige Tage mit einem grandiosen Blick auf die blaue Bucht von Calvi diesem Roman den letzten Schliff zu geben. Wenn also bisweilen in meinen Kapiteln ein Hauch von Strandromantik aufblitzt, dann hat das mit dieser stimmungsvollen Umgebung zu tun.

Nun, wer schon immer wissen wollte, worin für einen Schriftsteller der eigentliche Reiz des Romanschreibens besteht, dem sei gesagt: Darin, dass man … wie meine Protagonistin Isabella … plötzlich zwei, drei oder noch mehr Leben leben darf. Zumindest in der Fantasie. Schon das ist ein Geschenk!

ÜBER DEN AUTOR

Fabian Vogt ist Schriftsteller und Künstler. Er schreibt Romane, Kurzgeschichten und unterhaltsame Sachbücher, wenn er nicht als »Eventmanager« für die Evangelische Kirche kreative Großveranstaltungen inszeniert. Für seinen Roman »Zurück« wurde er mit dem »Deutschen Science-Fiction-Preis« ausgezeichnet, außerdem hat er mehrere Kleinkunstpreise gewonnen. Der promovierte Theologe lebt mit seiner Familie im Vordertaunus bei Frankfurt am Main.

www.fabianvogt.de